El señor de los mares

Luis Mollá Ayuso

El señor de los mares

Álvaro de Bazán, el almirante jamás derrotado

ALMUZARA

© Luis Mollá Ayuso 2020
© Editorial Almuzara, s.l., 2020

Primera edición: julio de 2020

Reservados todos los derechos. «No está permitida la reproducción total o parcial de este libro, ni su tratamiento informático, ni la transmisión de ninguna forma o por cualquier medio, ya sea mecánico, electrónico, por fotocopia, por registro u otros métodos, sin el permiso previo y por escrito de los titulares del *copyright*.»

COLECCIÓN NOVELA HISTÓRICA
EDITORIAL ALMUZARA
Director editorial: Antonio E. Cuesta López
Edición al cuidado de Rosa García Perea
www.editorialalmuzara.com
pedidos@almuzaralibros.com — info@almuzaralibros.com

Imprime: Gráfcas La Paz
ISBN: 978-84-18089-94-7
Depósito Legal: CO-757-2020
Hecho e impreso en España — *Made and printed in Spain*

«Al fiero turco en Lepanto
en la tercera el francés
y en todo el mar el inglés
tuvieron de verme espanto
Rey servido y patria honrada
dirán mejor quién he sido
por la cruz de mi apellido
y con la cruz de mi espada»
Lope de Vega

A mis hijas Cristina y Carlota

Índice

1.	13
2.	23
3.	33
4.	47
5.	67
6.	81
6.	99
7.	115
8.	123
9.	141
10.	155
11.	173
11.	185
12.	199
14	207
14 (*bis*)	221
15.	227
15 (*bis*)	235
16.	241
Epílogo	259
Nota del autor	263

1

Granada
Palacio de los Señores de Bazán
12 de diciembre de 1526

El llanto desgarrado del recién nacido quebró la quietud de la madrugada. Frente a la casa solariega de la familia Bazán, los perros del convento del Sancti Spíritus rompieron a ladrar e inmediatamente fueron imitados por los de las casas y alquerías vecinas. En pocos minutos la noche se convirtió en un aquelarre de ladridos confundidos con el ulular del viento y el rumor de la lluvia golpeando las tejas de los techados y el estampido ocasional de algún trueno lejano.

Había estado lloviendo todo el día y con la llegada de la noche, lejos de rendirse, la lluvia había seguido azotando Granada sin clemencia con una insistencia que no recordaban los más viejos de la plaza. Hacía días que el río Darro se había desbordado y cubierto completamente el puente de San Francisco, pero esa noche, por primera vez, sus aguas ascendían la pronunciada cuesta de la calle de la Colcha como si supieran de la hidalguía del recién nacido y quisieran postrarse a sus pies.

En el convento de las dominicas de Sancti Spíritus la madre abadesa, sor Cástula, había reunido a monjas y postulantas en el coro y adelantado los maitines para elevar juntas sus oraciones por la salud y buen juicio futuro del recién nacido, algo de capital importancia para la comunidad, pues tanto el propio convento como los huertos, talleres y tahonas comprendidos entre sus altos muros habrían de pertenecerle algún día, lo mismo que la imponente casa solariega en la que lucía el linajudo escudo de la familia Bazán. Entre plegaria y plegaria, sor Cástula atisbaba a hurtadillas por la ventana tratando de vislumbrar, entre las gotas de lluvia, un rayo de luz en la ventana superior del torreón, señal escogida por don Álvaro de Bazán para anunciar a la ciudad y al mundo el nacimiento de su primogénito. Cuando finalmente vio la señal, un ramalazo de alegría espoleó su corazón, pero procuró no hacer ostensible su júbilo y siguió dirigiendo las oraciones de la comunidad, aunque sus labios musitaron de manera imperceptible el nombre de Ana de Guzmán, la esposa de don Álvaro. La luz del torreón anunciaba el nacimiento de un niño sano, pero la madre aún habría de sufrir hasta recuperarse de los esfuerzos del parto y lo que eran oraciones por parte de las dominicas que tanto le debían no iban a faltarle.

Desde el otro lado del pasillo, en la biblioteca del palacio, frente al cuarto en el que su mujer llevaba horas soportando los padecimientos propios del parto de su primer hijo, don Álvaro de Bazán y Manuel se sintió reconfortado cuando escuchó el llanto del niño al advertir las palmadas de la comadrona, pero permaneció sentado frente a la chimenea con un gesto grave en el rostro, como si más que una bendición la llegada al mundo del pequeño significara para él un problema de difícil solución.

La puerta de la biblioteca se abrió y un torrente de luz inundó la sala, aunque don Álvaro permaneció sentado hieráticamente en su sillón con los ojos entrecerrados.

—Señor...

La voz de Clotilda, el ama de llaves, se dejó escuchar con timidez entre el crepitar de las llamas de la chimenea.

—Señor... —insistió con voz temerosa, asustada quizás por el rostro cerúleo de don Álvaro sobre el que las llamas arrojaban sombras espectrales.

Finalmente, interpretando que su señor no estaba dispuesto a mudar su actitud, la vieja Clotilda se dirigió a él con las escasas fuerzas que fue capaz de reunir

—Ha sido un varón y está sano. Ahora mismo descansa junto a doña Ana. La señora se ha portado como una valiente.

Cumplida su misión, el ama de llaves permaneció atenta a la voz de su joven señor con la mano descansando sobre la manilla de la puerta, hasta que, viendo que no había respuesta, la cerró dejando la habitación sumida nuevamente en la penumbra, rota únicamente por las lenguas de fuego procedentes del hogar.

Cuando se vio solo, don Álvaro de Bazán se levantó del sillón con un movimiento enérgico y se acercó al fuego. Tras extraer un cigarro de una caja que descansaba sobre la repisa de roble que coronaba la chimenea, lo encendió con una astilla y aspiró profundamente el humo del tabaco. De solo veinte años, la estampa de Bazán era la de un joven hermoso, musculado y bien proporcionado, que, a pesar de su juventud, y en virtud de los cargos que el rey había delegado sobre su persona, había demostrado una madurez impropia de su edad.

Tras servirse una copa de brandy, don Álvaro volvió a ocupar su sillón frente al fuego, estiró las piernas, bebió un sorbo del licor y dejó que el calor se distribuyera por su cuerpo a través del intrincado dédalo de sus venas. Entonces esbozó algo parecido a una sonrisa y tras dar otra calada al cigarro rememoró las palabras de Clotilda. En realidad, no necesitaba el mensaje de su ama de llaves para saber que todo había ido como esperaba. Nada más escuchar el llanto de su primogénito ya sabía que era un varón y que había venido al mundo sano, y en cuanto a su esposa, él mejor que nadie sabía que era una mujer fuerte y abnegada que se recuperaría y seguiría dándole hijos por largo tiempo.

Mientras volvía a aspirar nuevamente el humo del cigarro su mirada se detuvo en el escudo nobiliario familiar que lucía sobre la chimenea entre dos grandes osamentas de ciervo. Sonrió al recordar la leyenda según la cual el tablero de ajedrez que constituía el cuerpo del escudo se debía a que algún antepasado lejano lo había ganado disputando una partida de ese juego de caballeros en el que los Bazán habían destacado durante siglos, aunque la realidad fuera bien distinta, ya que el ajedrezado de su linaje simbolizaba sencillamente la milicia representada en el campo de batalla en el que deben enfrentarse los contendientes. Analizando cada uno de los símbolos del escudo familiar, reparó en las siete cruces de San Andrés que recordaban la batalla ganada a los musulmanes el día del apóstol Santiago de 1227. Tanto el blasón de la estirpe familiar como el escudo presentaban el mismo jaquelado de plata y sable, lo que en heráldica tenía como significado el valor acreditado. Verdaderamente, el pequeño que acababa de llegar al mundo y que ahora dormía plácidamente al calor del cuerpo de su madre, se vería obligado a impregnarse desde sus primeros pasos en la casa solariega de los Bazán de una responsabilidad que habría de exigirle un alto grado de entrega y esfuerzo a lo largo de toda su vida.

La luz de un relámpago iluminó brevemente la estancia resaltando la larga colección de retratos que se desplegaban a lo largo de las cuatro paredes. Los había visto tantas veces y leído en tantas ocasiones los actos meritorios que jalonaban las vidas de cada uno de sus antepasados que no necesitaba tenerlos delante para recordarlos.

La fundación del señorío familiar databa de más de cuatrocientos años atrás y nació en la provincia de Navarra, concretamente en Beartzun, un minúsculo enclave localizado en un valle extraordinariamente verde, encerrado entre los Pirineos y los picos de Sayoa y Autza y regado generosamente por el Bidasoa y el Baztán, uno de sus principales emisarios. El nombre de Baztán, derivación de «baz-nat», tenía en euskera el significado de «soy uno», y más que una palabra era una frase corta que señalaba el espíritu orgulloso e indómito de los habitantes del valle, que cada vez que la Reconquista lo había demandado se habían unido a la lucha contra los musulmanes.

Sin necesidad de girarse a contemplarlo, sabía que en el extremo norte de la sala se encontraba el retrato de Alonso González de Baztán, el más antiguo de los ancestros al que se remontaba el escudo familiar, y bajo el cuadro una inscripción: «Año 882, Alonso González de Baztán con gran osadía y valor libró del poder de los franceses a su rey de Navarra, don Sancho Abarca III, a cuya causa le mandó dejar sus armas y tomar las del tablero de ajedrez».

En realidad, aunque la existencia del tatarabuelo Alonso González de Baztán demostraba la antigüedad inmemorial y el probado carácter militar de la estirpe, el señorío familiar no se fundó hasta el siglo XII, dotando de hidalguía a un apellido que desde entonces no había parado de atesorar títulos, bien por méritos ganados en el campo de batalla que representaba el tablero de ajedrez de su escudo nobiliario o por matrimonios siempre bien escogidos.

Álvaro de Bazán se llenó los pulmones con el humo de su cigarro y lo exhaló lentamente dejando las volutas suspendidas en la penumbra de la habitación. En su cabeza flotaba la mirada adusta del retrato de María de Bazán, primer titular de la casa y valle de Baztán; recordó que cuando su esposa quedó embarazada había barajado su nombre para bautizar a una hipotética hembra con el de la primera figura de la estirpe, aunque fueron pensamientos efímeros, pues desde los primeros meses de gestación tuvo el convencimiento de que su primogénito sería un varón y desde entonces había dado muchas vueltas a la cabeza tratando de encontrar el nombre que mejor cuadrase con su destino, idea a la que dedicaba no pocos pensamientos. Desde luego, bien podría ser el del tatarabuelo Alonso, que tan buenos servicios había prestado al rey, pues lo que no le ofrecía ninguna duda era que su hijo se supeditaría al servicio del rey Carlos en el campo militar.

Por su cabeza desfilaron los nombres de la galería de personajes cuyos retratos daban lustre a la sala. Pensó en Pedro Ortuño, hijo y sucesor de María, que casó con María Ramírez, hermana de Íñigo, señor de Aybar. Por un momento el nombre de Íñigo brilló en su mente como un serio candidato a la hora de bautizar a su hijo.

Recordó también a Juan Pérez Bazán, cuarto señor de la casa, que en los estertores del siglo XII fue alférez mayor de Navarra, máxima categoría militar del reino, y cuyo hijo Ximeno condujo a los baztaneses en la batalla de las Navas de Tolosa en 1212, acudiendo a la llamada de su rey Sacho VII el Fuerte. A la derecha de este, don Álvaro recordaba el retrato de Juan Ibáñez de Baztán, que fue condestable general de Navarra, señor del Castillo de Boeta y embajador ante el rey de Aragón, nombramiento que compartió con su hijo Juan, que hacia 1283 fue el primero de la estirpe que oficializó su condición de hombre rico, y por tanto miembro de la primera nobleza.

A su derecha, y aunque no pudiera verlo don Álvaro sabía que la galería se abría con Juan González Ruíz de Bazán, décimo señor del valle de Baztán y primero de los que se instaló en Castilla a mediados del siglo XIV, que tuvo el acierto de ponerse de parte de Enrique II cuando este se enfrentó a Pedro I el Cruel, por lo que fue nombrado caballero de banda, aumentando más tarde sus posesiones con varios señoríos en tierras vallisoletanas y andaluzas, momento en que los Baztán pasaron a ser conocidos como Bazán. Su hijo Pedro, cuyo retrato se encontraba inmediatamente a continuación, y que serviría consecutivamente a Felipe III, Carlos II y Carlos III, casó en primeras nupcias con la hija del primer conde de Benavente, y en segundas con doña Inés de Castro, por lo que a esas alturas el linaje ya estaba emparentado con lo más granado de la nobleza navarra, aragonesa y castellana, aunque sería su nieto, Francisco de Bazán, vizconde de Valduerna y conde Luna, el que tras muchos y valiosos servicios a Enrique IV reuniría la mayor parte de los títulos familiares y daría lugar a las casas de Peñaranda, Miranda, Fuensalida, Villamayor y Frómista en España, la de los príncipes de Conca en Nápoles y la de Castel Rodrigo en Portugal.

Volviendo la vista al frente intuyó junto a una de las osamentas el retrato de su padre, Álvaro de Bazán, segundogénito de don Francisco, que reinando los Reyes Católicos fue capitán general en la guerra de Granada, donde derrotó al caudillo Almandarí en Baza en 1485, ganando dos años después la villa de Fiñana que los reyes le dieron en tenencia además de hacerle mayordomo de la encomienda de Castroverde. No necesitaba leer el cartel que describía bajo el cuadro los méritos de su padre para saber que explicaba que casó con doña María Manuel, hija de don Hernán Gómez de Solís, señor de Salvatierra y duque de Badajoz. Un pensamiento le llevó a otro y su cabeza alumbró el recuerdo de su querida madre, muerta de fiebres años atrás y que había desempeñado importantes cargos cortesanos como aya del príncipe don Miguel y guarda mayor de las damas de la emperatriz Isabel.

Tampoco necesitó verlo para saber que, al otro lado de la chimenea, Luis Mollá, uno de los más reputados pintores de Granada, guardaba allí su caballete, telas, pinceles, pinturas y paletas con los que en esos días daba vida a su propio retrato, que algún día habría de figurar junto al de su padre y quizás el de su hijo que había visto la luz aquella noche infernal. En un alarde de imaginación y tras apurar los últimos sorbos de la copa de brandy, don Álvaro conjeturó lo que los textos dirían de él, remarcando, tal vez, y con independencia de los acontecimientos que pudiera depararle el futuro, la transición que había hecho como hombre de guerra a señor del mar, pues lo que comenzó en su día como capitán de mesnadas había derivado con el tiempo en el almirante y armador de flotas que era en aquellos momentos, pues acababa de ser nombrado General de Galeras de España, que era tanto como decir Almirante de Castilla.

En ese momento se incorporó y se acercó a la ventana en la que empezaba a despuntar la claridad del amanecer. La luz del coro del convento de las dominicas le anunció que las monjas ya debían estar levantadas y en sus maitines, y bien necesarias que habrían de resultar sus oraciones, pues el puente de San Francisco había desaparecido por el desbordamiento del Darro y las aguas seguían ascendiendo peligrosamente hasta lamer el umbral de la entrada a la casa, aunque a tenor del repiqueteo de las gotas de lluvia en las vidrieras de las ventanas la tormenta parecía encontrarse en franco retroceso.

Las cuestiones que le habían tenido absorto durante tantas horas volvieron a abrirse paso en su cabeza: ¿Íñigo o Juan? ¿Álvaro o Francisco? ¿Sería capitán de los ejércitos o gobernaría una escuadra de galeras? En ese momento dirigió la mirada al hueco de la pared en el que algún día colgaría el cuadro de su hijo junto al suyo e imaginó una lectura que hablara de un Bazán descendiente de Bazanes y Baztanes, nieto de don Álvaro, el caudillo de la Reconquista e hijo de otro Álvaro, el insigne Almirante, y pensó que en el futuro nada concerniente al mar sería ajeno a su pequeño recién nacido. Entonces, lanzando el cigarro a las ascuas del fuego que languidecía, se pronunció con voz inusitadamente grave:

—Se llamará Álvaro. Y será un hombre de mar.

2

Siglo XVI
España en el mundo

En el momento de nacer Álvaro de Bazán y Guzmán, en diciembre de 1526, Carlos I tenía veintiséis años y reinaba en Castilla desde hacía ocho. Casado con Isabel de Portugal en marzo de ese mismo año, esperaba su primer hijo que nacería en mayo del siguiente y sucedería a su padre con el nombre de Felipe II.

Nacido en Gante y criado en Flandes, a la muerte de su abuelo Fernando el Católico en enero de 1516, bajo la regencia del Cardenal Cisneros, Carlos fue nombrado gobernador de Castilla en nombre de su madre, la reina Juana, incapacitada por enfermedad.

En Castilla se vivían tiempos revueltos. Los nobles preferían como rey a Fernando, su hermano menor, a quien veían como a uno de ellos, además de que, a diferencia de Carlos, había nacido y se había criado en Castilla, por lo que hablaba castellano perfectamente. Así las cosas, el cardenal Cisneros advirtió a Carlos que cuanto más dilatara su llegada a Castilla más difícil le iba a resultar ceñirse la corona de su madre, cosa que se aseguró finalmente gracias al apoyo del papa León X, presentándose con una flota en la ensenada asturiana de Tazones en septiembre de 1517. Tras recibir de su madre el acta que lo reconocía como rey, se asentó en Valladolid, donde conoció la muerte del cardenal Cisneros, lo que allanaba su camino a la corona de Castilla, cosa que consolidó deportando de manera pacífica a su hermano Fernando a Flandes ante las protestas de los nobles. Finalmente, reunidas las cortes castellanas en Valladolid le juraron rey junto a su madre en febrero de 1518, juramento al que siguieron los de las cortes aragonesas en julio de ese mismo año y las de Cataluña en febrero del año siguiente.

Muerto en enero de 1519 el emperador Maximiliano, Carlos sería nombrado en junio Rey de los Romanos, lo que de facto le convertía en el nuevo emperador del Sacro Imperio Romano Germánico. Tras un proceso de casi cuatro años de duración, el nuevo rey reunió en su cabeza las coronas de los reinos de Castilla, Aragón y Navarra, en los que pasó a reinar como Carlos I de España, al tiempo que era coronado en Fráncfort como Carlos V de Alemania. Ni la España ni la Europa en las que le correspondía gobernar eran en ningún modo balsas de aceite.

La llegada a Castilla del joven Carlos cayó bastante mal entre los nobles, pues dada su inexperiencia e inmadurez para gobernar una tierra nueva se hizo acompañar de una corte de borgoñeses en los que depositó su confianza, dándoles cargos y remuneraciones importantes que levantaron recelos entre los nobles castellanos. Por otra parte, la elección como emperador acarreaba importantes gastos, por lo que reunió cortes en cada uno de sus nuevos reinos para conseguir subsidios. Los nobles no entendían que tuvieran que obedecer el gobierno de unos extranjeros que ni siquiera hablaban el idioma ni que se recaudaran impuestos para sostener los intereses alemanes, y por si no fuera suficiente, cuando el rey embarcó rumbo a Alemania dejó el gobierno en manos de otro extranjero, el cardenal Adriano de Utrecht, produciéndose finalmente la rebelión de los comuneros, que fueron finalmente sofocados en la batalla de Villalar, tras la cual, a su regreso a Castilla en 1522, Carlos I se vio obligado a acometer importantes cambios organizativos.

Lo que en Castilla fue la rebelión comunera, en Aragón se tradujo en el movimiento de las Germanías. Los artesanos de Valencia tenían el privilegio de Fernando II de Aragón de formar milicias en caso de necesidad para actuar contras las flotas de piratas berberiscos. Una vez nombrado rey de Aragón, Carlos ratificó el privilegio, pero en 1520, con ocasión de una epidemia de peste en Valencia los nobles abandonaron la ciudad y las milicias se hicieron con el poder desobedeciendo la orden de disolución de Adriano de Utrecht y propagando el movimiento subversivo hasta las Baleares. Una vez derrotados los comuneros en Castilla, el ejército del rey se trasladó a Valencia y acabó con el levantamiento.

La desmilitarización parcial del Reino de Navarra con ocasión de los conflictos de las Comunidades en Castilla y las Germanías en Aragón trajo consigo, en 1521, la tercera contraofensiva de los navarros para intentar recuperar el reino, cosa que consiguieron de la mano de Enrique II de Navarra con el apoyo de Francisco I de Francia. Mientras el pueblo permanecía pasivo, la aristocracia se dividió entre los que habían jurado lealtad a Carlos I y los legitimistas, dependiendo estos enteramente del apoyo militar y financiero de Francia. La recomposición rápida de los ejércitos de Carlos I que derrotaron a los franceses en la batalla de Noáin supuso la reconquista de casi toda Navarra y la renuncia de Francia a respaldar el legitimismo navarro, tras lo cual, con una serie de amnistías dirigidas a los focos rebeldes, se terminó de recuperar el reino al completo.

A su regreso de Alemania Carlos I comprendió que no podía gobernar España de espaldas a los españoles y constituyó dos consejos para llevar a cabo una dirección personal de la administración: el Consejo de Indias, en 1524, y el de Estado, en 1526. Los Consejos estaban formados por nobles escogidos personalmente por el rey y se reunían bajo su dirección o la de algún representante real. En cualquier caso, Carlos se reservaba la última palabra.

El Consejo de Indias fue la consecuencia de la expansión de la Corona de Castilla por América y por el Pacífico. En 1521 Hernán Cortés conquistó el imperio Mexica, dando paso al virreinato de Nueva España, y lo mismo sucedió con Francisco de Montejo respecto a la conquista de los mayas en el Yucatán, que pasó a integrarse en el mismo virreinato. Francisco Pizarro conquistó el imperio Quechua, dando lugar al virreinato de Perú y, más al sur, la conquista de los muiscas por Gonzalo Jiménez de Quesada dio paso al de Nueva Granada. Desde estos virreinatos se sucedieron un alto número de expediciones que fueron fundando ciudades que hacían el imperio cada vez más amplio y poderoso.

En 1522, Juan Sebastián Elcano culminaba en Sanlúcar de Barrameda la expedición al Pacífico que iniciara en Sevilla tres años antes Fernando de Magallanes, sentando las primeras bases de la soberanía española en los archipiélagos de las Marianas y las Filipinas.

Las sucesivas llegadas a la península ibérica de las civilizaciones griega, fenicia, cartaginesa y romana hicieron de España un país eminentemente mediterráneo y, por ende, marinero. Los árabes también llegaron a España a través del estrecho de Gibraltar para instalarse durante casi ocho siglos, hasta ser expulsados, también por el Mediterráneo, en 1492, cuando la unión de los reinos de Castilla y Aragón era un hecho. Antes, a finales del siglo XIII, la Corona de Aragón había alcanzado los límites de su expansión meridional, hecho que vino a coincidir con un momento de gran bonanza económica, por lo que el rey decidió volcar su esfuerzo expansionista hacia el Mediterráneo. El esfuerzo militar y el comercial iban de la mano, pues a través del primero se consolidaban nuevas rutas comerciales que enriquecían el reino. Como consecuencia de ello, la Corona de Aragón conquistó las islas Baleares en 1229 y a continuación cayeron consecutivamente Cerdeña, Córcega y Sicilia. Con la llegada del siglo XV la Marina aragonesa estaba magníficamente posicionada en el Mediterráneo. La ocupación de Turquía y norte de África por los otomanos dio lugar a constantes enfrentamientos, luchas y rivalidades.

Por su parte, la marina de Castilla inició en los primeros años del siglo XV su expansión atlántica con la conquista del archipiélago canario, empezando por la isla de Lanzarote en 1402 y culminándola en 1496 con la de Tenerife. Cuatro años antes Colón había llegado a América, de forma que cuando se unieron las coronas de Castilla y Aragón, la recién estrenada España se convirtió en el primer país europeo que extendía sus tentáculos por dos mares, cuando hasta ese momento había ostentado una vocación marítima exclusivamente mediterránea. Con la coronación de Carlos I como emperador del imperio Romano Germánico hubo de establecerse una tercera línea marítima con el mar del Norte, y aún una cuarta con la llegada de las primeras expediciones españolas al océano Pacífico. En el imperio español no se ponía el sol, pero las arcas del estado parecían estar en todo momento al borde de la quiebra. En Europa la situación se tornó especialmente delicada con la aparición de los dos grandes perturbadores de la época, el oriental, encarnado por los movimientos expansionistas del imperio otomano, y el ideológico, personalizado en la figura de Martin Lutero, un humilde fraile agustino que dio origen e impulso a una profunda transformación religiosa en Alemania que derivó en la reforma protestante llamada luteranismo en honor a su mentor.

De manera cíclica, y con una cadencia aproximada de quinientos años, las grandes llanuras siberianas del norte de Asia habían concentrado a los pueblos nómadas compuestos por habilidosos jinetes de las estepas que se lanzaron sistemáticamente a ocupar la rica Europa. Ocurrió con los hunos, los mongoles, los árabes y en la época que nos ocupa, con los turcos, acaudillados en cada caso por líderes de la talla de Atila, Gengis Khan, Tamerlán o Solimán el Magnífico, que se constituyó en el contrapeso al otro lado de Europa de Carlos V, primero, y de su hijo Felipe II después, en una bipolaridad que los empujó a encontrarse en el campo de batalla, que, en este caso, no fue otro que el azul Mediterráneo oriental en 1571 con ocasión de la batalla de Lepanto.

Tras la toma de Constantinopla en 1453, Mehmed II dirigió su ejército otomano a la conquista de Europa, solo que a diferencia de las ocupaciones anteriores procedentes de Asia, el sultán osmaní no se detuvo a orillas del mar, sino que convirtió a sus soldados en marinos, construyó magníficas escuadras y las dotó del armamento más avanzado, todo ello con la ayuda de venecianos y genoveses, pueblos marineros eminentemente comerciales, a los que más tarde se unirían los griegos, sometidos tras la conquista de la península helénica y las islas adyacentes a la de Anatolia, que hasta entonces habían permanecido en poder de los venecianos. La aparición por mar de Mehmed II no se distinguió excesivamente de las crueles correrías por los campos de Europa de Gengis Kahn o de Tamerlán. Tras la llegada al trono otomano de Solimán el Magnífico, en 1520, el imperio continuó expandiéndose. Tras la toma de Irán, Egipto, Siria, Arabia y Argelia y conquistada la península de Anatolia, Macedonia, Tracia, Bulgaria, los Dardanelos, el Bósforo, el mar Negro y el de Mármara y las estratégicas islas de Mytilone, Chios, Samos y Rodas, el sultán otomano se plantó frente a Viena después de ocupar Hungría. Con las fronteras aseguradas en la retaguardia y la dominación de alguna de las provincias más ricas del mundo árabe, los otomanos se hicieron con el control del comercio entre el Mediterráneo y el océano Índico e incluso, en un audaz golpe de mano, ocuparon los importantes enclaves de Niza y Tolón, aunque con la inestimable ayuda de Francisco I, pues, encontrándose Francia atrapada entre los españoles de Alemania y los Países Bajos y los de la península ibérica, vio con ese sometimiento una forma de aliviar la presión de los españoles mientras la isla de Corfú, en el canal de Otranto y en poder de los venecianos, impedía a los turcos progresar dentro del mar Adriático, tras la conquista de Rodas por Solimán, Carlos I ofreció a los caballeros de San Juan de Jerusalén la isla de Malta, tomando desde entonces el nombre de esta isla los caballeros de Rodas que allí se asentaban, constituyéndose con la de Chipre, en los dos bastiones que detenían el expansionismo otomano en el Mediterráneo oriental, que recibía el importante apoyo de los reinos musulmanes del norte de África cuyos dos corsarios principales, Barbarroja y Dragut se hicieron súbditos del Gran Turco, llegando el primero de ellos a mandar la gran flota otomana.

De esta forma la cristiandad europea se veía sometida desde fuera de sus fronteras a una presión descomunal a través de una doble pinza, una terrestre por el valle del Danubio que había llevado a los mahometanos a las puertas de Viena y otra marítima gracias al dominio otomano del Mediterráneo meridional. Pero el enemigo no estaba únicamente fuera, dentro del cristianismo el cisma de la reforma protestante iba creciendo como un cáncer, amenazando con descomponer los estados a los que afectaba. Para detener su crecimiento, Carlos V recurrió a la convocatoria de diferentes asambleas que se denominaron genéricamente dietas.

En 1521, en la dieta de Worms, a Martín Lutero, al que protegía el príncipe elector Federico de Sajonia, se le declaró proscrito, iniciándose el enfrentamiento religioso entre el catolicismo y el luteranismo. Los seguidores de la doctrina de Lutero asumirían la denominación de protestantes cuando, en el curso de la Dieta de

Espira, protestaron contra la decisión del emperador de restablecer el edicto de Worms, que representaba la excomunión de los luteranos, y que se había suspendido en 1526.

No habría acuerdos ni en la Dieta de Augsburgo ni en la de Ratisbona y reconociendo que era necesaria una reforma de la iglesia para resolver tan importante problema, el papa Pablo III y Carlos V acordaron convocar el concilio de Trento, donde habrían de resolverse todas las diferencias, pues la presión de los turcos empezaba a resultar insoportable. Ni el papa ni el emperador que habían convocado el concilio vivieron lo suficiente para llegar a ver su conclusión.

Así estaban las cosas la lluviosa noche del doce de diciembre de 1526, cuando vino al mundo en una casa solariega de Granada un niño que en la pila bautismal recibiría el nombre de Álvaro de Bazán y a quien el destino tenía reservado un importante papel en la resolución de las tribulaciones que apretaban a su país y a su rey.

3

Estribaciones de la sierra de Guara
Pirineo de Huesca
Septiembre de 1540

El noble bruto relinchó al sentir las espuelas del jinete en los ijares y avivó la marcha entre un bosque de pinos jóvenes. Acababa de dejar atrás la villa de Ponzano, reconocible por la ermita de san Andrés que la coronaba sobre un pequeño cerro como un vigilante incansable. Girando la vista atrás vio que su hijo seguía su galope sin dificultades. Su mirada serena y firme se mantenía fija en el camino recortándose bajo la silueta imponente del pico del monte Tozal.
Inconscientemente, Álvaro de Bazán, al que algunos comenzaban a apodar «el Viejo» para distinguirlo del hijo del mismo nombre, al que por contraposición empezaban a llamar «el Joven», recordó sus tiempos de correrías a caballo en la guerra de las Comunidades, en la que había servido al rey con una mesnada de cien caballeros pagados de su hacienda personal.
Una mirada al sol que se insinuaba tras las nubes plomizas le indicó que aún podrían disfrutar de tres horas de luz antes de que el astro rey se pusiese tras las peladas cumbres de la sierra de Cebollera, para entonces,

se dijo a sí mismo sintiendo un ramalazo de satisfacción, ya estarían cerca de Huesca y habrían recorrido las cuarenta leguas[1] que se habían propuesto cabalgar diariamente para llegar lo antes posible a su destino en la otra punta de España.

Ya hacía seis años que el rey había nombrado a su hijo alcalde del castillo Gibraltar apenas cumplidos los ocho. Con aquella distinción Carlos I había pretendido honrar en la persona de su primogénito la carrera de servicios a la corona del padre. Hasta que el nombramiento se hiciera efectivo a la edad de veinte años, Álvaro de Bazán «el Viejo» ejercería la tutela de su hijo y ocuparía sus cargos sin menoscabo de los propios.

El nombramiento de alcalde del castillo de Gibraltar implicaba los de gobernador militar y capitán de la fortaleza de la ciudad, un enclave de tanta importancia en el orden estratégico que los últimos gobernadores que le habían precedido en el cargo, el duque de Medina Sidonia y los hermanos Garcilaso y Pedro Laso de la Vega, se contaban entre los aristócratas más importantes de la corte.

Sin desatender las bridas de la caballería y comprobando de vez en cuando que su hijo seguía su galope, don Álvaro recordó sus primeras impresiones cuando se hizo cargo de la gobernación de la Roca, como era conocido el enclave entre la población local. En realidad, sus primeras conclusiones no fueron demasiado halagüeñas, pues encontró que la ciudad estaba mal guarnecida y el material para su defensa demasiado obsoleto, lo cual, tratándose de una plaza que desataba los peores instintos de los piratas berberiscos más audaces, constituía una honda preocupación. Como quiera que el enclave contaba con astilleros propios situados en la desembocadura de los ríos Palmones y

---

1   Aproximadamente una legua equivale a cinco kilómetros

Guadarranque, pero viendo que la corona había perdido interés en reforzarlo al considerar que desde la caída de Túnez en poder de los españoles, en 1535, la plaza andaluza había dejado de constituir un objetivo para los turcos otomanos, Álvaro de Bazán decidió viajar con su hijo a la aragonesa sierra de Guara por considerar que era en estos valles pirenaicos donde podía encontrarse la mejor madera para construir de su propio presupuesto los buques necesarios para la defensa de la ciudad de la que el rey le había hecho responsable. La noticia del ataque berberisco a la Roca llegada a lomos de veloces caballos precipitó el asiento y finalmente don Álvaro tuvo que ceder y aceptar los precios de los asentistas con tal de ponerse en marcha cuanto antes.

Desde luego no participaba de la confianza de Carlos V en cuanto a la seguridad de Gibraltar, villa que, en su opinión, se contaba entre las principales apetencias del rey de Túnez, un individuo llamado Azán con fama de ser extremadamente cruel, pues de él se decía que había envenenado a su padre y asesinado a buena parte de sus hermanos para que no pudieran disputarle el trono. Finalmente, según el pergamino que había recibido en la sierra aragonesa, Azán había establecido una peligrosa alianza con Alí Hamet y Caramani, dos de los corsarios berberiscos más sanguinarios del momento que, además, tenían cuentas pendientes con él, pues don Álvaro los había capturado a ambos en la campaña de Túnez y retenido como prisioneros hasta que lograron escapar con valiosos planos de la ciudad y sus túneles. Para ninguno de ellos era un secreto que el pueblo gibraltareño dejaba de lado sus funciones defensivas al final del verano para dedicarse a la vendimia, razón por la que el ataque a la ciudad se había producido en esas fechas.

Sin desatender el galope de su alazán, don Álvaro apretó los dientes al recordar cómo tres años antes había renunciado a su cargo de general de galeras aduciendo problemas burocráticos, de impagos por parte de la corona y por la indolencia de los naturales del lugar. Su renuncia fue aceptada por el rey, que nombró a Bernardino de Mendoza, marqués de Mondéjar, como su sucesor. El marqués era un experto marino que había dejado constancia de su valía en no pocas ocasiones, pero la zona que le tocaba cubrir en función de su mando era demasiado amplia y el astuto Azán había esperado a que se alejara de Gibraltar para llevar a cabo su ataque, que, en ausencia del general de galeras y alcalde en funciones de la fortaleza de la ciudad, había podido perpetrar a sus anchas. Mientras su cuerpo se castigaba contra la dura silla de montar con cada zancada del caballo, en su cabeza repiqueteaban las noticias que habían llegado a su conocimiento en aquel pergamino.

Al parecer, Alí Hamet se había lanzado contra la confiada Gibraltar con setecientos hombres que desembarcaron en Punta Europa, procediendo de inmediato a quemar la galera principal del Almirante y dedicándose a continuación a arrasar la ciudad y pasar a cuchillo a sus habitantes, muchos de los cuales corrieron a refugiarse en el castillo cuyos defensores, por miedo a la entrada en fuerza de los corsarios, cerraron las puertas abandonando a sus compatriotas a merced de los sanguinarios sarracenos. La misiva en la que se le daba cuenta del ataque berberisco se cerraba con la noticia de que Juan de Zuazo, defensor de la ciudad, además de pedir el regreso urgente de su alcalde, había solicitado ayuda a las localidades próximas de Jimena, Jerez, Ronda, Marbella y Sevilla.

Sin perder de vista el galope del caballo de su padre, Álvaro de Bazán «el Joven» manejaba diestramente las bridas de su montura sumido en sus propios pensamientos. A sus catorce años era un chico espigado, fuerte y flexible como un junco, además de inteligente y bien parecido. Educado en los principios caballerescos, su preceptor, Pedro González de Simancas, había insistido en la importancia de la educación física, el valor, el honor, la fidelidad y la cortesía. Consumado caballero, le había enseñado también a desenvolverse a lomos de un caballo, a pesar de que desde que tenía conciencia había decidido dedicarse por entero al mar, haciendo buena una frase de su padre y maestro en las artes marineras que aseguraba que «para destacar, Iglesia, mar o casa real...». Locución que en su día haría suya todo un maestro de las letras como Miguel de Cervantes.

Álvaro no recordaba demasiadas cosas de sus primeros años en Granada más allá de los rincones de la casa en los que solía jugar a guerrear y los paseos con su aya por los jardines de la ciudad, en los que siempre encontraba patios umbríos en los que simular combates de caballero y fuentes de aguas cristalinas en las que posar las verdes hojas que arrancaba a los hibiscos y que desde su más tierna infancia representaban para el niño los buques en los que no tardaría en embarcar para combatir a los enemigos de su patria. De sus días en Granada recordaba también como con poco más de dos años había sido nombrado caballero de la Orden de Santiago o quizás resultaba que de tanto leer el nombramiento real que guardaba como el más valioso de sus tesoros, su mente se empeñaba en tener como recuerdo lo que solo era una jugada del inconsciente, aunque sí recordaba con nitidez el momento de hacer patente el nombramiento a la edad de siete años en el monasterio de Santiago en Granada, donde fue armado con toda la pompa y ceremonia, siéndole calzadas las correspondientes espuelas doradas y ceñida al cinto la espada de caballero. Debido a sus ocupaciones, pues viajaba constantemente acompañando a su padre, no pudo cumplir el año de retiro que señalaba la orden, si bien se le dispensó hasta cumplir los catorce años, y ahora que estaba a punto de hacerlo no veía llegado el momento de poder dar cumplimiento al voto.

En cualquier caso, conservaba recuerdos mejor consolidados del traslado de la familia a Calpe, ciudad marinera en la que gustaba arrastrar a su aya al puerto para mirar de cerca y tocar la madera de los barcos que atracaban en sus muelles. En esta ciudad fue donde aprendió palabras que habrían de permanecer para siempre en su cabeza como corsario, Berbería, cautiverio o redención. Entre los momentos más impactantes de su existencia por aquellas fechas se contaban los días que su padre lo llevaba consigo a la iglesia de Nuestra Señora de la Merced en Alicante, cuya fachada daba a la transitada plaza del mismo nombre, para pagar la redención de algunos de los cautivos de entre los muchos que solían aparecer en las listas que habitualmente proporcionaban los corsarios berberiscos después de cada ataque a las poblaciones próximas al mar.

En Calpe tuvieron lugar sus primeros embarques, en cada uno de los cuales siempre aprendía una lección nueva de su padre, quien le enseñaba que en los barcos los capitanes deben mostrarse duros y exigentes como la propia mar, pero sabiendo excusar en sus hombres acciones derivadas muchas veces de su propia naturaleza humana y de lo despiadado de los piratas que a bordo de sus galeotas constituían su más feroz enemigo.

En las sucesivas navegaciones con su padre aprendió a conocer el complicado mapa de los vientos mediterráneos, los diferentes modelos de naves y cuáles eran las más apropiadas para lanzarse sobre las enemigas sarracenas. De entre ellas, supo que la más común en el Mediterráneo, la galera, era un barco de propulsión mixta a remos y vela, en la que el remo constituía el elemento principal del avance quedando el viento como un factor auxiliar, por lo que resultaba de importancia capital el número de remos y remeros. Para su construcción, los carpinteros de ribera utilizaban una fórmula 7:2:1, es decir, una eslora siete veces superior a la manga, que a su vez debía ser el doble de la altura o puntal. El número de remos estaba en función del de bancadas, siendo la media de estas de veinticinco por banda, contándose hasta siete remeros por bancada. La longitud media de los remos solía ser de cincuenta pies, apoyándose hacia el primer tercio en las postizas, unos ventanucos rectangulares practicados en el costado para dar salida al remo, que utilizaba aproximadamente una quinta parte de la longitud total como superficie tractora sobre la que se actuaba dentro del agua. Normalmente aparejaban dos velas, mayor y trinquete, ambas latinas, es decir de tres puños y superficie triangular. Dos altos castillos a proa y a popa albergaban a los tiradores, en su día del llamado fuego griego, en todo tiempo arqueros y, cada vez más, ballesteros y arcabuceros.

El joven Álvaro, viendo la evolución imparable de las armas de fuego que empezaban a embarcar las galeras, pasaba horas imaginando en su cabeza un nuevo modelo de buque, pues si el combate artillero apartaba a un lado la necesidad de abordarse, fórmula común de las galeras, había elementos de la nave que dejaban de tener la importancia que se les había venido dando tradicionalmente, e incluso era posible que en la nueva nave que idealizaba en su cabeza los remos quedaran supeditados a la vela, y no al revés como venía sucediendo hasta entonces. A menudo su imaginación volaba a los buques que se aparejaban para atravesar el Atlántico en dirección al nuevo continente y que no hacían uso de los remos. Se trataba de carabelas y naos de inspiración portuguesa que los españoles utilizaban con fines exclusivamente comerciales, al no contar con enemigos a los que disputar unos mares que las bulas alejandrinas firmadas en Tordesillas consideraban exclusivamente castellanos.

Los venecianos habían construido una nave que habían hecho propia y se parecía hasta cierto punto al buque que tanto había idealizado en su cabeza y al que habían dado por nombre galeaza, como aumentativo de la palabra galera, pues se trataba precisamente de una de ellas más grande lo habitual para poder albergar mayor artillería. La fórmula resultaba bastante sencilla, pues reducía la eslora en beneficio de la manga hasta unas proporciones de 6:2:1, e incluso 5:2:1. Eran buques que raramente sobrepasaban los cincuenta metros, con treinta y dos remos de quince metros de largo por banda para no perjudicar a la velocidad, unas veinte piezas de artillería distribuidas entre culebrinas y bombardas, y treinta pedreros. La mayoría de las armas de fuego se situaban en los castillos de proa y popa, mientras que el resto se ubicaban entre las bancadas. Las bordas estaban protegidas con empavesadas con troneras por las que asomaban arcabuces y mosquetes. Como particularidad, y dado que se trataba de buques chatos que viraban con dificultad, contaban con dos timones a base de espadillas situados uno en cada aleta.

Don Álvaro pensaba que la galeaza podía resultar un buque interesante para la defensa de los venecianos ante galeras otomanas de cierto porte que pudieran forzar el bloqueo en Corfú y presentarse en el Adriático o las que se acercasen a hostigar las islas colindantes con la península de Anatolia en poder del dogo de Venecia. Sin embargo, no le parecía el modelo más apropiado para defenderse de los corsarios berberiscos, pues estos utilizaban para su rapiña otra derivada de la galera a la que denominaban galeota, unidades pequeñas pero relativamente de gran velocidad y buenas condiciones evolutivas que tanto en su ataque como en su defensa solían utilizar fuego griego, en esencia un arma de gran eficacia que causaba importantes destrozos materiales y personales en los buques enemigos, pues se trataba de una sustancia que podía proyectarse a distancia considerable y que no solo ardía al contacto con la madera, sino también en el agua e incluso debajo de ella, por lo que además de un arma eficaz tenía un fuerte componente psicológico.

Ante los golpes de mano de las galeotas piratas, las galeras españolas, a pesar de que su armamento era superior, quedaban muy mermadas debido a la diferencia de velocidad y las capacidades marineras inferiores, por eso, desde que su padre le había iniciado en los secretos de la construcción naval, don Álvaro «el Joven» se devanaba los sesos tratando de idear el modelo de barco más adecuado para anular el mucho daño que causaban los berberiscos en las costas españolas, en las que los resignados habitantes del levante y del sur peninsular habían llevado sus poblaciones tierra adentro dadas las cada vez más osadas incursiones de los musulmanes.

Frente a él vio a su padre haciéndole señas para que detuviera el andar de su montura y, poco a poco, la llevó al trote lento. El pelaje desprendía densas volutas de sudor y Álvaro «el Joven» golpeó cariñosamente el cuello del animal. Al llegar junto a su padre este le señaló con el brazo extendido una alquería al pie de una pequeña loma a la que ambos dirigieron sus monturas al trote. Tras dejar los caballos al palafrenero, el Almirante se dio a conocer y el propietario de la casa de postas le saludó con una reverencia. Don Álvaro había enviado emisarios por delante para que fueran avisando de su llegada a las diferentes ventas en las que pudieran detenerse a recuperar fuerzas, entregar los caballos y recibir otros frescos y de buena calidad.

Cenaron frugalmente, una trucha por cabeza, unos espárragos y un poco de queso del Ronzal, regado todo ello con un vaso de vino de Estella. Ambos estaban agotados y deseando descansar, pues al día siguiente debían ponerse en camino con la salida del sol, pero el hijo sabía que eran escasas las ocasiones en que podía sentarse con su padre a conocer de sus labios sus experiencias como caballero y hombre de mar, de modo que decidió aprovechar la ocasión.

—Padre, entre los piratas Cachidiábolo y Sinán, ¿cuál os pareció más sanguinario y peligroso?

Don Álvaro apuró su vaso de vino y volvió a llenarlo, tras lo cual repitió la maniobra con el de su hijo.

—El mismo año de tu nacimiento llegó mi nombramiento como General de Galeras de España en relevo de Juan de Velasco, que había enfermado gravemente, aunque no tanto como para no poderme advertir de que, entre ambos piratas, que eran los dos principales de cuantos en aquella época asolaban las costas españolas, me cuidara especialmente de Sinán, apodado «el Judío», por ser este especialmente audaz en sus ataques a las poblaciones costeras y, por tanto, más dañino que el otro.

A pesar de su juventud, el rostro del hijo del Almirante mostraba una gravedad especial, como si fuera consciente de que aquellas confidencias podrían resultar esenciales el día que le tocara ocupar el puesto de su padre en la difícil lucha contra la piratería berberisca.

—Durante seis años mis galeras estuvieron patrullando la costa y conseguimos eliminar a muchos de los piratas que las asolaban, pero, a su vez eran muchos también los que conseguían sus objetivos, principalmente galeotas pertenecientes a la flota de estos dos piratas. Confabulándome con mis oficiales llegamos a la conclusión de que la mejor forma de acabar con ellos era golpeándolos en su propia casa, de manera que una mañana concentré todos mis barcos frente a Honaine, una pequeña comuna en tierras argelinas, aparentemente pacífica y que vivía exclusivamente de la pesca, aunque puedo asegurarte que cuando nos lanzamos sobre el pequeño puerto, la mayor parte de las galeotas que allí fondeaban no eran inocentes barcos de pesca, pues en lugar de los correspondientes aparejos y artes encontramos gran cantidad de arcos, flechas y lanzas, y lo que debían ser pequeños espacios para el pescado resultaron bodegas pensadas para recibir la carga humana que obtenían en nuestras costas como fruto de sus despiadados ataques. En vista de la situación, prendí fuego a todos los buques y dejé un par de galeras bien armadas en el puerto conquistado. La mayor parte de los botines y los prisioneros de los sanguinarios piratas se encontraban a pocas leguas de allí, en la ciudad de Tremecen, donde no podíamos llegar en fuerza, pues ni mis marineros eran soldados ni constituían número suficiente para habernos enganchado en una batalla de resultado incierto. En cualquier caso, manteniendo el control de Honaine sabía que bloqueaba los movimientos de los piratas en Tremecen, de manera que estos dejaron de representar un peligro para nuestras costas. Fue entonces, en el año de 1533, cuando surgió en el Mediterráneo occidental la figura del arráez Jaban[2].

Álvaro «el Joven» conocía perfectamente la historia de aquel pirata, pues su padre se la había contado muchas veces, pero esperó a ver si se decidía a contarla de nuevo mientras recordaba que, desaparecidos los

---

2 Indistintamente la palabra arráez hace referencia a un caudillo árabe o al capitán de una embarcación igualmente morisca.

piratas de Tremecen, apareció en el Mediterráneo una nueva amenaza sin que nadie supiera de donde procedía, aunque en realidad podría haber surgido en un lugar o en otro, pues los berberiscos, emisarios de los otomanos, estaban bien surtidos de barcos y bastimentos en la mayoría de puertos y ensenadas naturales de la Berbería. En cualquier caso, tras una serie de ataques sobre poblaciones y barcos españoles la figura y nombre de Jaban, lo mismo que su crueldad, se hicieron famosos en el Mediterráneo en general y en el mar de Alborán en particular.

Fruto de su experiencia persiguiendo las rápidas galeotas, el Almirante había llegado a la conclusión de que en lugar de tres órdenes de remos cortos por banco como venían desplegando sus naves hasta la fecha, la mejor forma de dar velocidad a sus panzudas galeras era introducir *bogos* largos y que estos fueran movidos por tres, cuatro y hasta cinco remeros por banco.

En cualquier caso, su queja principal era que después de haber dejado dos galeras en Honaine para controlar la piratería en aquel lugar tan estratégico, únicamente le quedaban otras dos para establecer las pertinentes patrullas. Por eso, cuando, en vista de la aparición del sanguinario Jaban en el Mediterráneo, el rey armó seis galeras en Barcelona que inmediatamente se enviaron a completar su escuadra y tras recuperar las dos de Honaine, donde parecía que la piratería había quedado neutralizada, don Álvaro se encontró con una fuerza de diez galeras y dos mil soldados, además de los marineros y remeros necesarios para cada unidad. Conocedor por sus informantes de que el arráez utilizaba el puerto de One, cercano a Orán, como base logística y de operaciones, lo atacó con decisión sorprendiendo al pirata en su guarida, causándole seiscientos muertos y tomándole un millar de prisioneros, además de dos galeras y seis galeotas. Igual que había hecho en Honaine, don Álvaro dejó una guarnición en la plaza hasta que consideró sofocada la amenaza, abandonando la ciudad después de demolerla hasta los cimientos.

A partir de aquel momento la presencia de la escuadra de don Álvaro en el Mediterráneo consiguió el efecto disuasorio pretendido y las incursiones berberiscas disminuyeron drásticamente, hasta el punto de que en 1535 el rey le encomendó el mando de la escuadra de retaguardia a las órdenes de Andrea Doria en la victoriosa expedición a Túnez, acción en la que resultó herido a consecuencia de una esquirla de madera que le causó una herida que se infectó y le tuvo varios días al borde de la muerte.

Al día siguiente reanudaron la marcha poco antes de la salida del sol. Durante cinco días galoparon incansables por las llanuras castellanas primero y las fértiles vegas andaluzas después, descansando por la noche, aunque antes, a la hora del yantar, el hijo aprovechaba para aprender de labios de su padre las técnicas de navegación y combate para, llegado el momento, ayudarle en la aniquilación de la terrible lacra que suponían los corsarios berberiscos que llegaban una y otra vez del otro lado del mar.

Y aunque el padre se prestaba en todas las ocasiones a satisfacer la insaciable curiosidad del hijo, su rostro permanecía serio en todo momento, como tocado por la gravedad de alguna situación que no terminaba de compartir con su primogénito. Álvaro «el Joven» sabía que su padre estaba profundamente preocupado por la situación del país en el norte, sobre todo en las fronteras con los traidores franceses, pero él mismo le había dicho en muchas ocasiones que la misión de un caballero, por tierra o por mar, era siempre dar cumplimiento a las órdenes del rey, y que de la cuestión de los franceses se encargarían otros españoles, por lo que a ellos, en sus funciones respectivas de General de Galeras de España y alcalde del castillo de Gibraltar les tocaba asumir la defensa del país por el frente meridional, sin perderse en devaneos respecto a otras zonas en las que el rey no les había hecho encargo alguno.

Así, entre conversaciones recordando viejos combates, lecciones de táctica y estrategia en la mar, de técnicas de construcción naval y no pocas reflexiones particulares a lomos de sus respectivas cabalgaduras se presentaron en Gibraltar a mediados de septiembre, encontrando la ciudad bastante deteriorada por el ataque de los piratas y a sus habitantes consternados, pues quien más quien menos todos habían sufrido la pérdida de algún ser querido, bien por haber sido pasado a cuchillo durante el ataque o haber resultado secuestrado, lo cual podía tener un significado peor, pues los hombres pasarían a la dura vida del remo, las mujeres a satisfacer las más bajas pasiones de los piratas y los hijos que tuvieran con ellos, así como los niños que se hubieren llevado, serían educados en el culto al islam y el odio a los cristianos de quienes descendían.

4

*Gibraltar
Octubre de 1540*

Como cada amanecer desde su regreso a la ciudad de la que era alcalde, Álvaro «el Joven» esperaba la salida del sol en lo alto de la torre Cristina, la más meridional de las cuatro que flanqueaban la fortaleza de Gibraltar.

El ataque de los piratas Alí Hamet y Caramani había causado más daños de los que se podían evaluar a simple vista, pues a los cerca de doscientos cristianos muertos a las puertas de la ciudad, que hubo que cerrar para evitar que la masacre se extendiera intramuros, había que sumar el centenar largo de prisioneros que los berberiscos se habían llevado con ellos, y las cuarenta embarcaciones calcinadas cuyos restos se alineaban en la playa como mudos testigos de la tragedia, además de la galera real que don Álvaro estaba construyendo para su uso personal como buque insignia en las batallas que le tocara disputar.

Y eso no era todo. El canalla de Alí Hamet había sabido escoger el momento del ataque, con don Álvaro y su hijo alejados de la ciudad y la escuadra de don Bernardino de Mendoza en aguas de Baleares, llevando el miedo a los corazones de los gibraltareños, muchos de los cuales hacían planes para marcharse a vivir a cualquier pueblo del interior donde no llegaran las sanguinarias galeotas de los piratas.

Nada más llegar de la sierra de Guara, padre e hijo pudieron percatarse del alcance real del ataque. Por boca de Juan de Zuazo, jefe de la guarnición militar de la plaza, supieron que don Bernardino de Mendoza había abandonado las Baleares rumbo a Gibraltar esperando encontrarse con los atacantes en algún punto del litoral andaluz, pues de los pueblos andaluces ribereños del Mediterráneo llegaban noticias de las incursiones berberiscas que seguían incrementando día tras día el número de prisioneros. Don Álvaro decidió entonces buscar una buena embarcación y voluntarios suficientes para unirse a la escuadra de don Bernardino, con idea de cerrar una pinza por poniente con los barcos del General de Galeras que procedían de Baleares para tratar de lanzarse sobre Alí Hamet si conseguían llegar antes de que decidiera el regreso a sus bases en la Berbería.

El problema era encontrar un barco de garantías, pues todos los de Gibraltar habían sido destruidos o quemados y, según se temía, idéntico final debían haber tenido los que se encontraran atracados o fondeados en los diferentes puertos andaluces a la llegada de los piratas, de manera que decidió ir a buscarlo a Huelva, por donde no habían pasado los sarracenos. Don Álvaro le pidió a su hijo que le esperara en Gibraltar, pues yendo solo podría moverse con más soltura, y desde entonces el joven Álvaro pasaba las horas oteando el horizonte desde lo alto de la torre Cristina esperando el regreso del Almirante.

Con la vista clavada en el horizonte, recordó su primera llegada a Gibraltar cuando aún no había cumplido los ocho años. Para entonces ya había navegado en muchas ocasiones junto a su padre e incluso participado a su lado en algún combate menor contra las galeotas sarracenas. El Almirante insistía en que los principales valores de un militar eran la disciplina y la obediencia, y el pequeño hizo norma de ambas virtudes castrenses, a pesar de lo cual le costó encajar su marcha a la conquista de Túnez sin que en aquella ocasión le permitiera acompañarle. Entonces, igual que ocurría en esos momentos después de su regreso de la sierra de Guara, don Álvaro «el joven» pasaba las horas en lo alto de aquella torre esperando la llegada de su padre, el cual le había explicado antes de partir la trascendencia de aquella expedición a Túnez en la que habría de participar el propio rey de España.

A finales de 1534 el pirata berberisco Hizir bin Yakup, apodado Barbarroja por el color de su poblada barba, actuando a las órdenes del sultán Solimán se apoderó de la ciudad de Túnez, deponiendo al bey Muley Hassan, vasallo de Carlos I. La presencia de los turcos en Túnez representaba un peligro para el Mediterráneo occidental. Los turcos, que ya habían conquistado las principales ciudades de la Italia meridional, amenazaban también Venecia por el Adriático, pero su dogo descartó unirse a España en el contraataque sobre Túnez confiado en la alianza que habían suscrito sus ancestros con el propio Solimán treinta años antes.

Así las cosas y dada la capital importancia de la empresa, el emperador pidió ayuda a todos los príncipes de Europa, concentrando en Palamós, a lo largo de un año, todas las escuadras españolas, desde el Cantábrico al Mediterráneo, así como las de los Países Bajos. Sabedores de que la amenaza del turco era real y que podía terminar con sus condados y ducados, numerosos nobles decidieron unir sus fuerzas a las del rey de España, y así lo hicieron Fernando de Toledo y Pimentel, duque de Alba, Antonio Alonso Pimentel y Herrera de Velasco, duque de Benavente, Luis de Ávila, conde de Niebla, Fadrique de Toledo, comendador mayor de Alcántara, el duque de Nájera y el marqués de Aguilar de Campoo. En total, solo por parte española, el rey consiguió reunir, además de las quince galeras de don Álvaro de Bazán, otras seis al mando de García de Toledo, las cuarenta y dos de la escuadra del Cantábrico, sesenta urcas de la escuadra de Flandes y otras ciento cincuenta velas con cien mil soldados reclutados de todos los puntos de España. Por su parte, los aliados portugueses enviaron el galeón *Botafogo* con veinte carabelas al mando del infante Luis de Avis; los estados Pontificios contribuyeron con doce galeras, cuatro de ellas de los Caballeros de San Juan en Malta al mando de Virgilio de Ursino, y Andrea Doria acudió también en auxilio de la cristiandad con diecinueve galeras representando a la República de Génova.

Acompañado de su preceptor, Pedro González de Simancas, que no dejaba de instruirle en ningún momento, el primogénito del Almirante vio pasar las semanas en Gibraltar preso de los nervios, hasta que al atardecer del veinte de agosto de 1535 vislumbró en el horizonte la flota de galeras de su padre. A su llegada a la ciudad fue cuando supo que la expedición había constituido un éxito y aquella misma noche, en el salón principal, su padre le contó con una copa de brandy en la mano que las escuadras españolas y extranjeras se habían reunido en Cagliari en los primeros días del mes de junio, juntando un total de setenta y cuatro galeras, trescientas naves de vela, veinticinco mil infantes y dos mil jinetes. El catorce, la fuerza al completo se dio a la vela y esa misma tarde recalaron en un punto de la costa entre Bizerta y las ruinas de Cartago después de apresar dos naves francesas que venían de dar aviso del ataque a Barbarroja.

Finalmente, el ejército desembarcó y puso sitio a la fortaleza de la Goleta, considerada la llave de Túnez, consiguiendo vencer su resistencia el catorce de julio tras veintiocho días de combate, encontrando en la fortaleza trescientos cañones, la mayoría franceses, así como cuarenta galeras. Desde la Goleta el ejército marchó sobre Túnez con los tercios recién creados en vanguardia y diez mil infantes en la retaguardia al mando del gran duque de Alba. Según contaba su padre fue una marcha dura, pues, además del calor que debieron soportar los soldados, estos se vieron asediados una y otra vez por las tropas de Barbarroja. La ciudad cayó el veintiuno de julio con la ayuda inestimable de los cinco mil cristianos prisioneros que consiguieron liberarse de sus cadenas y volverse contra sus captores desde las mazmorras en las entrañas de la ciudad. Ese mismo día el emperador Carlos entró victorioso en Túnez mientras Barbarroja escapaba de la ciudad a uña de caballo.

La idea de Carlos V era aprovechar la inercia victoriosa y continuar la marcha sobre Argel, pero los aliados se mostraron reticentes y finalmente las diferentes armadas se dispersaron el diecisiete de agosto, marchando el emperador a Nápoles, que también se había arrebatado a Barbarroja, haciendo una entrada igualmente triunfal en la ciudad partenopea pocas semanas después de tomar Túnez.

Cumplida su misión, don Álvaro de Bazán regresó a Gibraltar con sus unidades. Tras reponerse en el trono de Túnez el bey Muley Hassan, en la Goleta quedaron cuatro compañías de infantería y otras tantas en la cercana localidad de Bona, al mando todas de don Bernardino de Mendoza.

A lo largo de los años trascurridos desde la toma de Túnez, Álvaro de Bazán «el Joven» no había dejado de recordar un solo día aquella victoria en la que había participado su padre y, apretando furiosamente los dientes se había conjurado para combatir a su lado en todas las batallas que estuvieran por venir. Así estaban las cosas cuando una semana después de despedir a su progenitor, encontrándose encaramado en lo alto de la torre Cristina, vio acercarse una fusta que izaba en el pico del único palo el escudo familiar de los Bazán. Álvaro echó a correr y antes de que la pequeña embarcación doblara el espigón de entrada al puerto, el alcalde del castillo de la ciudad ya esperaba al Almirante a pie de muelle.

Se trataba de una embarcación ligera que, según su padre, era lo suficientemente rápida como para poder unirse a la flota de don Bernardino de Mendoza en unas pocas singladuras. En esencia era una pequeña galera, bautizada como «*La Galga*», con tan poco calado que podría acercarse a menos de diez metros de la playa sin riesgo de varar. Aparejaba una enorme vela latina y tenía catorce bancos a cada lado en cada uno de los cuales podía desplegar un remero. Armada con dos pedreros a proa y una culebrina a popa, se trataba de un modelo de barco muy usado por los corsarios y aunque el vendedor no había querido aclararlo, seguramente debía proceder de alguna requisa a los berberiscos. Sin tiempo para encontrar voluntarios, su padre había contratado doscientos mercenarios pagados de su propio dinero con los que no tardó en echarse al mar acompañado no solo por su hijo Álvaro, sino por Alonso su hermano, cuatro años menor que el primogénito.

***

A bordo de la galera en la que izaba su insignia, Alí Hamet discutía acaloradamente con su colega Caramani. Tras haber saqueado las poblaciones de Adra y Almuñécar, el primero era partidario de regresar a Argel, ya que la misión, en su opinión, estaba cumplida sobradamente. Habían arrasado Gibraltar, que era el principal de sus objetivos, pues allí tenía su base el odiado Bazán que un día les había hecho prisioneros y amarrado a los remos de la *Leona*, su galera de mando, para no perderlos de vista y recordarles en todo momento su condición de cautivos, hasta el día en que un golpe de fortuna consiguió liberarlos de los grillos, momento a partir del cual habían vuelto a reunir una escuadra de corsarios y se habían fijado como meta acabar con el Almirante de Castilla. Alí sostenía que la expedición de castigo sobre Gibraltar había constituido un éxito y de regreso al oriente habían rebañado las costas españolas consiguiendo un rico botín y una gran cantidad de prisioneros. Pero a esas alturas no le era desconocido que la escuadra de don Bernardino de Mendoza había salido disparada de las Baleares para buscarlos en el mar de Alborán y vengar la afrenta cometida en Gibraltar, por lo que después de haber sometido algunas de las localidades andaluzas más próximas a la Roca lo prudente era poner rumbo de regreso a su base a saborear el éxito conseguido y repartirse el botín.

Caramani no estaba de acuerdo, sabía que para entonces don Álvaro de Bazán debía ser conocedor del ataque a la ciudad de la que era alcalde su hijo mayor y de alguna manera habría de conseguir encontrar una flota con la que buscarlos y él llevaba años esperando el momento de enfrentarse al Almirante que lo había derrotado y humillado encadenándolo al remo. En su opinión, la escuadra berberisca, compuesta en esos momentos por tres galeras, cinco galeotas, seis fustas y dos bergantines, con más de dos mil soldados entre berberiscos otomanos y musulmanes rescatados de entre las localidades que habían sometido, resultaba más que suficiente para plantar cara a la flota de Mendoza y a la que pudiera reunir don Álvaro, si es que se presentaba al combate. Tras un largo debate, Alí Hamet consintió en una espera de veinticuatro horas, transcurridas las cuales si se presentaba la escuadra de Mendoza huirían en dirección a Argel y solo entablarían batalla con los cristianos si este los perseguía mar adentro, pues las naves musulmanas podían elegir el hipotético lugar del combate ya que eran más rápidas que las cristianas. Por el contrario, si aparecía la supuesta flota de don Álvaro, adoptarían formación de combate con los buques de Hamet dispuestos a barlovento y los de Caramani a sotavento para embolsar al odiado Almirante entre dos frentes. A lo largo de toda la noche las escuadras de ambos piratas dejaron pasar las horas y de esa forma la noche se les echó encima sin que apareciera ninguno de los enemigos.

***

A media mañana del veintinueve de septiembre, en el mismo momento en que una paloma le trajo noticias del ataque a Gibraltar por los piratas berberiscos, don Bernardino de Mendoza puso su escuadra a navegar a toda velocidad en dirección al Mediterráneo occidental. Inicialmente imaginó que los musulmanes se replegarían a sus bases una vez ejecutado el ataque, sin embargo, desde que había pasado a navegar a la vista de la tierra peninsular a partir del cabo de la Nao, el helió-grafo le fue informando de que Alí Hamet y Caramani seguían haciendo estragos en las costas andaluzas, por lo que multiplicó el número de remeros con la esperanza de llegar a tiempo al encuentro con los piratas.

De la reunión de emergencia con sus capitanes salió la idea de la maniobra y la táctica a emplear para el caso de que llegara a producirse el encuentro, aunque, dado que en ese momento la premisa principal era la urgencia y por tanto la velocidad, la primera decisión fue la de refrescar remeros cada seis horas. Cuando el sistema de espejos trajo la noticia de que los piratas permanecían en el mar de Alborán, se multiplicó el número de brazos a los bogos para reducir en lo posible los dos días y medio que esperaba tardar en alcanzar la zona.

Los buques españoles conocían bien el uso de la artillería a bordo, pues habían sido los primeros en utilizarla en el combate de la Rochelle en 1372. Cierto que a esas alturas los berberiscos también lo usaban, aunque dado que el alcance de la artillería seguía siendo igual de corto que en aquel ataque primigenio en el que los castellanos derrotaron a los ingleses, seguían recurriendo en un alto grado al uso de arcos, ballestas y virotes. En cualquier caso, don Bernardino era consciente de que dado el escaso número de buques en una y otra formación, la única táctica posible era el ataque en falange directa, para lo cual había previsto dos filas, situando en la cabeza de cada una ellas sus dos galeras mejor artilladas, aunque era consciente también de que lo más probable era que solo pudiera hacer fuego una vez, pues inmediatamente después llegaría la embestida de los espolones, el abordaje y a partir de ese instante el ataque y defensa individuales basado en las espadas, estoques y picas en un lado y las cimitarras, alfanjes y lanzas en el otro. Con esta táctica tan simple en la cabeza, Mendoza escrutaba el horizonte a cada momento desde la proa de su galera insignia situada en la vanguardia de la formación, que se deslizaba sobre las mansas aguas mediterráneas en medio de un silencio roto solo por el crepitar de las olas al romper en la proa de la nave y el sonido lejano de los tambores del cómitre. En su cabeza pesaba cada vez más una idea con la que era posible que pudiera sorprender a sus enemigos, aunque para llevarla a cabo tendría que ordenar a sus buques que se detuvieran para preparar una maniobra de la que hacía tiempo que no se había oído hablar y tal vez en una sorpresa como esa pudiera esconderse el factor que desequilibrara el resultado del combate con los piratas argelinos.

***

Al contrario que Mendoza, don Álvaro había establecido una navegación parsimoniosa rumbo a levante a la vista de la costa española. Para él la velocidad representaba en esos momentos lo opuesto a una virtud. Había zarpado de Gibraltar al atardecer para navegar a lo largo de la noche a velocidad moderada, pues no tenía relevos para sus remeros, y en cualquier caso la distancia a la zona en que había recibido noticias de que se movían los piratas en aquel momento no estaba tan alejada como para necesitar grandes esfuerzos en la boga. A falta de capitanes con los que consensuar una estrategia, se había reunido con sus hijos en la popa de la *Galga* para hacerles ver que su única forma de combatir a los piratas era integrándose con las fuerzas de don Bernardino, y que, si se daba el caso de avistar a los piratas sin haber tenido contacto con el General de Galeras, su única opción sería huir amparados en la velocidad de la fusta hasta que la noche los envolviese con su negro manto. Con idea de reservar hasta el último de sus hombres para el hipotético combate, había pedido a su hijo Alonso que cubriese el puesto de vigilancia de la cofa desde las primeras luces del amanecer, cuando tan importante resultaba vislumbrar y fijar la posición de los enemigos, y de esa forma navegaban amparados por la oscuridad de la noche, reservando fuerzas para el posible encuentro con los piratas al día siguiente.

***

El dos de octubre amaneció un día gris y plomizo. A la hora del crepúsculo una tormenta descargó un aguacero sobre el apacible mar al sur de Granada. Con la lluvia llegó el viento y las olas empezaron a encresparse. Agazapado en la cofa para intentar cubrirse de la lluvia, cuando el vigía de la galera insignia de Alí Hamet asomó la cabeza vio dos filas de barcos cristianos que se dirigían hacia ellos como avispas enfurecidas, tan pegadas la una a la otra que parecían cosidas.

En la toldilla de su galera, el propio Alí fue de los primeros en escuchar el grito desgarrado del vigía. Desconfiado por naturaleza, hacía una hora que su personal permanecía listo y en sus puestos por si los cristianos se presentaban al amanecer como había sido su temor toda la noche. Nada más escuchar el aullido procedente de la cofa giró el cuello y haciendo visera con la mano para protegerse de la molesta lluvia contempló el horizonte por el poniente, donde no vislumbró ningún barco, por lo que imaginó que los buques que se le echaban encima desde el este debían pertenecer todos a la escuadra de Mendoza, de modo que, constatando que don Álvaro no aparecía, decidió ejecutar el plan previsto con Caramani y escapar del ataque a la máxima velocidad en dirección al continente africano. Con el personal en sus puestos, sus gritos fueron reemplazados inmediatamente por los golpes de tambor y poco a poco la fuerza de los remos llevó a las naves a la velocidad de boga de escapada. Por la popa vio que los barcos de Caramani permanecían dispuestos a aceptar el combate con Mendoza, pues poco a poco se fueron izando todas las velas y sus buques giraron a golpe de remo para poner proa a la amenaza.

Cuando avisaron a Caramani de la presencia de la flota cristiana este dio un bote, salió a cubierta, vio venir los barcos de Mendoza e, imitando a Alí Hamet, volvió la vista hacia el lado opuesto esperando encontrar allí la flota de su odiado Bazán, enfureciéndose al no verla y sobre todo al darse cuenta de que Alí Hamet no solo había reaccionado con mayor rapidez que él, sino que escapaba a todo remar. Tantas novedades en tan poco tiempo hicieron que no se fijase suficientemente en la disposición táctica de los buques que en esos momentos debían constituir la principal de sus preocupaciones. Cuando lo hizo se le erizaron todos los vellos del cuerpo, pues don Bernardino se lanzaba sobre él a toda velocidad con sus dos primeras naves unidas según la táctica denominada «sambuca», consistente en abarloar dos buques de modo que los remos de las bandas exteriores se utilizaran para impulsar el conjunto mientras se doblaba la capacidad artillera y combativa, y, sobre todo, se multiplicaba la fuerza de la embestida gracias al doble espolón. Caramani ordenó con un grito agónico que la nave virara a toda prisa para recibir el impacto por la proa, pero sus hombres no estaban preparados y la cubierta se convirtió en un ir y venir de marineros, soldados y artilleros que corrían a cubrir sus puestos con tan poca fe que algunos de ellos, viendo lo inminente del choque, se lanzaron al agua y echaron a nadar alejándose de la nave.

Don Bernardino se sentía eufórico. Había conseguido sorprender a sus enemigos con las primeras luces del amanecer y cuando fueron a darse cuenta de la presencia de sus buques estos se lanzaban sobre ellos en boga de combate, con las cubiertas hirviendo de soldados, artilleros y arqueros y las dos galeras principales en cabeza de la formación sólidamente ligadas una a la otra buscando con los timones la nave principal de uno de los dos piratas, pues el otro huía con toda la potencia de sus remos tratando de escapar de la batalla. A quince cables de distancia[3] Mendoza ordenó pre-

---

3   Un cable son aproximadamente 200 metros

parar la artillería principal, que solo era efectiva por debajo de diez, distancia que con el enemigo detenido en medio del mar alcanzarían en pocos minutos.

Los primeros disparos se escucharon a poco más cinco cables y produjeron algunos destrozos en la galera enemiga que luchaba denodadamente por presentar la proa, cosa que a la distancia a que se encontraba y a la velocidad con la que se proyectaban las galeras abarloadas de don Bernardino se veía que no iban a conseguir. Al estampido de las bombardas y pedreros siguieron los de las culebrinas primero y los arcabuces a continuación, armas que produjeron algunas bajas en los sarracenos pero que, sobre todo, afectaron psicológicamente a un enemigo cuya nave se movía con mucha dificultad, pues por la altura de la línea de flotación se veía que debían ir bien cargados con el botín de sus infamias. Por si fuera poco, las flechas con las que el enemigo quiso contrarrestar el empuje artillero de los cristianos apenas alcanzaron sus objetivos debido al fuerte viento de levante que se había entablado desde el amanecer.

El impacto del doble espolón causó un estruendo ensordecedor de maderas rotas, lamentos agónicos y vidas quebradas. Situados a unos seis metros de la proa, los espolones detuvieron el movimiento de la nave enemiga que perdió la capacidad de maniobrar e inmediatamente los corvos de las galeras cristianas se dejaron caer sobre la madera de la berberisca, procediendo los soldados españoles a abordar la nave enemiga para batir con sus espadines, dagas y picas a los aterrados y confundidos musulmanes, muchos de los cuales abandonaban el combate y se lanzaban al mar, donde sus posibilidades de sobrevivir, siendo ínfimas, eran superiores a las de salir vivos de la batalla, tras la cual, en el mejor de los casos, les esperaría una vida espantosa amarrados al remo hasta el último aliento.

Conocedor de su derrota y sabiendo que la última vez que se había entregado a los cristianos había conseguido escapar a su castigo, Caramani ordenó tocar a rendición, deponiendo las armas los hombres de su nave, gesto que fue inmediatamente repetido por el resto de los buques que componían su escuadra.

Tras ordenar romper las amarras que mantenían unidos a sus dos buques principales para que pudieran moverse con independencia mientras las unidades menores se apoderaban de las de Caramani, don Bernardino volvió la mirada al sur, por donde trataba de escapar Alí Hamet. La situación con Caramani parecía controlada y aunque era complicado, pensó que al menos podría darle un buen susto, de modo que ordenó a los capitanes de ambas galeras que comenzaran a remar en pos de los berberiscos que trataban de escapar, pero después de media hora de intensa boga se dio cuenta de que iba a resultar del todo imposible entablar combate con la flota de corsarios que huía, pues, además de que disponían de una buena ventaja, eran más rápidos. Estaba a punto de abandonar la caza cuando el vigía llamó su atención señalando un punto impreciso a barlovento. Se trataba de un barco procedente del nordeste que levantaba grandes bigotes de espuma por la proa y en cuyo palo ondeaba furiosamente una bandera en la que reconoció de inmediato el ajedrezado del escudo de los Bazán.

—¡Pero, qué demonios! Que me aspen si no es don Álvaro —exclamó tan extrañado como jubiloso.

—Parece la insignia de don Álvaro de Bazán —confirmó a su lado el oficial responsable de las señales—. Me pregunto qué intenciones tendrá persiguiendo con esa pequeña fusta la flota de los piratas.

—Yo tampoco lo sé —exclamó Mendoza sintiendo una creciente excitación—. Pero no vamos a dejarle solo. Quiero refresco en los remos. ¡Avante a máxima velocidad!

***

Dentro de su pecho, el corazón de Álvaro de Bazán «el Joven» galopaba como un potro salvaje. Habían barrido el mar de Alborán de oeste a este a la vista de costa esperando encontrar algún rastro de la flota de los piratas. Los chubascos que desfogaron por la mañana habían limitado seriamente la visibilidad y cuando estaban a punto de darse por vencidos el eco de unos cañonazos no demasiado lejanos llegó claramente a sus oídos.

Su padre interpretó de inmediato que se trataba del choque entre las fuerzas de don Bernardino y los piratas que buscaban; los estampidos sonaban claramente por el suroeste y el Almirante ordenó poner rumbo al sur. No sabía lo que iba a encontrarse, pero sí que con ese rumbo ganaría el barlovento suficiente para poder escoger la mejor de las opciones una vez divisada la flota corsaria.

Con el paso de los chubascos la visibilidad había mejorado ostensiblemente y el grito de Alonso desde la cofa confirmó la presencia de dos flotas enfrentadas. Unos minutos después, cuando estuvo cerca del escenario del combate, el Almirante pudo hacerse una idea de lo que estaba sucediendo: las dos galeras principales de don Bernardino se habían lanzado en sambuca contra la nave insignia de uno de los dos piratas, sometiendo a sus hombres prácticamente sin necesidad de combatir. Del miedo que los piratas tenían a los buques cristianos cuando estos neutralizaban la ventaja de su velocidad superior daba fe el reguero de mahometanos que trataban de mantenerse a flote sobre las olas después de haberse lanzado al agua, opción preferible que la de convertirse en prisionero y condenado a galeras, situación a la que raramente un galeote sobrevivía más de cinco o seis años.

Señalando difusamente un lugar más allá del punto en el que había tenido lugar el encuentro entre musulmanes y cristianos, el Almirante mostró a sus hombres un grupo de buques que escapaban a todo remar en dirección sur. Don Álvaro pidió a sus remeros un último esfuerzo, pues *La Galga* demostraba claramente ser más rápida que los buques a la fuga y manteniendo el rumbo calculaba que en algo menos de una hora podía hallarse en situación de lanzarse sobre ellos ayudado por el barlovento y el empuje de las olas. Rogó a Dios que don Bernardino supiera interpretar su maniobra y le dio gracias cuando vio que sus galeras se habían descosido y se lanzaban en persecución de las enemigas, aunque a una velocidad evidentemente menor.

Aproximadamente una hora y media después las posiciones relativas de las fuerzas habían cambiado sensiblemente. Los berberiscos seguían la estela de su nave insignia que había aumentado en diez cables la distancia a las galeras de don Bernardino, que las perseguían sin ceder al desaliento a pesar de su velocidad inferior, mientras que, por babor, la extraña fusta surgida de la nada con el escudo de armas de don Álvaro de Bazán desafiando al viento en lo alto del único palo se deslizaba velozmente sobre las olas y ya le había superado en la vertiginosa carrera hacia el sur. Inicialmente Alí Hamet no había concedido excesiva importancia a la fusta. Por muy que su capitán fuera el odiado Bazán, se trataba de un buque menor en el que no podían caber más de doscientos combatientes, mientras que solo en su galera se embarcaban cerca de quinientos. Sin embargo y con el paso de los minutos, viendo su velocidad y teniendo en cuenta su privilegiada posición a barlovento comenzó a preocuparse cada vez más, hasta el punto de que ya apenas dirigía la mirada a las galeras de don Bernardino que se alejaban por la popa, permaneciendo pendiente de los movimientos de la pequeña fusta, a la espera de que fueran los cristianos los que hicieran el primer movimiento.

A bordo de *La Galga,* don Álvaro había ido enmendando el rumbo a sotavento con pequeños movimientos del timón, de manera que además de ganar a los berberiscos en la carrera hacia el sur cerraba poco a poco la distancia que los separaba de ellos, hasta el punto de que ya podía distinguir en el castillo de popa de su nave a Alí Hamet, el cual se mesaba la barba sin dejar de lanzar continuas miradas hacia la fusta cristiana, esperando, seguramente, que fueran ellos los que hicieran el primer movimiento para el que probablemente tendría preparada una respuesta.

Aproximadamente a diez cables de distancia don Álvaro hizo uso de su artillería y los dos proyectiles que vomitaron sus pedreros proeles hicieron blanco, aunque no causaron demasiados estragos en la nave berberisca. A continuación, *La Galga* viró a estribor francamente, se lanzó en busca de la proa de su enemigo y no tardó en escucharse el estruendo de las culebrinas y los arcabuces. Cuando el pirata vio que la fusta se le echaba encima levantó el brazo derecho y lo mantuvo unos segundos hasta que lo hizo descender con energía. Era la señal para que sus hombres respondieran a los disparos de los cristianos e inmediatamente tres catapultas proyectaron en dirección a *La Galga* sendas bolas de fuego griego que encontraron tal oposición en el viento de levante que se desplomaron sobre la mar, donde ocasionaron incendios que no parecían consumirse y ni siquiera las olas eran capaces de sofocar.

Sin dejar de pedir fuego a sus arcabuceros, cuyos disparos alcanzaron a algunos piratas que cayeron heridos sobre la cubierta de su galeota, don Álvaro seguía gritando a sus remeros como un improvisado cómitre para que redoblaran su esfuerzo, pues el combate se aproximaba a su momento supremo. Sabía que no podía permitir que Alí Hamet tuviera tiempo de volver a tensar sus catapultas, pues si recibía fuego a bordo tendría que destinar una buena parte de sus hombres a sofocarlo. En ese momento, a menos de treinta varas de distancia[4] y mientras las flechas musulmanas comenzaban a causar bajas a bordo de *La Galga*, vio una sonrisa en el rostro de Alí Hamet que le hizo ponerse en guardia. Estaba a punto de dar la orden de caer a estribor con toda la fuerza del timón para oponer su rumbo al de la nave sarracena de manera que pudiera quebrar sus remos de babor, cuando vio que estos desaparecían por sus chumaceras y el costado de babor de la nave pirata quedaba limpio de bogos. El pirata se había adelantado a sus intenciones de quebrar los remos de esa banda para detener su andar, aunque en ese momento una idea se abrió paso en su cabeza como un rayo y en lugar de caer a estribor dio orden a sus remeros de seguir bogando con la máxima energía durante cinco minutos que le parecieron interminables.

La Galga cruzó la proa de la galera pirata, que sin los remos de babor había reducido sensiblemente su avance. Fue entonces cuando dio la orden de caer a estribor con toda la caña del timón. Los oficiales de la galera berberisca, que no esperaban la maniobra, quedaron paralizados y la fusta desfiló por su costado de estribor destrozando sus remos en medio de un ensordecedor estruendo de madera quebrada. Los piratas quedaron tan sorprendidos que tardaron en reaccionar y cuando comenzaron a disparar sus flechas y armas de fuego *La Galga* se perdía por su popa hasta el punto de que ni siquiera el fuego griego que habían vuelto a preparar tenía ya sentido alguno.

---

4   Una vara se corresponde aproximadamente con un metro.

Los remos de babor de la galera pirata no tardaron en volver a asomar, pero tuvieron que esperar a que los de estribor fueran reemplazados y mientras Alí Hamet permanecía empantanado en medio del mar, las galeras de don Bernardino llegaron a sus proximidades y antes de que pudieran retomar la velocidad de escape ya habían sido embestidas por sus espolones, por lo que a Alí Hamet no le quedó otro remedio que rendirse y entregarse.

En total se apresaron dos de las tres galeras, cuatro galeotas y dos fustas, yéndose a pique otros dos buques y consiguiendo escapar el resto de la flota. Se rescataron a ochocientos treinta galeotes cristianos además de otros trescientos españoles que habían sido apresados en las incursiones de los piratas por los pueblos y alquerías del litoral andaluz. Se hicieron un total de cuatrocientos cuarenta prisioneros entre los berberiscos, entre ellos los dos piratas que mandaban la expedición. Las bajas españolas sumaron ciento dieciocho combatientes, entre ellos veinticuatro tripulantes de *La Galga* que tan heroica aportación había hecho al resultado de la batalla.

Como solía suceder tras una victoria de tanta trascendencia, liberados y libertadores desfilaron por la calle Real de Málaga hasta la iglesia de Santiago, donde ofrecieron un solemne Te Deum de gracias por el éxito del combate. En lo particular, Álvaro «el Joven» pudo apreciar el importante servicio que prestaban a una comunidad que vivía permanentemente expuesta a las correrías berberiscas y lo trascendental que resultaba la lucha sin cuartel contra aquella lacerante y humillante lacra.

5

Galicia, ría de Muros
25 de julio de 1543
Día del apóstol Santiago

La suave brisa del sur hacía flamear la enorme vela de lona en la que destacaban los blasones de la casa Bazán. Con rumbo decididamente norte y a pique de alcanzar aguas gallegas, el suave crepitar de las olas golpeando la proa de la *Zafrita* quedaba enmascarado por los golpes de tambor del cómitre coordinando la boga de los remeros, que ampliaban con su esfuerzo la escasa velocidad propia de la acción del viento.

En la chaza del almirante, don Álvaro departía con su hijo homónimo, su otro hijo Alonso y Juan de Salanova, un cartagenero diseñador y constructor de buques asentado en Pontevedra que llevaba años estudiando la evolución de las naves en función de los diferentes mares en que se vieran obligadas a navegar. A pesar de no ser un hombre de guerra, Salanova se había distinguido a bordo de *La Galga* con ocasión de la captura de Alí Hamet.

—Son terrales, almirante. Soy consciente de que vos sabéis de vientos más que yo y coincido en esa idea de la galizabra que acabáis de exponer. Si ahora menciono los vientos terrales es sencillamente como antecedente de la idea que pretendo trasladaros.

—Quiero que mis hijos aprendan los conceptos del viento desde su base. Han navegado conmigo y son inteligentes, pero hasta ahora han conocido de manera casi exclusiva los vientos mediterráneos, siendo estos atlánticos bastante diferentes, aderezados, además, con corrientes que muchas veces influyen en el movimiento de la nave más que los propios vientos.

Desde el ataque de los berberiscos a Gibraltar y la posterior batalla en alta mar contra las huestes de Alí Hamet y Caramani, el Almirante había venido mentalizando a sus hijos de que el centro de gravedad geográfico de las diferencias con los otomanos pasaba a situarse en el norte, pues, aunque el Mediterráneo seguía convulso y pendiente de los avances de Solimán, tanto en territorio africano como en la Europa mediterránea y continental, lo que tuviera que pasar en adelante tendría como principal posibilitador las vergonzosas alianzas de Francisco I con los sarracenos, por lo que el enemigo a batir pasaba a ser el rey francés, que además comenzaba a mostrarse especialmente beligerante en aguas del Cantábrico, donde estaba reuniendo una importante escuadra con el ánimo de atacar posiciones españolas.

Hacía tres años que don Álvaro de Bazán había firmado un nuevo asiento con la corona que le comprometía a la Guarda del mar de Poniente, lo que incluía la defensa del litoral que se extendía desde el estrecho de Gibraltar hasta Fuenterrabía, con la lógica excepción de las costas portuguesas. Desde la fecha del nombramiento algunos de sus buques habían tenido pequeños enfrentamientos con los franceses de resultados confusos que no habían llevado a ninguna parte. El Almirante aprovechaba los períodos de mayor tranquilidad para visitar sus astilleros en Gibraltar, donde estaba construyendo innovadoras unidades navales llenas de imaginación, pues era consciente de que la regularidad de los alisios atlánticos, tan diferentes a los caprichosos vientos que solían encontrar los marinos en el Mediterráneo, habrían de obligarle a concebir un modelo de barco en el que la propulsión eólica debería prevalecer por encima de los remos. Como parte de sus ideas, combinadas con las del constructor Juan de Salanova, don Álvaro había costeado dos galeazas de alrededor de mil toneles, en una de las cuales, bautizada como *Zafrita* navegaban en ese momento, y otros dos buques algo mayores a los que había dado en llamar galeones, por considerarlos una evolución de la galera diferente a la galeaza. El Almirante, que ya había reunido una importante escuadra de buques tradicionales, se devanaba los sesos buscando soluciones imaginativas a la hora de combinar la velocidad, el espacio reservado a los remeros y el despliegue artillero, dada la importancia que estaba cobrando este arma en los combates navales, lo que le había conducido, por encima de otras razones menores, a la construcción de aquellos barcos formidables muy por encima de los trescientos toneles que solían desplazar las naos tradicionales. Su idea estaba pendiente de ser probada en combate, pero resultaba rompedora en comparación con las naves de guerra desarrolladas por otros países europeos como Francia, Inglaterra, Portugal o Venecia, que de manera general apostaban por carracas, también de gran porte y capaces de ubicar la más pesada artillería, pero lentas a la hora de la navegación y la maniobra.

—Cada país tiene su mar y ninguno es igual al de los demás; y es en función de ese mar propio que cada país construye sus barcos —mientras transmitía a sus hijos su idea de la construcción naval, el Almirante se mesaba la poblada barba con la mirada perdida en el dintel de la puerta de su camarote, donde brillaban los blasones por los que tanto orgullo sentía.

En este punto el Almirante hizo una pausa y con un gesto cedió la palabra a Juan de Salanova.

—Para entender mejor lo que vuestro padre quiere deciros, fijaos en la República de Venecia, un país mediterráneo que utiliza únicamente galeras para sus desplazamientos a lo largo y ancho de este mar, tanto en su versión comercial como de guerra.

»El Mediterráneo es un mar caprichoso en lo que se refiere a los vientos. En un mismo punto de su superficie hoy puede haber un viento de levante y mañana podría ser de poniente. Esa es la razón por la que los caprichos de Eolo se plasman, en este mar, en la llamada Rosa de los Vientos, un símbolo en forma de círculo que tiene marcado alrededor los rumbos en que se divide la circunferencia del horizonte, y en el que aparecen nombres cargados de ensoñación como el siroco, el grecal o el libeccio, en función de que el viento proceda de Siria, Grecia o Libia. Unos vientos tan volubles no aconsejan descansar en ellos la propulsión de la nave y sí hacerlo en los remos, que ofrecen una confianza mucho mayor.

»Portugal es un país atlántico y sus buques se mueven principalmente en este mar en el que dominan *los alisios*, unos vientos de dirección constante en cada punto. Sin embargo, el meridiano convenido en Tordesillas empujó a los lusos a la costa de África, continente que rodearon hasta llegar a la India. El viento que principalmente empujaba sus velas era y es *el terral*, por eso se han mantenido fieles a la carabela, una buena nave comercial pero poco guerrera, cosa que a nuestros vecinos nunca les ha importado mucho, pues no son un país especialmente belicoso en la mar.

Inglaterra es también país de un solo mar, en este caso el Canal y el mar del Norte, y siendo pequeños sus puertos no pueden ser grandes sus naves. Históricamente es un país que ha permanecido encerrado en su isla y cuando han salido ha sido para comerciar las muchas mercaderías de las que carecen con sus vecinos franceses y flamencos. El actual enfrentamiento con Francia les está obligando a construir buques mayores de los que han usado hasta la fecha y por las condiciones climáticas de la isla y los vientos que la azotan su unidad naval por el momento es la nao, pero sabemos que últimamente las están reconvirtiendo en galeones.

»Francia es un país de dos mares y de puertos no tan pequeños como los ingleses, pero tampoco grandes, por lo que admite únicamente flotas de buques pequeños y medianos. En el Mediterráneo usan galeras y en el Atlántico principalmente urcas, pues se trata de un tipo de buque ancho y sólido muy apropiado para atender sus pesquerías en Terranova. Es el modelo de barco al que quizás nos toque enfrentarnos.

Los dos hermanos asistían anestesiados a las explicaciones de don Juan de Salanova, pero justo en ese momento, su padre volvió a tomar el protagonismo en el discurso.

—España no es país de un solo mar como la mayor parte de sus países vecinos, ni siquiera de dos, como podría ser el caso de Francia. Más allá del Mediterráneo, donde contenemos la expansión del turco con nuestras galeras, navegamos el Atlántico hasta América con las viejas naos y estos galeones que ahora experimentamos, ambos modelos son naves mancas, es decir, sin remos, pues su propulsión es exclusivamente eólica.

»Pero también tenemos intereses en el Pacífico desde que Magallanes encontrara el paso a ese mar hace veinte años. Desde que su majestad firmó con los portugueses el Tratado de Zaragoza nuestros intereses comerciales se centran en la explotación de las Filipinas una vez se solucione el espinoso asunto de la derrota de regreso a Nueva España, que quizás termine en Acapulco o tal vez en San Blas. Sea como fuere, tengo para mí que, en esa línea comercial tan floreciente, antes o después la nao se quedará pequeña y habrá que pensar en un buque mayor que también podría ser el galeón. Para terminar, mantenemos abierta otra línea de comercio con Flandes que necesita, cada vez más, ser apoyada por unidades militares. Aquí lo normal es encontrar urcas planas capaces de remontar los bancos de arena de la canal de Flandes.

»En definitiva, donde la mayoría de los países se deben a un solo mar que demanda un único modelo de nave, España tiene intereses en cuatro, que exigen sus correspondientes flotas de guerra para la protección del comercio en cada caso, y esto es lo que nos lleva a la necesidad de diseñar distintos tipos de buque en función de los dichos mares, de sus vientos, cuando se trata de naves mancas, y de los buques enemigos que los navegan.

—Entonces —intervino Alonso, el menor de los hermanos Bazán—, esta galeaza en la que navegamos forma parte del experimento al que os habéis venido refiriendo, lo mismo que los dos galeones que nos preceden.

—Exacto —confirmó a su lado su hermano Álvaro cuando el padre estaba a punto de tomar la palabra—. Y como habrás podido apreciar, por una parte, apenas ha habido diferencia de velocidad entre los períodos que hemos alternado con y sin remos, lo que parece confirmar que en este Atlántico el viento debe ser el principal impulsor de las naves, lo que ha quedado refrendado, y esa es la otra parte, por el hecho de que los galeones, siendo naves mancas, nos han precedido en todo momento.

Dando frente a los hermanos, don Álvaro de Bazán se giró hacia don Juan de Salanova con los brazos extendidos y las palmas de las manos abiertas, dando a entender que el asunto no se podía haber explicado mejor y de manera más sucinta que con aquellas palabras de su primogénito.

—¿Quieres explicarle a tu hermano la idea de la galizabra? Al fin y al cabo, ha sido a ti a quien se le ha ocurrido.

—Bueno —carraspeó el mayor de los hermanos Bazán—. En definitiva, estos buques con los que experimentamos son todos híbridos de la galera y de la nao, con mayor proporción de uno o del otro según los casos. Siendo la zabra un barco con muy buena capacidad de carga y armamento, además de rápido, se me ocurrió que podría tenerse en cuenta a la hora de encontrar la nave que mejor se adapte a las aguas del norte.

—Bien —intervino el padre de nuevo haciendo una seña a su hijo para que contuviera sus ímpetus—. Artillería, esa es la segunda cuestión sobre la que me gustaría ilustraros, pues creo que el combate naval marcha inexorablemente en esa dirección y que a no mucho tardar la guerra en el mar se dilucidará a distancia, sin necesidad de conducir las naves al abordaje.

Unos golpes en la puerta del camarín interrumpieron la conversación. Se trataba de Francisco de Santamaría, capitán de la *Zafrita*, que a tenor de su semblante debía tener un mensaje importante para don Álvaro.

—Almirante —susurró con voz temblorosa—. El heliógrafo avisa de que hay un par de carabelas en la zona tratando de localizarnos. Al parecer tienen un mensaje importante para vuestra excelencia.

—Está bien, capitán. Ponga rumbo a tierra, nos encontraremos con ellos en las proximidades del heliógrafo.

Menos de una hora después vislumbraron una carabela ligera desde la que les hicieron señas con la clave correspondiente. Tras fachear y ponerse al pairo, la *Zafrita* quedó detenida en medio del océano, y media hora después un mensajero entregaba al Almirante un sobre lacrado.

Reunidos de nuevo en su camarín, en una asamblea que en esta ocasión incluía al capitán de la *Zafrita*, el Almirante rompió el lacre y rasgó el sobre que le habían hecho llegar revisando a continuación el texto de la carta, terminado lo cual permaneció pensativo durante unos instantes hasta que exhaló un suspiro, estiró las piernas y a continuación expuso a sus hombres el contenido de la carta.

—Es de don Sancho de Leyva, gobernador de Fuenterrabía. Está firmada hace justo dos semanas, el siete de julio.

Don Álvaro sentía el peso de la mirada de las cuatro personas reunidas con él y decidió no dilatar el contenido del mensaje.

— Se ha avistado a la flota francesa frente a su plaza. Llevaban a remolque dos naos vizcaínas cargadas con lana para Flandes. Al parecer suman veinticinco barcos al mando del astuto Jean de Clamorgan. Según información de nuestros agentes en Bayona podrían haber embarcado más de quinientos arcabuceros reales.

—Esos bastardos —exclamó el capitán Santamaría envarándose y arrastrando la erre—. No solo secuestran nuestras naves, sino que hacen ostentación frente a una plaza desde la que saben que les contemplan miles de ojos.

—Así es —asintió el Almirante—. Se trata de una clara provocación que persigue el que corramos a enfrentarnos a ellos. Pero hay más, Leyva informa que a los franceses se les vio el día diez desfilando frente a Laredo y que el gobernador de Galicia ha comunicado saqueos en Lage, Finisterre y Corcubión. Es evidente que estamos obligados a intervenir, pero además de las cuatro que componen nuestra escuadra, no sé con cuántas unidades podremos contar en el Cantábrico, y a los franceses se les han contado veinticinco. No necesito mencionar que la desproporción en soldados debe ser igualmente desfavorable.

—Padre —se escuchó la voz decidida de su hijo Álvaro—. Por el capitán de la misma carabela que nos ha traído el mensaje podríamos pedir al gobernador Leyva que prepare cuantas unidades estén listas para combatir. Os he oído decir que en esa plaza se pueden reclutar mil soldados y que el capitán Pedro de Urbina cuenta con una reserva de quinientos arcabuceros. Si esas son las fuerzas que tenemos, con ese número de buques y de hombres tendremos que ir al combate.

Finalmente pudieron reunirse doce naves además de las cuatro que incorporaba don Álvaro. A través del sistema de espejos pudieron saber que se habían reunido barcos de Guipúzcoa, Vizcaya y las Cuatro Villas[5], aunque, lamentablemente, el grueso de su fuerza y más de dos mil soldados al mando de don Pedro García de Paredes había partido a apoyar la sofocación de algunos intentos secesionistas en Flandes.

En cualquier caso, don Álvaro se felicitaba en silencio, pues tenía informes según los cuales Francisco I había conseguido reunir una flota de doscientos cincuenta barcos, la mayoría urcas y galeras, aunque, afortunadamente, en ese momento España e Inglaterra eran países aliados, por lo que probablemente el grueso de la flota francesa debía andar en aguas del canal de la Mancha, donde los ingleses les acababan de arrebatar la plaza de Boulogne. Ojalá, reflexionaba don Álvaro mientras el resto de la asamblea intercambiaba opiniones sobre la carta que les acababa de leer, el *Mary Rose* estuviera involucrado en las refriegas que mantenían franceses e ingleses en la cara oeste del Canal.

---

5   Santander, Laredo, Castro Urdiales y San Vicente de la Barquera.

Construido en Portsmouth en 1511, el *Mary Rose* era el buque insignia de la flota de Enrique VIII. En su nombre reunía a la hermana más querida del rey, María, y el emblema de la dinastía Tudor, la rosa. Recién llegado al trono, Enrique VIII financió un ambicioso proyecto de ampliación de su fuerza naval. Los barcos de guerra y los cañones con los que iban armados no solo eran el máximo exponente de poder y de riqueza de su tiempo, sino que representaban para el nuevo rey una salvaguarda frente a Francia, su principal enemigo, cuya ambición era invadir la isla por mar. En ese estado de cosas el monarca fortificó la costa del sur y decidió aumentar la flota que había heredado, formada únicamente por cinco carracas.

El *Mary Rose* era una nao, pero igual que la *Peter Pomarnarde* y la *Henry Grace à Dieu* eran los primeros buques construidos en astilleros ingleses con fines estrictamente militares, pues hasta entonces, cada vez que se había dado la necesidad, las naos habían sido meras naves mercantes adaptadas para el combate.

Artilleramente el *Mary Rose* contaba con setenta y ocho cañones dispuestos a ambas bandas en baterías bajas, era mucho más pequeño que el *Henry Grace à Dieu* (quinientas toneladas frente a mil quinientas), pero sensiblemente más rápido y maniobrero, por lo que en el caso de que estuviera presente en los combates que por aquellos días sostenía la Armada inglesa con la francesa, era también muy probable que los franceses hubiesen desplazado al Canal a su poderoso buque insignia: *Les Philippes,* una urca lenta y pesada pero con enorme capacidad de destrucción que el Almirante prefería no encontrarse en el Cantábrico.

Por el semáforo de Corrubedo supo don Álvaro que la flota francesa de Clamorgan, tras sucesivos intentos de ataque a la Coruña y Vigo, plazas ambas donde fueron rechazados gracias a sus fuertes defensas costeras, había saqueado varios pueblos de la ría de Muros, donde habían causado mucha muerte y se habían llevado, además de las pocas riquezas que hubieran podido encontrar, hombres, mujeres y niños que seguramente serían entregados a sus aliados turcos del Mediterráneo, que apreciaban sobremanera este nauseabundo tráfico humano. No contentos con sus felonías en la ría de Muros, la escuadra se encontraba en esos momentos fondeada frente a Corcubión, a cuya corporación municipal exigían la cantidad de doce mil ducados a cambio de no saquear la villa. Por otra parte, el semáforo informaba que la escuadra propia al mando del capitán Andrés Carrasco se encontraba lista para el combate fondeada frente a la villa de Camariñas, al otro lado de la península de Finisterre, a solo una hora de Corcubión.

Por medio de los espejos, don Álvaro trasmitió órdenes a Carrasco para que se pusiera en marcha inmediatamente, pues una hora era el tiempo que estimaba su flota para arribar a Corcubión. En esa fecha, veinticinco de julio, se celebraba la festividad de Santiago, patrón de Galicia y de España. El grito de guerra clásico «Santiago y cierra España» constituyó el eje de la arenga del Almirante a sus soldados y marineros mientras recorrían las últimas leguas que los separaban del combate.

El encuentro se produjo hacia el mediodía y duró escasamente dos horas. Los franceses se vieron sorprendidos por el ataque de don Álvaro, pues no esperaban ninguna escuadra española en la zona. El factor sorpresa resultó de gran importancia y pese a la enorme diferencia de fuerzas entre los dieciséis buques españoles con sus mil quinientos soldados y los veinticinco franceses a bordo de los cuales embarcaban cuatro mil, la pelea se puso pronto del lado español gracias al arrojo de don Álvaro, que nada más entrar en combate se lanzó contra el buque insignia francés causándole graves daños con su espolón antes de rematarlo con la artillería, por lo que no tardó en irse a pique, lo que, a su vez, causó una gran desmoralización al enemigo, pues una nave gala que, en auxilio de su almirante, atacó a la de don Álvaro por la otra banda resultó hundida también después de que los españoles repelieran su abordaje. El resultado por parte de los franceses fue una severa derrota, pues además de los dos barcos hundidos, ambos a manos de la capitana española, se vieron obligados a entregar otros dieciocho, pudiendo escapar solamente cinco. Buena parte de los tres mil muertos franceses se ahogaron al intentar escapar del combate lanzándose al mar, vista la inusitada violencia del ataque de las naves de don Álvaro. De entre los muchos soldados que ganaron la costa a nado, algunos murieron víctimas de la ira de la población civil, aunque finalmente se impuso la ley a manos de los soldados del rey y en tierra se hicieron dos centenares largos de prisioneros.

Se recuperó un botín valorado en doscientos mil ducados y se liberaron cerca de ochenta cautivos, aunque, desafortunadamente, el brazo de San Guillermo de Aquitania, reliquia que se veneraba en una ermita local y objetivo cada año de miles de peregrinos templarios de toda Europa, se perdió, pues tras haber sido robado viajaba en el buque insignia del almirante Clamorgan que resultó hundido en la batalla.

Nada más terminar el combate, don Álvaro envió un correo al rey dando noticia de la buena nueva. Inmediatamente a continuación desembarcó con sus hijos, los capitanes y una representación de cada uno de sus barcos, marchando todos en peregrinación a Santiago a dar gracias al apóstol por la victoria obtenida sobre el fuerte contingente naval francés.

Pocos días después, don Álvaro recibió una carta en la que el emperador le felicitaba por la victoria y le instaba a marchar a Valladolid a dar cuenta al príncipe Felipe de los detalles del combate. Tras la entrevista que mantuvieron ambos en la capital de la corte, el príncipe ordenó consignar la victoria naval en los anales con el siguiente texto:

«Ha llegado un capitán enviado por y precediendo a don Álvaro de Bazán, Capitán General de la Armada del mar de Poniente, el cual me da cuenta de haber tenido nuevas con cierta armada del rey de Francia, la cual había saqueado un lugar que se dice Lancha, y Finisterre y otros casales e iglesias, y hecho muchos daños y muerto muchas mujeres e hijos y que estaban en concierto con un lugar llamado Corcubión, que les daban doce mil ducados porque no los saqueasen. Y reuniendo don Álvaro dieciséis navíos el día de Santiago por la mañana se topó con ellos en una cala del cabo de Finisterre, donde peleó con ellos de modo que los rompió y les tomó dieciocho navíos que venían de batalla y en ellos dos compañías de Infantería del rey de Francia que estaban en la guardia de Bayona en que había quinientos arcabuceros, y que les tomó mucha artillería y libertó mucha gente que llevaban presa. Ha sido una buena nueva».

* * *

La victoria de don Álvaro sobre los franceses conduciría al cabo de un año a la paz de Crespy, firmada por Carlos I de España y Francisco I de Francia, lo cual, por una parte, aliviaba el flanco norte español, pero condujo al rey francés a reforzar la alianza con Solimán, lo que recrudeció el escenario del Mediterráneo.

Y mientras don Álvaro permanecía en Valladolid trasladando al príncipe su idea de los nuevos modelos de buques que pudieran imponerse a los enemigos en los distintos escenarios del imperio, su primogénito, con solo diecisiete años, permanecía en La Coruña al mando de la flota, correspondiéndole la gestión de los prisioneros franceses en tanto el rey no dispusiese qué hacer con ellos. Sin embargo, antes de la disposición real señalando su prisión en la fortaleza de San Antón, llegó una carta de Francisco I que, vía príncipe Felipe, agradecía el trato noble y generoso que el joven había dispensado al derrotado almirante Clamorgan. En su cabeza resonaba la felicitación de su padre por su comportamiento en el combate, en el que había acreditado no solo una gran pericia marinera, sino una enorme capacidad de liderazgo cuando saltó a las cubiertas de los buques franceses dirigiendo el ataque de los soldados españoles.

6

Winchester
Condado de Hampshire
Julio de 1554

Tras la victoria sobre los franceses en Corcubión, y a pesar de las conversaciones de paz iniciadas inmediatamente a continuación y que habrían de cristalizar en el tratado de Crespy, don Álvaro encargó a su hijo homónimo permanecer en Laredo a cargo de la escuadra construida en los astilleros familiares de Gibraltar y que había resultado determinante en Finisterre, mientras él se dedicaba a dar cumplimiento a los designios reales en materia de construcción naval.

Tradicionalmente los reyes dejaban tales asuntos a sus ministros, pero los nuevos conceptos navales del Capitán General de la Armada del mar de Poniente habían trascendido más allá de las fronteras y en los últimos años se había detenido a informantes de Portugal, Inglaterra y Francia merodeando los astilleros en los que don Álvaro construía sus revolucionarios barcos, de modo que Carlos I llegó a la conclusión de que si lo que don Álvaro hacía en Gibraltar era apetecido por los gobernantes de otros países debería protegerlo e impulsarlo. De ese modo le encargó la construcción de veinte galeazas y un año después le concedió una patente de invención por diez años para «*construir dos modelos de buques diferentes de los que se usan con dos órdenes de remos en las dos cubiertas, así como cañones y culebrinas en ellas, y aparejos y velas de su invención*».

Ante tal avalancha de órdenes de construcción, don Álvaro consideró la compra de cien aranzadas de terreno en una dehesa de la serranía de los valles de Baztán, tierra de sus antepasados. Tras recibir un informe sobre la madera que allí podía explotarse para la construcción de buques, compuesta principalmente por robles, encinas, carrascas, alcornoques, álamos, chopos y pinos, decidió visitar la zona en cuestión, invitando a su hijo a que le acompañara, ya que eran cuestiones en las que también debía aprender a tomar decisiones, pues se trataba de seleccionar una madera sin nudos y ligera para la obra muerta, o parte visible del barco, y más densa y pesada para la obra viva, o parte sumergida, con idea de acercar el centro de gravedad a la quilla como forma de dar la mayor estabilidad a la nave.

Padre e hijo veían pasar los días lentamente en la antigua casa familiar de Beartzun y mientras seleccionaban la mejor madera para sus buques, el padre no dejaba de instruir al hijo en todo lo concerniente a las técnicas de construcción, pues en la parte de la dirección y gobierno de las naves pensaba que poco podía aportarle que no hubiera aprendido ya, a tenor de los inmejorables informes que le llegaban de la escuadra que por delegación suya comandaba en el Cantábrico. Así las cosas, una semana después de la llegada de ambos a la casa solariega recibieron la visita de don Francisco de Zúñiga Avellaneda y Cárdenas, conde de Miranda del Castañar.

Don Francisco era hijo del segundo matrimonio de don Francisco de Zúñiga Avellaneda y Velasco y había heredado los títulos de su padre a la muerte de su hermanastro en un accidente de caza. El hermanastro, don Roque Zúñiga, había sido compañero de correrías de don Álvaro por las sierras andaluzas tras la expulsión de los musulmanes, andanzas de las que nació una sólida y sincera amistad, hasta el punto de que cuando supo de su muerte don Álvaro no pudo reprimir una lágrima.

Don Francisco había sido informado de la presencia de los Bazán en Beartzun y no había querido dejar pasar la ocasión de saludarlos y felicitarlos por las muchas satisfacciones que estaban dando a la corona y, por otra parte, aprovechando su presencia en Navarra, era su deseo invitarlos a la boda de su primogénito que habría de celebrarse en fechas cercanas en la pequeña ermita de Nuestra Señora la Real, en la vecina villa de Berro.

Los Bazán dieron las gracias a su vecino y aceptaron la invitación, excusándose de devolverles la visita dadas las muchas ocupaciones que debían tener esos días con motivo de la boda.

Los esponsales se celebraron un mes después y estuvieron rodeados de mucha suntuosidad. En el ágape que se ofreció a continuación en el palacio familiar de los Zúñiga los hombres se agruparon rodeados de incontables bandejas de pimientos, espárragos, pochas, queso trashumante, cordero, ternera, asado de gorrín y truchas frescas acompañadas por interminables guarniciones de trufa negra, todo ello regado con un sinfín de jarras de excelente vino de Estella, mientras las mujeres los contemplaban con curiosidad desde el otro lado del enorme salón. Los asistentes a la boda querían conocer de boca de sus protagonistas la victoria de las naves españolas sobre las francesas en Finisterre que tanta paz había traído al país en general y a la zona del Baztán en particular, pues sus jóvenes solían ser objetivo principal de las levas del rey, dada su fama de hombres prudentes en la paz y combativos en la guerra. Don Álvaro desgranaba los detalles tácticos de su victoria sobre el almirante Clamorgan sintiendo los ojos del resto de los comensales clavados en los suyos como saetas. Todos, excepto los de su propio hijo, que permanecía contemplándole con mirada ausente, como si su pensamiento estuviera en otro lugar. Por fin, aprovechando una tregua en la narración, don Álvaro preguntó discretamente a su hijo por su extraña indolencia.

—Padre, ¿sabéis quién es esa muchacha que se sienta a la derecha de doña María de Bazán, esposa de don Francisco Zúñiga?

—Que me aspen —exclamó don Álvaro dando un respingo y dirigiendo la mirada en la dirección que señalaba la barbilla de su hijo.

—Es mi hija Juana —sonrió don Francisco desde el otro lado de la mesa—. ¿Queréis conocerla?

—Sí —contestó el joven resueltamente—. Es más, desearía que mi padre os pidiera su mano para mí.

Don Juan y don Francisco cruzaron la mirada en silencio, pero en sus rostros aparecía claramente el mensaje de que a ninguno de los dos les importunaba la inesperada e insólita declaración del chico.

Pero Álvaro «el Joven» permanecía ajeno a las ideas que en ese momento empezaban a bullir en las cabezas de su padre y de su futuro suegro. Su mirada se había enganchado durante un solo segundo en la de la muchacha, lo cual fue suficiente para hacerle naufragar en el azulísimo océano de sus ojos y en el amanecer de los dorados rayos de sol que eran los bucles de su cabello.

Los esponsales se celebraron un año después, el diecinueve de marzo de 1550, en la misma capilla en la que don Francisco acababa de celebrar los de su hijo. Sin perder un ápice de su belleza, Juana, que acababa de cumplir los diecinueve años, se presentó ante el altar con el pelo recogido en una madeja del color de las espigas de trigo y dos trenzas que descansaban sobre su suave espalda. Por su parte, don Álvaro, un joven apuesto y espigado de veinticuatro años, vestía sus galas de caballero de la Orden de Santiago, lo que en algún momento de la jornada le hizo reflexionar sobre el hecho de que a pesar de la dispensa que le había hecho la orden de profesar los principios de la misma en el monasterio de Uclés cumplidos los catorce años, era un trámite que seguía teniendo pendiente, conjurándose ese día para darle cumplimiento en cuanto sus obligaciones le dieran un respiro.

Muerto Francisco I en 1547, su hijo y sucesor Enrique II rompió el acuerdo de Crespy, lo que produjo nuevos enfrentamientos con los franceses que involucraron exclusivamente a los Tercios, por lo que la flota del Cantábrico, aunque en alerta, pudo permanecer en sus puertos de Laredo y Santander. Por dicha razón, tras los esponsales, el matrimonio constituido por don Álvaro de Bazán y Guzmán y doña Juana de Zúñiga Avellaneda se trasladó al sur, a la villa de Gibraltar, de cuyo castillo don Álvaro seguía siendo alcalde. Su padre comenzaba a mostrar signos de fatiga y pasaba por un momento difícil después de perder a su hijo Luis, que se hundió con su barco en medio de un temporal en La Española persiguiendo a un corsario francés, por lo que el recién casado pensó que era el momento de echar su cuarto de espadas en la construcción de los barcos que el rey había pedido a su padre.

En esta tesitura fue como don Álvaro «el Joven» se vio envuelto en su primera misión diplomática, pues, acordado por el rey el matrimonio de su hijo Felipe con María Tudor, hija de Enrique VIII y Catalina de Aragón y tía, por ende, de Carlos I, se encomendó a

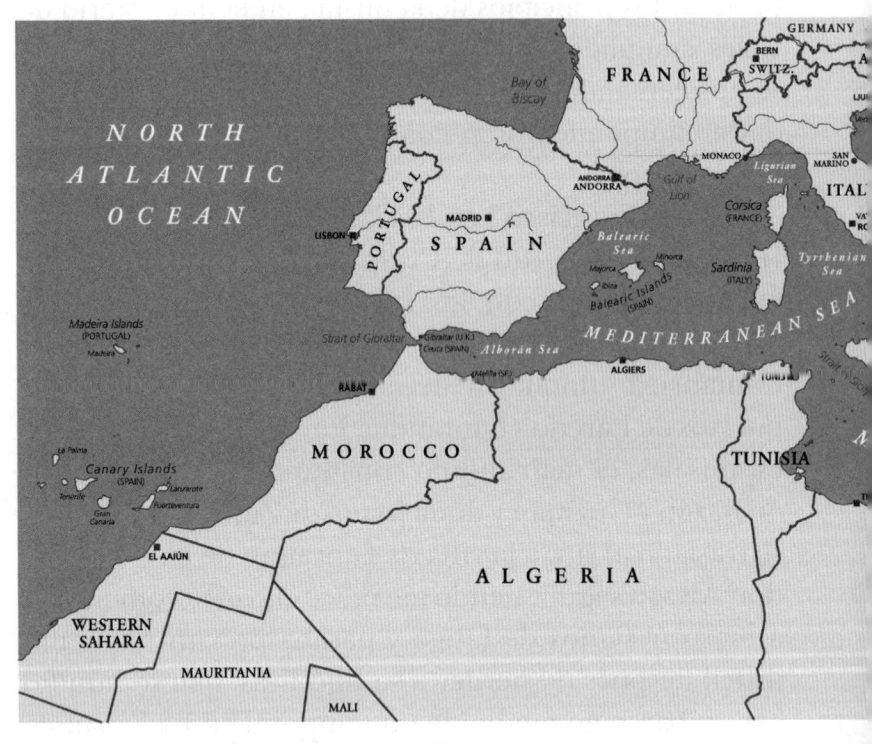

Mar Mediterráneo

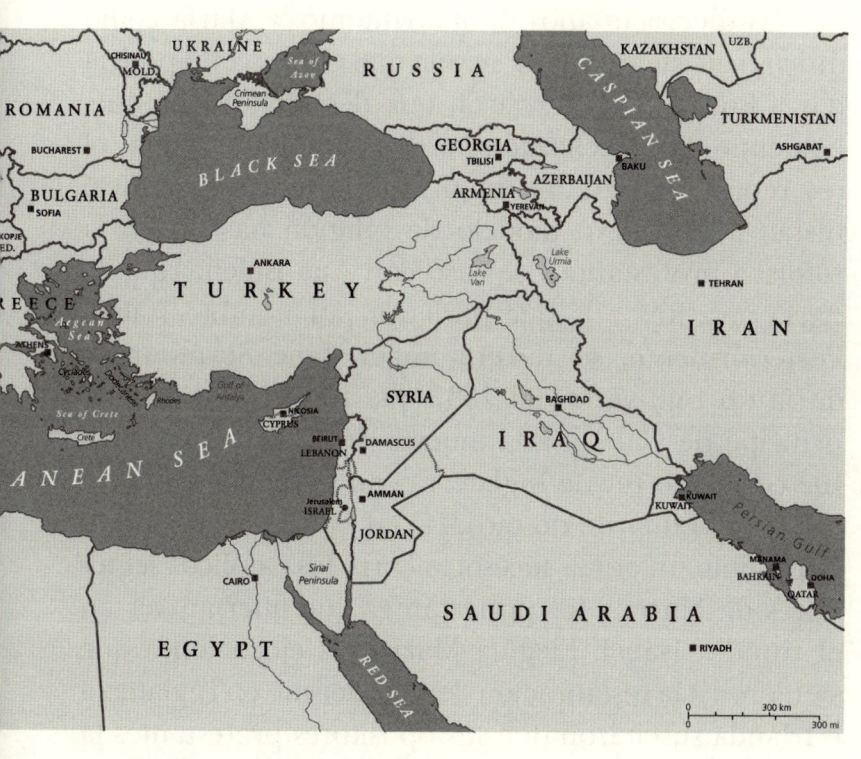

don Álvaro «el Viejo» la organización de la flota que habría de llevar a Londres al príncipe Felipe y su séquito. A punto de cumplir los cincuenta años y con la salud indispuesta, el padre pidió al rey que su hijo fuera puesto oficialmente a su servicio, gracia que el emperador le concedió, pues no solo tomó parte con su padre en la organización de la expedición, sino que se le dio el mando de una escuadra de galeazas de la fuerza de protección con el rango de general.

Tras diecisiete años de matrimonio, y María como único fruto de su unión, se veía que Catalina no podría dar a Enrique VIII el varón que deseaba, por lo que, habiendo sido rechazado su divorcio por el papa, el rey repudió a Catalina, abjuró de la religión católica, instauró un nuevo modelo de religión basado en la reforma protestante y se casó con Ana Bolena, que le daría otra hija a la que pusieron por nombre Isabel. Posteriormente, su tercera mujer, Jane Seymour, le daría un hijo varón en 1537 que recibió el título de príncipe de Gales y a la muerte de su padre en 1547 fue coronado rey de Inglaterra con solo diez años. Sin embargo, Eduardo no tardaría en morir y a su muerte se produjo un cisma sucesorio entre los católicos seguidores de María y los protestantes que querían ver en el trono a Isabel. Elegida María, las ejecuciones que siguieron a la restauración del catolicismo en Inglaterra e Irlanda suscitaron que sus opositores protestantes la apodaran «María la Sanguinaria», alias con el que pasó a la historia.

Para fortalecer la posición de María en Inglaterra, Carlos I decidió casarla con su hijo Felipe, once años más joven y viudo de María Manuela de Portugal. De ese modo se reafirmaba la importante alianza con Inglaterra de cara al enemigo común que era Francia y al mismo tiempo se preservaba a Inglaterra de caer en manos de su medio hermana Isabel, más proclive a los reformistas anglicanos.

La expedición nupcial, compuesta por ciento cincuenta velas, la mayoría galeras, pero también galeazas, naos y zabras, zarpó del puerto de La Coruña el once de junio de 1544 con cuatro mil soldados del Tercio de Luis de Carvajal. El Almirante diseñó y construyó una galeaza para la magna ocasión de conducir al príncipe a sus esponsales, pero el protocolo desestimó su embarque en esta unidad en beneficio de la galera real.

El cualquier caso, don Álvaro acondicionó distintas galeazas para los nobles invitados reales, principalmente los duques de Alba, Feria y Medinaceli, el príncipe de Éboli, el conde de Olivares, el marqués de Sarriá, don Álvaro de Sande y fray Pedro de Castro, capellán mayor del rey. Fue la primera vez que don Álvaro «el Joven» se encontró cara a cara con su futuro rey.

La travesía duró ocho días y, aunque no excesivamente larga, se hizo incómoda y penosa por el mal estado de la mar. Finalmente, el diecinueve de junio el príncipe Felipe atracó en Southampton, donde fue recibido por ocho nobles que le impusieron la orden de la Jarretera otorgada por la reina.

Acompañado de una numerosa comitiva que incluía a los dos Bazán, Felipe se dirigió a Winchester, ciudad en que le esperaba María. El novio vestía elegantes terciopelos que cambiaba constantemente a causa de la lluvia, aunque debajo portaba una disimulada cota de malla para prevenir cualquier atentado. También llevaba un millón de ducados en metálico para repartir generosamente y desmentir el rumor, extendido por los protestantes, de que iba a Inglaterra a robar. Días después le llegó al príncipe el nombramiento que su padre le hacía de rey de Nápoles, título extensivo a su todavía prometida.

La boda se celebró en la catedral de Winchester el veinticinco de julio de 1554 y tras la ceremonia los flamantes esposos se desplazaron a Windsor, donde las celebraciones duraron nueve días, mientras el grueso de la flota, con don Álvaro de Bazán a la cabeza, regresaba a España.

Durante el desplazamiento nupcial a Inglaterra el príncipe decidió celebrar un consejo de estado a bordo de la galera real y entre otros nombramientos, propiciado tal vez por la enfermedad que minaba la salud de don Álvaro, resolvió designar a su hijo Capitán General de la Armada contra corsarios. Más adelante, a pique de cerrarse aquel año de 1554, un decreto firmado en Valladolid le otorgaba un sueldo de dos mil ducados y ordenaba poner a su cargo una escuadra de cuatro naos y otras tantas galeras, significándose que estas podrían ser sustituidas por las galeazas diseñadas por su padre. El decreto disponía que en dicha escuadra embarcarían mil doscientos hombres con la misión de librar de corsarios la costa atlántica desde Fuenterrabía a las islas Canarias, y que tendría su base en Laredo. Con veintinueve años don Álvaro de Bazán y Guzmán era ascendido a almirante y apenas cumplidos los treinta años ya disponía de su propia escuadra.

Consciente del deterioro de las naves durante las invernadas, de que los puertos del norte ofrecían poco resguardo a esta eventualidad y de que el centro de gravedad de la amenaza había vuelto a trasladarse al sur, don Álvaro solicitó y obtuvo permiso para concentrar sus naves en Cádiz durante los periodos de descanso y reparaciones, aunque en lugar de llevarlas a Gibraltar, que se había demostrado demasiado expuesta cuando el ataque combinado de Alí Hamet y Caramani, decidió hacerlo a las abrigadas radas de El Puerto de Santa María y Sanlúcar. De esta forma sus buques podían reaccionar con mayor celeridad ante cualquier eventualidad que pudiera surgir en el Atlántico que le habían ordenado patrullar y si los berberiscos se decidían a atacarlo en su base serían avistados a su paso por el Estrecho, lo que le daría un tiempo precioso para reaccionar.

Su bautismo de fuego como Almirante se produjo el diecisiete de mayo de 1556. A poco de salir de la invernada en Sanlúcar y en tránsito a Laredo una de sus galeazas avisó de la presencia frente a Figueira da Foz de un buque sospechoso, el cual, cuando vio acercarse a la patrulla inició la huida hacia el norte mientras hacía fuego sobre sus perseguidores. Se trataba de una nao que tomaba los terrales con dificultad y don Álvaro vio en la situación la ocasión de poner en valor las capacidades de sus galeazas.

En realidad, la galeaza era un híbrido a medio camino entre la nao y la galera. Menos afilada que estas y con la manga sensiblemente mayor no alcanzaban las altas velocidades de las galeras en boga de escape o acometida, pero podían albergar más artillería que una nao. En definitiva, en condiciones de viento intenso las galeazas eran más lentas que las naos, pero más rápidas que las galeras y si el viento languidecía podía dar caza a una nao gracias a sus remeros, pero no a una galera, que contaba igualmente con ellos y gracias a su proa afilada eran más rápidas, aunque en cualquiera de los casos estaban más y mejor artilladas que las estilizadas galeras y también que las naos, más chatas y cortas de eslora.

Para la caza de aquel buque sospechoso don Álvaro se lanzó a por él en boga de combate a bordo de su galeaza insignia, la *Rubí*, acompañado por otra galeaza, la *Esmeralda*, mientras el resto de la flota los seguía con propulsión mixta a base de velas y remos cortos para que las tripulaciones pudiesen ahorrar energías por si llegaba a ser necesario su concurso.

Desde los primeros compases de la caza se vio que las galeazas eran más rápidas que la nao que trataba de escapar hacia el norte, de donde procedía la escasa brisa que soplaba en esos momentos, razón por la que el alcance artillero de los que huían era superior, ventaja que hicieron patente siendo los primeros en disparar sus bombardas con tan buena puntería que uno de los proyectiles abatió el palo mayor de la *Rubí*, causando importantes estragos en la cubierta, todo lo cual se tradujo en una importante merma de velocidad mientras se reparaban los destrozos a bordo.

Don Álvaro reaccionó ordenando la incorporación a la caza de otra galeaza, la *Topacio*, mientras exhortaba al combate a la *Esmeralda*, en cuyo capitán tenía puesta toda su confianza, pues se trataba precisamente de su hermano Alonso. Y mientras supervisaba con un ojo la reparación de los daños causados a bordo por las bombardas enemigas, con el otro vigilaba la incorporación al combate de la *Topacio* que ya se encontraba prácticamente a su altura.

En ese momento el bramido de un par de cañones le hizo girar el cuello con la esperanza que fuera la artillería de la *Esmeralda* la que se acababa de dejar oír, pero el denso humo blanco que escapaba de las dos bocas de fuego ubicadas en la popa de la nave enemiga le puso el corazón en un puño mientras contemplaba el barco de su hermano esperando verlo saltar en pedazos de un momento a otro, pero sendos piques sobre la superficie del océano a popa de la *Esmeralda* le devolvieron la tranquilidad.

A pesar de los gritos del contramaestre a bordo de la lejana *Rubí*, los de su hermano previniendo a sus hombres de la inminente orden de fuego llegaron nítidamente a sus oídos, pero el enemigo parecía fuertemente armado y lo que tronó en ese momento fue la arcabucería del buque que trataba de escapar, aunque su hermano, que lo esperaba, había dado orden de rodear las partes más vulnerables de la *Esmeralda* con empavesadas que detuvieron la mayor parte de los impactos, momento en que bramaron las bombardas con las que Alonso respondía al daño infringido al buque de su hermano y comandante de la escuadra naval.

Los disparos se hicieron a distancia suficiente para poder causar daños importantes al enemigo y una gavia se descolgó quebrada sobre la cubierta arrastrando buena parte del aparejo, con lo que la nao enemiga perdió velocidad y comenzó a recibir un fuerte castigo de fusilería mientras sus arcabuceros trataban de cargar y cebar sus armas. Pero quienquiera que allí diera las órdenes se dio cuenta de que estaban vencidos y que resultaba inútil presentar batalla, pues la *Topacio* entraba en ese momento en distancia de fuego y desde el barco enemigo veían a sus artilleros esperar la bajada del brazo del condestable para recibir otra andanada de bombardas, de modo que antes de que esta se produjera las galeazas de don Álvaro vieron ondear en la cangreja del buque enemigo la bandera blanca de la rendición.

Se trataba de Joseph Marie Laville, un joven corsario francés ampliamente conocido en algunos villorrios del sur de España, en los que había dejado amargos recuerdos. Su aspecto enjuto y demacrado movía a la compasión al verlo hincado de rodillas suplicando a don Álvaro el perdón para su gente. En total se le ocuparon sesenta piezas de artillería y se hicieron setenta prisioneros que se desembarcaron en El Puerto de Santa María y pasaron a engrosar la lista de penados de la cárcel del Resbaladero.

De nuevo en la mar, don Álvaro puso rumbo sur con su escuadra con la intención de realizar una patrulla por las islas canarias, cuya conquista por parte de Castilla había comenzado en 1402 con la toma de

Lanzarote y culminado en 1496 con la de Tenerife. No fue una conquista sencilla en lo militar, dada la resistencia de los naturales, resistencia que prácticamente había desaparecido a esas alturas, a pesar de que al archipiélago apenas habían llegado españoles y los aborígenes, obviando al correspondiente gobernador, se mantenían fieles al sistema de menceyatos. Así las cosas, no resultaba extraña la presencia ocasional entre las islas de corsarios tanto ingleses como franceses, especialmente Francois Le Clerc y Jacques Sores, que merodeaban las islas acosando los pequeños pueblos costeros para arrebatar a sus habitantes sus pobres pertenencias mientras esperaban algún buque disperso de la Flota de Indias. En semejante tesitura la corona dio orden a sus almirantes de hacer presencia en las islas con sus buques con la mayor frecuencia posible para intentar erradicar semejante lacra.

Los corsarios debieron enterarse de la llegada de don Álvaro y su patrulla no tuvo ningún resultado práctico. Tras veinte días de navegación los barcos fondearon para descansar en Santa Cruz de Tenerife, escribiendo don Álvaro en su cuaderno de bitácora que a pesar de sentirse frustrado por no haber podido capturar ningún corsario, estaba contento al mismo tiempo al ver aquellas aguas españolas libres de piratería, escribiendo también que la toma de contacto con aquella parte tan alejada del país le había servido para desterrar ciertos mitos, pues si bien se tenía a los guanches aborígenes por refractarios a los españoles procedentes de la península, a los que despectivamente se referían como *godos*, el Almirante recién investido pudo comprobar por su propio ojo la realidad de que la visita de los barcos peninsulares suponía un respiro para ellos y eran agradecidas, siendo su única queja que no se prodigaran más en el tiempo.

De regreso de su patrulla, decidió don Álvaro costear el litoral marroquí de la Berbería, pues no era extraño encontrar corsarios o contrabandistas escondidos entre sus afiladas costas. De esta manera sorprendió a un conocido contrabandista inglés de nombre Richard Wates con quien la corona española había tenido diferentes desencuentros, pues se dedicaba a vender armas a la población musulmana que luego usaban en sus correrías por las costas españolas. A pesar de que las dos urcas del inglés se encontraban dentro del alcance artillero de las baterías de costa, que hicieron fuego sobre los barcos del Almirante cuando entraron en distancia, la operación pudo llevarse a cabo sin bajas en la escuadra de don Álvaro, no así en la parte inglesa, en la que, además de los dos buques contrabandistas, fueron capturadas sesenta piezas gruesas de artillería, centenares de arcabuces y se hicieron doscientos prisioneros, mientras que a los musulmanes se les tomaron siete embarcaciones menores y diez piezas de artillería de calibre grueso recién compradas al contrabandista y prestas para ser conducidas a tierra. La llegada de don Álvaro a El Puerto de Santa María con la larga fila de embarcaciones capturadas, así como las piezas artilleras y los prisioneros, que se expusieron en el muelle para que los espías a sueldo del sultán tomaran buena nota, no pasó desapercibida en la corte y a los pocos días llegó una felicitación de Carlos I, de quien se susurraba que podía estar fraguando su abdicación.

Tras la doble captura de corsarios en las personas del francés Joseph Marie Laville y el inglés Richard Wates, respectivamente, llegado el otoño de 1555 don Álvaro remontó el Guadalquivir con su escuadra para reparar y dar descanso a sus tripulaciones en la seguridad de los muelles sevillanos. El Almirante estaba en la cresta de la ola de la popularidad, a pesar de lo cual, o quizás precisamente por eso, se vio envuelto en un incidente que estuvo cerca de conducirlo a la cárcel.

Aprovechando el descanso dejó a su hermano Alonso a cargo de los barcos y marchó a Gibraltar para seguir de cerca la construcción de sus nuevas unidades y pasar unos días con su padre, cuya salud empeoraba a pasos agigantados. Como las pagas de las tripulaciones no llegaban se produjo un motín y algunos marineros se quejaron al alcalde de la ciudad, el cual mandó detener a uno de los maestres de nombre Juan de Santiago.

Como quiera que las cofradías de galeras tenían jurisdicción criminal propia a cargo de un alguacil mayor a quien correspondía impartir justicia entre la gente de mar, don Álvaro se presentó en Sevilla y puso las cosas en su sitio, aunque volvió a sonar el runrún que antecede al motín, lo que llevó al Almirante a imponer castigo de azotes a su principal instigador, que a su vez, volvió a quejarse al alcalde, el cual ordenó detener al maestre que había propinado los azotes, al alférez que ordenó el castigo y al propio capitán de la nave que lo permitió. Indignado, don Álvaro protestó por lo que consideraba una clara intromisión en el fuero de galeras, resultando arrestado él mismo en el domicilio de uno de los alguaciles de Sevilla.

Ante tan deshonrosa afrenta, el Almirante puso en marcha el aparato jurídico de la casa Bazán, pero el alcalde se mantuvo en sus trece y confirmó la prisión del heroico marino, lo que hizo preciso que la noticia llegase al rey, si bien, estando este ausente en Flandes y con el príncipe Felipe en Londres, tuvo que ser la princesa Juana de Portugal, gobernadora de facto en ausencia de Carlos y Felipe, la que ordenara al alcalde de Sevilla la inmediata puesta en libertad del Almirante, cosa que hizo mediante una carta dura y tajante, lo que no dejó de sorprender a la corte viniendo de la que al fin y al cabo era una joven de apenas veinte años.

Igualmente causó buena sensación el empaque de don Álvaro de Bazán, que, viviendo una situación a todas luces injusta aceptó el arresto noble y resignadamente, esperando pacientemente que la carta enviada a sus majestades causase efecto, algo que, si bien terminó sucediendo, lo hizo a la velocidad administrativa de la época, lo que le llevó a permanecer bajo arresto más de dos meses.

A lo largo de los dos años siguientes la escuadra de don Álvaro continuó limpiando de corsarios el eje marítimo La Coruña-Cádiz-Canarias, tomando más de una docena de buques mayores, una centena larga de piezas de artillería de grueso calibre y cerca de mil prisioneros.

En enero de 1556 se produjo la renuncia al trono del rey Carlos, pasando a reinar Felipe II, que en principio mantuvo el nombramiento de don Álvaro, para, dos años después, en 1558, enviarlo a proteger la llegada a Cádiz de la Flota de Indias, cambiando la base de sus barcos de Laredo a El Puerto de Santa María, aunque manteniendo los astilleros propios en Gibraltar. Estando en esta última localidad al cuidado de su padre tuvo noticia de la muerte del emperador en Yuste a los cincuenta y ocho años, víctima del paludismo, poniéndose inmediatamente en marcha hacia la localidad extremeña para participar en las exequias *de quien con tanto acierto lo había mandado y a quien con tanta disposición había respetado*. Encontrándose en Yuste, a primeros de octubre de 1558, recibió la fatal noticia del fallecimiento de su padre a la edad de cincuenta y dos años, dirigiéndose de regreso a Gibraltar sin poder dejar de pensar en las veces que había galopado esas mismas veredas en su compañía. Finalmente alcanzó la localidad gaditana a tiempo de despedirse con un beso en la gélida frente *de quien con tanta rectitud le había enseñado y a quién con tanto amor había obedecido*.

6

El Viso
Ciudad Real, 1562

Poco antes de las muertes consecutivas de Carlos I y Álvaro de Bazán «el Viejo» la batalla de las Gravelinas, cerca de Calais, en la que los españoles se impusieron a los franceses, comenzó a señalar la decadencia de estos, iniciada un par de años antes con la dolorosa derrota de San Quintín. Incapaz de soportar la presión, Enrique II, sucesor en el trono de Francia de Francisco I, accedió a firmar la paz de Cateau-Cambrésis, que supuso un importante alivio para Felipe II, dado lo difícil que se estaban poniendo las cosas en el Mediterráneo, donde el avance otomano resultaba cada vez más decidido. En 1558 los berberiscos pusieron a Menorca en el foco de sus intenciones, y Ciudadela fue saqueada por el pirata Mustafa Piali, que destruyó la ciudad y se llevó a tres mil quinientos ciudadelanos como esclavos. Por esas mismas fechas don Álvaro sufrió otro duro revés, pues su mujer, Ana de Zúñiga, que ya le había dado tres hijas bautizadas como María Ana, Juana y Brianda, falleció de fiebres puerperales tras el parto de la cuarta, que en la pila bautismal recibió el nombre de Ana Manuela.

Dos años después, en 1560, Felipe II se propuso recuperar la ciudad de Trípoli, cedida por su padre a los caballeros de la Orden de Malta en 1530 y que había sido arrancada a los cristianos por Dragut, sucesor de Barbarroja, en 1551. Al interés estratégico de la plaza, de cara a detener el avance musulmán en el Mediterráneo, se unía el de recuperar el prestigio que la cristiandad estaba perdiendo con la expansión, lenta pero firme, de los otomanos en toda Europa. Así pues, con Trípoli como objetivo, Felipe II ordenó a Juan Andrea Doria, sobrino del gran marino homónimo, aunque sin apenas experiencia militar ni naval, la preparación de una escuadra en Messina que quedó formada por sesenta galeras y doce mil soldados del reputado Tercio de don Lope de Figueroa. Como asistente del joven Doria se nombró a don Sancho de Leyva, lo que pareció a muchos una decisión extraña, pues el antiguo gobernador de Fuenterrabía tampoco tenía demasiada experiencia en combates navales.

El desastre que habría de venir se cimentó en una serie de despropósitos iniciales que no hicieron sino complicar la operación y, en última instancia, convertirla en una quimera imposible; por una parte, la proverbial falta de acierto de Felipe II a la hora de elegir sus comandantes en la mar, pues con apenas veinte años el almirante elegido no tenía la madurez que requería la preparación de una empresa de tanta envergadura, por lo que la salida de la escuadra se dilató más de dos meses y cuando se produjo ya había pasado la época de bonanza climatológica y los temporales retrasaron aún más la partida. Para colmo de males, una vez los barcos en la mar, la corrupción en el entarimado logístico hizo que el mal estado de los alimentos y el agua se llevara la vida de dos mil soldados y marineros. Para entonces el factor sorpresa era una utopía y hubo de posponerse el ataque a Trípoli, dirigiéndose la expedición a la isla de

Los Gelves, de la que tomaron posesión sin resistencia. Una vez establecidos sólidamente los soldados españoles se dedicaron a levantar un fuerte mientras seguían llegando fuerzas a la espera del asalto final a Trípoli, aunque antes de que don Juan Andrea Doria se decidiera, una flota turca compuesta por más de noventa galeras y galeotas al mando del almirante Pialí Bajá se presentó frente a la isla cogiendo a los cristianos por sorpresa y dando paso a una batalla que no necesitó de muchas horas para asegurar la victoria otomana, quedando la mitad de la flota española hundida o capturada y cinco mil cristianos prisioneros, incluidos don Sancho de Leyva y don Lope de Figueroa, aunque don Juan Andrea Doria consiguió escapar.

La victoria otomana en Los Gelves supuso uno de los peores reveses de la historia de España y la confirmación del dominio otomano en aguas mediterráneas. En lugar de tomarles Trípoli, ahora eran los musulmanes los que tenían Orán a tiro de piedra, hasta el punto de que estuvo cerca de desalojarse.

Dos años después, prácticamente sin tiempo de recuperarse de las pérdidas de Los Gelves, otro desastre vino a esquilmar las menguadas flotas de galeras, tanto de personal como de unidades a flote. Ocurrió que una armada de veintiocho galeras españolas, napolitanas y genovesas se concentró en Málaga a la espera de viento favorable para acudir en socorro de la plaza de Orán. Como la situación se había apaciguado sensiblemente desde la derrota de Los Gelves, además de los correspondientes soldados de refresco, la flota transportaba mujeres y niños familiares de los hombres de guarnición en la plaza del norte de África, sumando un total de ocho mil personas.

En lugar de remitir, el viento de levante fue a más haciendo temer un temporal para el que el puerto de Málaga no ofrecía buen resguardo, de modo que el Capitán General de las Galeras de España, en ese momento don Juan de Mendoza y Carrillo, decidió dar un salto hasta la vecina bahía de la Herradura, por considerar que este enclave geográfico ofrecía mejor tenedero para sus barcos en el caso de saltar el temido temporal. En condiciones de extrema dureza y con el viento en contra, la escuadra remó durante casi media jornada para navegar las seis o siete leguas que la separaban de la Herradura. Sin embargo, para desgracia de la escuadra, ocurrió que nada más dar el ancla en la cala el viento empezó a rolar entablándose del suroeste de manera tan intensa que hizo garrear las anclas, empujar unas galeras contra otras y en definitiva arrojarlas contra los acantilados de la costa.

Las consecuencias del desastre fueron de una magnitud parecida a la de Los Gelves, pues únicamente tres naves consiguieron escapar al temporal y se perdieron unas cinco mil vidas, incluida la de don Juan de Mendoza. Cuando los otomanos fueron conscientes del desastre y sin flota que pudiera acudir en su socorro, volvieron a poner cerco a Orán, ocasión que sirvió a Dragut para capturar otras siete galeras cristianas cerca de Sicilia.

La situación era desesperada. Ya no se trataba solo de contener el impetuoso avance otomano en el Mediterráneo, pues los piratas berberiscos, aprovechando la situación, pusieron cerco a las costas españolas obligando a muchas familias a abandonar sus hogares tierra adentro, ya que los que permanecían cerca de la costa corrían el riesgo de caer apresados o muertos por la barbarie berberisca.

En ese estado de cosas Felipe II vio la necesidad de construir una nueva flota, con el problema heredado de su padre de la falta de dinero que le había conducido a la quiebra a poco de ceñirse la corona. Quizás porque su padre no tuvo su visión de la importancia de contar con una buena flota o tal vez porque aquel no se había encontrado con problemas tan graves en la mar, el caso fue que el nuevo rey decidió dar un fuerte impulso a la construcción naval centrándola en Barcelona, donde hizo llegar mano de obra especializada desde todos los rincones del país, además de encargar mástiles del Báltico y remos de Nápoles, tenidos ambos por los mejores de Europa, y reglamentar el uso y reforestación de los bosques para que no faltara la madera. De ese modo, frente a las cincuenta galeras construidas por su padre a lo largo de todo su reinado, en solo una década las atarazanas de Barcelona entregaron más de trescientas.

Muy a su pesar, don Álvaro era testigo pasivo de estos desastres y maldecía íntimamente la decisión real de mantenerle apartado del Mediterráneo, dedicado en cuerpo y alma a la protección de la Flota de Indias con su exigua escuadra de cuatro galeras, que aumentó a siete cuando se le asignaron las tres supervivientes de la Herradura.

Mientras tanto, conocedores de las dificultades de Felipe II para reunir una flota capaz de acudir en socorro de Orán y Mazalquivir, el sultán Solimán envió a la conquista de ambas plazas a su mejor hombre, el almirante Pialí Bajá, el mismo que había derrotado a los españoles en Los Gelves, con una flota de cincuenta galeras y cincuenta mil hombres de asalto, número no demasiado alto para una conquista de tanta envergadura, pero que pareció suficiente al sultán, considerando que al carecer de galeras de refresco las plazas podían ser ganadas por medio de un asedio más o menos prolongado en el tiempo.

Para la defensa de ambos enclaves el rey decidió ponerlos en manos de don Alonso y don Martín de Córdoba, hijos del conde de Alcaudete, muerto en un combate reciente en defensa de la propia plaza.

Cuando los hijos del conde tuvieron noticia del inminente ataque turco no pudieron hacer otra cosa que fortificar las plazas, que eran apoyadas logísticamente con lo justo y gracias al arrojo de intrépidos capitanes que se jugaban la vida sorteando el bloqueo otomano con sus pequeñas embarcaciones cargadas de provisiones y munición.

Por considerarla la plaza más accesible y desguarnecida, el almirante Pialí lanzó un primer ataque sobre Mazalquivir el veinte de mayo de 1563, si bien, aunque sus soldados consiguieron coronar las murallas del fuerte fueron finalmente rechazados por los apenas quinientos defensores españoles. A partir del primero de junio se repitieron tres ataques más que se repelieron a pesar de que los españoles se encontraban al límite de la extenuación.

Mientras tanto, el rey de España había conseguido reunir una fuerza de treinta y cuatro galeras gracias al apoyo recibido de Nápoles, algunas unidades particulares y los siete barcos de don Álvaro de Bazán, que vio al fin la oportunidad de echar su cuarto de espadas para defender las estratégicas plazas en litigio. La escuadra, al mando de don Fernando de Mendoza, zarpó de Málaga pasada la medianoche del dieciséis de junio y se presentó en Mazalquivir al amanecer del día siguiente, sorprendiendo a la escuadra otomana que había quedado de retén mientras la mayoría de las galeotas se encontraban desplazadas en Argel, donde habían ido a proveerse de agua, alimentos y munición, pensando que el rey Felipe sería incapaz de reunir una escuadra en tan corto período de tiempo. Al avistar los barcos de Mendoza, los turcos se dieron a la fuga, pero la escuadra de don Álvaro, que navegaba en vanguardia, consiguió apresar cinco galeotas berberiscas y cuatro naos francesas, todas con su cargo de víveres y municiones. Las tripulaciones pertenecientes a unas y otras fueron condenadas al remo, mientras que a los capitanes y oficiales franceses se les ahorcó tras un juicio sumarísimo cumpliendo órdenes de Felipe II, el cual consideraba que ese era el castigo que merecían quienes habiendo pactado la paz con España continuaban aliándose con los turcos contra su propio Dios, castigo extensible igualmente al resto de corsarios franceses e ingleses que atentaban contra los intereses españoles en la mar, especialmente los que eran sorprendidos atacando la Flota de Indias.

Asegurada la plaza de Mazalquivir, don Álvaro recibió órdenes de reunirse en Málaga con una flota al mando de don Sancho de Leyva. Las órdenes no especificaban la misión, pero el Almirante se sintió consternado por el hecho de que después del desastre de Los Gelves, donde fue derrotado y capturado debiendo gastar la corona una importante cantidad de dinero en su rescate, se diera a don Sancho el mando de una flota que, independientemente de su misión, contaría, entre otras, con los buques de la escuadra asignada a don Álvaro.

En Málaga encontró Bazán una escuadra a punto de partir que, con los efectivos que incorporaba él mismo, quedó formada por cincuenta galeras y cerca de diez mil hombres. La misión resultó ser un ataque relámpago y por sorpresa al islote de Vélez de la Gomera.[6]

En una costa sur mediterránea sin apenas puertos ni accidentes geográficos notables, sobre todo en la parte occidental, los sucesivos reyes de España y sultanes otomanos se dieron cuenta de la importancia de contar con algún refugio en el que emplazar flotas o fuerzas de defensa para dificultar los avances y asentamien-

---

6 Conocido hoy como el Peñón de Vélez de la Gomera, originalmente se trataba de un islote rocoso, hasta que, en 1930, un terremoto lo unió con el continente creando un estrecho istmo de arena que hace de frontera con Marruecos.

tos de sus adversarios, motivo por el que Juan Alonso Pérez de Guzmán, III duque de Medina Sidonia, ocupaba Melilla en 1497 y completaba la conquista con la toma de las cuatro fortalezas que dominaban el peñón de Vélez de la Gomera desde el continente. En 1508 el islote fue tomado por Pedro Navarro, que procedió inmediatamente a su fortificación. Para entonces Vélez era una pequeña villa de siete mil habitantes.

En 1522, siendo Juan de Villalobos comandante de la guarnición, vio acercarse una escuadra procedente de España, y, suponiendo que eran refuerzos, les abrió las puertas del peñón. Pero se trataba de un engaño, pues eran naves otomanas cuyas tripulaciones pasaron a cuchillo a la guarnición. El intento de recuperarlo por parte de los españoles en 1525 resultó un fracaso y el lugar se convirtió en un santuario de piratas berberiscos desde el que lanzaban frecuentes ataques a las costas españolas, razón por la que Felipe II tomó la decisión intentar nuevamente su recuperación con las fuerzas asignadas a don Sancho de Leyva, entre las que se contaba la escuadra de galeras de don Álvaro de Bazán.

El Almirante no tuvo noticias de su aportación concreta a la misión hasta que se vio de nuevo en la mar y pudo romper el lacre del sobre que le habían entregado en Málaga. La importancia del factor sorpresa era tal que la misión se había rodeado de un secretismo absoluto y solo una vez abierto el sobre pudo saber don Álvaro que debía reunir a un grupo de cincuenta voluntarios que habrían de escalar de noche los altos muros del fuerte del islote para apoyar el ataque de la flota desde el interior. Sin embargo, en uno de los buques de retaguardia alguien disparó un cañón accidentalmente, lo que puso sobre aviso a la guarnición del fuerte de manera que se perdió el factor sorpresa y la misión quedó comprometida.

A pesar de tan importante inconveniente, don Sancho de Leyva ordenó el desembarco de cuatro mil hombres con las primeras luces de la mañana a una legua y media del peñón para intentar tomarlo por tierra, pero los defensores estaban alertados por el movimiento de pontones en la costa y los españoles no encontraron forma de sorprenderlos.

Tras este nuevo revés, don Sancho de Leyva convocó a sus capitanes en asamblea con idea de escucharlos y elaborar un plan alternativo. En realidad, buscaba una fórmula para intentar el asalto una vez perdido el factor sorpresa, lo que prácticamente constituía un imposible, pero después de su desastroso papel en Los Gelves, ahora que el rey volvía a confiar en él quería por todos los medios brindarle una victoria; sin embargo, sus capitanes le recomendaron la retirada inmediata. Parecía que el Peñón de Vélez tendría que esperar.

Del consenso casi general de los comandantes a la hora de recomendar la retirada había una excepción. Don Álvaro de Bazán sostenía que, siendo difícil acometer el ataque con la guarnición prevenida, lo sería mucho más una vez desaparecieran las naves atacantes por el horizonte del peñón, pues sin oposición y conociendo la intención de los españoles de atacar la plaza, seguramente los turcos la reforzarían de personal y artillería. En su exposición a don Sancho, el Almirante propuso desembarcar una parte de la artillería de las galeras y batir el fuerte a golpe de cañón desde tierra y desde los barcos al mismo tiempo en una pinza artillera a la que seguiría el ataque de la infantería. Finalmente, don Sancho desestimó el ataque y se inclinó por la opción más prudente, ordenando la retirada.

De regreso a su base en El Puerto de Santa María el heliógrafo informó a don Álvaro de que una escuadra inglesa de ocho naos había entrado en la bahía de Gibraltar y se había apoderado de una urca francesa que permanecía al ancla en la ensenada. A pesar de que con su idea aumentaba la diferencia numérica, el Almirante resolvió concentrar en los cinco mejores barcos la mayor parte de sus remeros para poder mantener boga de combate en la aproximación a Gibraltar, sorprendiendo a los intrusos cerca de la ciudad y presentándoles batalla, cosa que los ingleses aceptaron de buen grado, pues, además de contar con más unidades, las naos eran buques muy superiores a las galeras desde el punto de vista artillero.

Conociendo que sus opciones pasaban por llevar a cabo un combate lo más rápido posible, don Álvaro situó la mayor parte de la artillería a proa, lanzando sus galeras, una a una, sobre la popa de las naos, donde estas no podían presentar combate, pues toda su fuerza artillera estaba en los costados. La maniobra no era sencilla y necesitaba de mucha coordinación entre las galeras, además de que si las naos conseguían virar al viento y situarlos por su costado su potente artillería acabaría con las frágiles galeras en pocos minutos. Pero don Álvaro era consciente de que, a pesar de su superioridad artillera, las naos eran buques lentos de maniobra y que las más de las veces necesitaban ayudarse de sus propios botes a remos para terminar de conseguir la virada al viento, maniobra que no estaba dispuesto a conceder a sus enemigos propiciando un ataque fugaz.

Las cosas sucedieron tal y como don Álvaro había planeado y cuando los ingleses vieron venírseles encima las cinco galeras que en pocos minutos destrozaron sus popas y timones y viendo su incapacidad para poner a tiro a las galeras por la rapidez de sus movimientos, decidieron rendirse y apelar a la alianza que unía a sus países, llegando con su queja hasta el rey una vez fueron hechos prisioneros, pero don Álvaro demostró que no eran más que piratas, presentando como prueba la carga que viajaba en las bodegas de sus barcos a modo de botín, además de que estando fondeada en su demarcación consideraba que los franceses eran sus huéspedes, por lo que el ataque constituía una felonía y un atentado a la misma alianza que invocaban. La realidad era que don Álvaro había rendido, con solo cinco galeras y veinticinco cañones, ocho naos a los ingleses, arrebatándoles doscientos cañones y tomando doscientos cuarenta prisioneros que pasaron a bogar para las galeras reales. En su respuesta, el rey de España no solo dio la razón a don Álvaro, sino que, como premio a su valeroso comportamiento, tanto en aquella acción como en el apoyo al socorro de Mazalquivir, lo nombró Almirante de la Escuadra del Estrecho.

El incidente con los ingleses, unido al ataque años atrás de los piratas Alí Hamet y Caramani hizo ver a don Álvaro que el de Gibraltar era un baluarte demasiado expuesto. Su desempeño como Almirante de la Escuadra del Estrecho le obligaba a frecuentes desplazamientos y ausencias con el peligro que ello suponía para una ciudad que estaba en el punto de mira de los piratas berberiscos, sin olvidar su condición de padre de cuatro niñas. Así, tras no pocas reflexiones decidió levantar una residencia alternativa en algún lugar tierra adentro que no estuviera tan expuesta al ataque de los piratas.

En 1538, cuando apenas contaba doce años, su padre compró al rey Carlos I una gran extensión de terreno en la localidad manchega de El Viso con idea de levantar un palacio alejado de las grandes urbes, costumbre muy al uso de la nobleza de la época. Lamentablemente, las obligaciones de su primogenitor nunca le permitieron hacer un alto en el camino para dedicarse a semejante empresa, por lo que los terrenos que habían costado una cantidad cercana a los treinta millones de maravedís únicamente servían para que la maleza que allí crecía exuberantemente sirviera de refugio a todo tipo de fauna, lo que, por otra parte, los convertían en un paraíso cinegético.

El acondicionamiento de la parcela comenzó en 1562 y la primera piedra se colocó el quince de noviembre de 1564. Más allá del palacio sobrio y renacentista que el Almirante comentó en no pocas ocasiones que quería, la riqueza del mismo debía estar en su interior, como había trasladado a Francesco Fealini, un noble italiano que sobresalía en todas las artes, y que si bien había llegado a la corte española como profesor de baile de los infantes, gracias a su gusto refinado había escalado posiciones hasta el punto de que se decía que era a quien el rey había confiado el diseño de su palacio que por esas mismas fechas comenzaba a levantarse en la localidad de El Escorial, próxima a Madrid, que desde 1561 acababa de ser confirmada como capital del reino, aunque en aquellos momentos de turbación política, con la permanente amenaza de los otomanos al otro lado del Mediterráneo, la corte permaneciera establecida en Valladolid.

—Excelencia —susurró Fealini contemplando la enorme extensión del solar, que una vez desbrozado permitía adivinar un soberbio emplazamiento para el palacio—. Si lo que buscáis es la paz y el acercamiento a Dios, no me cabe duda de que habéis dado con el lugar adecuado, pero ¿no os parece demasiado alejado de la urbe? Si me permitís la confianza, en la corte todo el mundo se hace cábalas sobre vuestra elección.

—Lo sé don Francesco, esos chismorreos de los aburridos cortesanos de Madrid llegan a todos los oídos —contestó sonriente el Almirante—. En realidad, sería suficiente pensar que levanto mi palacio en este lugar porque las tierras son mías por herencia, pero hay algunas otras razones que me han llevado al convencimiento de que este es el emplazamiento más oportuno.

—Os escucho…

—Pretendo que el palacio que aquí se alzará sirva algún día para el solaz propio y el de mi familia cuando mis obligaciones no sean tan absorbentes como ahora. Tengo cuatro hijas y mientras mis ausencias me obligan más y más a alejarme de ellas en el cumplimiento de esas obligaciones, los berberiscos y corsarios extranjeros se muestran cada día más osados y me preocupa dejar a mi familia en lugares próximos a la costa donde pueda llegar la mano de mis enemigos.

—Os comprendo, la familia es importante. Yo mismo tengo dos hijas, excelencia, y siento una profunda preocupación cada vez que tengo que alejarme de mi hogar.

—Aquí se respira tranquilidad —dijo el Almirante ignorando las palabras de Fealini—. Y también aires de nobleza, rodeados como estamos por tierras de las Órdenes de Calatrava, Santiago y el Priorato de San Juan. Por otra parte, este emplazamiento equidista de Cartagena, Cádiz y Sevilla, lugares donde indistintamente suelo fondear mi escuadra al regreso de las patrullas y combates. Ahora, además, equidista también de Madrid, nueva ubicación de la corte.

—Así es, excelencia. Lo de trasladar la capital a Madrid es asunto antiguo, aunque se ejecute ahora. No conocí a vuestro padre, pero me consta que era un hombre inteligente y seguro que lo tuvo en cuenta al adquirir estos terrenos.

—Es posible. Mi padre siempre quiso tener un palacio que ofrecer a su majestad en sus desplazamientos al sur, tanto para su descanso como dar rienda a su afición a la caza, pero los viajes reales del emperador casi siempre tuvieron Flandes como destino y tampoco mi padre tuvo tiempo ni fortuna suficiente para edificar el palacio. Ahora soy yo el que espera que el rey, en este caso su hijo, me visite algún día, por eso espero de vos una suntuosidad a la altura de la que el rey Felipe merece.

—Sin duda, excelencia. Conozco las últimas tendencias artísticas de Italia. Estoy de acuerdo con vos en que el modelo del palacio del Almirante Andrea Doria en Génova es el más apropiado y ya he mandado llamar a Antonio Rebagliatto, su impulsor. De las pinturas y frescos se encargarán Molinari, Ribera y Donatelli. Para los jardines he pensado en la creatividad de don García Ramírez y para los ingenios hidráulicos en ese eunuco que llaman Zafrini. Os aseguro que los arquitectos y diseñadores reales que comienzan a medir terrenos en el Escorial vendrán a contemplar esta joya a la hora de inspirarse.

—Sé, Francesco, que estáis contratando lo mejor y eso es justo lo que quiero. Recordad que, aunque el palacio ha de ser sobrio por fuera, en el interior quiero amplias galerías con columnas, arquerías y soportales abalaustrados que soporten las estatuas de cuanta gente quiero honrar. Debéis encargaros también de que sea rico en tapices y muebles italianos a juego con la construcción. La escalera entre plantas debe ser marmórea, réplica exacta de la del palacio de Doria en Liguria y para la parte subterránea es importante que las aguas residuales circulen con fluidez mediante un sistema de alcantarillado igualmente parecido al del almirante italiano. Sé que el proyecto será largo de ejecutar y que probablemente exceda de los diez años e incluso los quince, por eso quiero superficies encaladas en abundancia, con idea de ir plasmando mediante frescos las victorias y otras efemérides importantes que pudieran llegar a ser protagonizadas por mí mismo, mis hermanos o por mis hijos, si Dios tuviera a bien enviármelos; para este menester bastará con que visitéis la sala de linajes de nuestra casa en Granada, donde cada fresco, cuadro o representación aparece acompañada de la correspondiente inscripción explicativa.

—Excelencia —expuso Fealini interrumpiendo la exposición del Almirante—. Creo entender perfectamente lo que deseáis. Mi intención es plasmar vuestros deseos en bocetos antes de cada consentimiento. Mientras tanto, cada vez que tengáis que marchar a vuestros combates podréis hacerlo en la tranquilidad de que vuestro palacio no desmerecerá de los mejores y será elogiado por el propio rey.

—Está bien, don Francesco, confío en vos.

—Una cosa más, almirante. ¿Sabéis qué dice el vulgo de vuestra decisión de levantar vuestro palacio en este lugar tan apartado?

Don Álvaro hizo un movimiento de cabeza invitando a su diseñador a completar la frase.

—Os admiran, excelencia. El pueblo sintetiza vuestra decisión en una frase tan corta como ingeniosa: «*Don Álvaro de Bazán decidió construir un palacio en El Viso porque pudo y porque quiso...*»

7

Islote de Vélez de la Gomera, 1564

Los acuerdos con Francia y la boda de Felipe II con la reina de Inglaterra en 1554, más allá de la espontánea aparición en escena de algún corsario francés o inglés, tuvieron la virtud de pacificar el escenario del norte, lo que devolvió el centro de gravedad de las operaciones navales al Mediterráneo, donde el imperio Otomano continuaba su avance inexorable y, a su rebufo, cada vez era mayor el número de piratas berberiscos que se lanzaban sobre las costas españolas. Así las cosas, Felipe II decidió que había llegado el momento de volver a intentar la conquista del estratégico islote de Vélez de la Gomera.

A través de sus informadores en Constantinopla, el rey de España supo que el sultán otomano alistaba una flota para lanzarla a la conquista de Italia, lo que le llevó a preparar una armada para defenderla. Además de que Sicilia y Nápoles formaban parte del imperio, la ocupación de la península itálica por parte de los otomanos los situaría peligrosamente a tiro de piedra de la ibérica, por lo que el rey de España hizo un llamamiento a los príncipes de la cristiandad, al mismo tiempo que encargó a don Álvaro que concentrase en Cádiz todas las naves que pudiera reunir en el Cantábrico y en Andalucía.

El llamamiento tuvo una buena respuesta y se pudieron reunir un total de noventa y tres galeras procedentes de Portugal, Saboya, Florencia y Malta, además de las propias españolas, y otra cincuentena de buques menores, reclutándose dieciocho mil soldados, incluyendo dos mil arcabuceros.

Con tan trascendental objetivo el rey tuvo en esta ocasión el acierto de nombrar almirante de la escuadra a don García de Toledo, marqués de Villafranca, uno de sus más reconocidos hombres de mar. Toledo comenzó a reunir sus barcos en Barcelona sin que de tierras otomanas llegaran noticias del destino concreto de la flota turca ni tampoco se dieran trazas de que fuera a ponerse en marcha. Mientras tanto, don Álvaro de Bazán, una vez reunidas sus doce galeras en El Puerto de Santa María marchó hacia Barcelona aprovechando el tránsito para llevar a cabo una serie de ejercicios coordinados de forma que sus doce barcos pudieran llegar a funcionar como uno solo. A tal efecto rebautizó sus galeras con doce nombres de la A hasta la M, de manera que pudieran interpretar más fácilmente sus señales al mismo tiempo que las agrupaba en tres secciones con sus correspondientes comandantes subordinados: don Francisco Picot, en la *Albaladeja*, don Luis Sotillo, en la *Elvira* y él mismo como jefe de la agrupación y de la tercera sección a bordo de la *Mollanta*, resultando que, en las proximidades del faro de Cabo de Palos descubrió un grupo de cuatro galeotas berberiscas procedentes de tierra, donde debían haber llevado a cabo alguna rapiña. Al ver aparecer las galeras de don Álvaro los piratas trataron de huir escapando en dos direcciones distintas, pero una señal en lo alto del palo de la *Mollanta* hizo salir en pos de cada de uno de los grupos de dos galeotas las secciones al mando de Picot y Sotillo.

Picot fue más rápido y Sotillo más constante. Siguiendo a la *Albaladeja*, la *Breija*, la *Carrasca* y la *Donata* remaron velozmente en pos de las galeotas piratas, que a su vez se separaron en dos unidades que tomaron rumbos distintos. La primera en disparar fue la *Carrasca*, que erró el disparo por unas pocas varas, pero el que siguió al de la *Carrasca* desde la cubierta de la *Donata* alcanzó el costado de una de las galeotas, produciendo la quiebra de buena parte de los remos, y como quiera que los remeros de la otra banda continuaron con la boga por pura inercia, la galeota comenzó a virar echándose encima de la *Albaladeja*, desde la que don Francisco Picot ordenó el abordaje, aunque antes de que un solo pie cristiano pisara madera sarracena los piratas alzaron los brazos en señal de rendición entregándose mansamente, y lo mismo hizo la segunda galeota, que imitando el ejemplo de sus compañeros se rindió a don Andrés Claur, capitán de la *Breija*, que desde la cubierta de su galera seguía la rendición sin perder detalle, pendiente de dar orden de fuego a sus arcabuceros si se producía la menor vacilación.

A bordo de la *Elvira*, el jefe de sección y capitán de la propia galera vio la necesidad de emplearse con más inteligencia que fuerza. Viendo que las dos galeotas que perseguían habían doblado remeros y que su boga los llevaba a alcanzar una velocidad difícil de sostener, decidió entregar al viento el esfuerzo principal del avance, estimando que los remeros de las galeotas enemigas no tardarían en acusar el esfuerzo. Y así sucedió al cabo de una hora, cuando la marcha de las galeotas comenzó a verse mermada por el exceso de energía gastada, momento en que Sotillo ordenó a sus barcos boga de combate, de manera que las distancias comenzaron a menguar, y media hora después enviaba una señal a don Manuel de Caridad, don Luis Heydt y don Francisco González, de forma que sus galeras, la *Dadde,* la *Garzona* y la *Huixa* comenzaron a rodear a las agotadas galeotas, que poco después se entregaban sin haber efectuado un solo disparo. En total se hicieron más de trescientos prisioneros que fueron condenados a los remos, mientras ochenta galeotes cristianos, entre ellos una decena de mujeres, se liberaron del yugo berberisco. Jubiloso por la valerosa e inteligente actuación de sus capitanes, don Álvaro mandó repartir entre las tripulaciones los aproximadamente veinte mil ducados en que calcularon el botín arrancado a los sarracenos, mientras que el Almirante decidía quedarse con un arco turco, magnífico trabajo de orfebrería que iría a adornar el fabuloso palacio que en ese momento estaba levantando en El Viso.

Sin más incidentes, la escuadra de don Álvaro continuó navegando rumbo a Barcelona, aunque a la altura de Tarragona el semáforo le avisó de que finalmente la flota se estaba concentrando en Palamós, por lo que aún tuvieron que remar un par de días más hasta llegar al puerto localizado en el bajo Ampurdán, donde el Almirante tuvo noticia de que en vista de que la flota turca no acababa de abandonar sus bases, el rey había considerado atacar de nuevo el peñón de Vélez de la Gomera, tanto por su condición estratégica como por llevar a cabo un ensayo de la batalla principal contra los otomanos en el punto de Italia donde finalmente se presentaran. En lo particular, don Álvaro recibió el encargo de transportar la artillería hasta Málaga, lugar donde se había decidido concentrar la fuerza antes del asalto al islote.

De camino a Málaga volvieron a encontrarse con unas galeotas turcas de las que solían merodear las costas españolas. Don Álvaro reaccionó inmediatamente enviando al asalto a sus dos primeras secciones como había hecho en el tránsito a Barcelona, y cuando Picot y Sotillo estaban el punto de echarles el guante apareció don Sancho de Leyva a todo navegar tratando de arrebatarles la presa, colisionando finalmente con la *Carrasca* y echando a perder la caza. Al ver la acción, don Álvaro se llenó de cólera, pues se daba cuenta de que en su atropello por obtener una victoria que le hiciera grande ante el rey había permitido que los turcos escaparan. Cuando supo don Álvaro que uno de los heridos a consecuencia de la fuerte colisión era su hermano Jaime su cólera alcanzó límites desconocidos.

El treinta y uno de agosto la poderosa flota de don García de Toledo fondeó frente al peñón, donde llegaron a tiempo de ver arder tres naos que habían sido capturadas por los berberiscos.

Don García obró según un plan sistemático que contemplaba la conquista sin prisa, pero tampoco sin pausa, de los fuertes en tierra firme, de manera que cada vez que caía uno y los musulmanes corrían a refugiarse en el siguiente, mandaba detener el avance y utilizaba el fuerte recién conquistado como almacén en el que disponer, a resguardo de las flechas incendiarias del enemigo, todo el aparato militar que utilizaba para rendir plazas fuertes. De este modo, uno tras otro fue cayendo el objetivo; primero los fuertes en tierra y la pequeña ciudadela levantada entre ellos después. El avance metódico e implacable del magnífico militar que era don García debió impresionar a la guarnición del peñón, que lo abandonó aprovechando las sombras de la noche, de forma que cuando formaron los soldados españoles al amanecer para el ataque final el islote estaba completamente vacío.

Completada la operación, don García decidió regresar con el grueso de su escuadra a aguas españolas para limpiarlas de presencia berberisca antes de volver a concentrarse en Málaga a la espera de noticias de la gran flota turca. En el peñón de Vélez quedó una guarnición de quinientos hombres a los que don Álvaro daba resguardo desde la mar con una flota de veintidós barcos, contados entre sus propias galeras, las galeotas capturadas y algunos bergantines portugueses. Cumpliendo órdenes de don García efectuaron una limpieza de piratas entre Melilla y Ceuta, capturando otras dos galeotas, haciendo más de cien prisioneros y liberando setenta y cinco remeros cristianos. Enterado de que los berberiscos utilizaban la ciudad de Tánger como base para sus correrías remontando para alcanzarla el río del mismo nombre, se dirigió hacia la ciudad, aunque para enmascarar sus planes reales simuló el bombardeo de Tetuán, para lo cual desembarcó en las proximidades unas compañías mixtas de infantería, artillería y arcabuceros al mando de su hermano Alonso. La evidencia del ataque condujo al bey de Tetuán a encerrarse dentro de los muros de sus fuertes para repelerlo, sin llegar a interpretar que se trataba de una maniobra de diversión, ya que, en realidad, lo que buscaba don Álvaro era mantener a las fuerzas de defensa ocupadas para poder dedicarse a sus intenciones reales, que no eran otras que lastrar algunas de las galeotas capturadas con piedras y cemento y hundirlas en el lecho del río Tánger, con lo cual cegó la salida a una docena de fustas que solían atracar en el muelle de la ciudad y que de esta forma quedaron neutralizadas.

A juicio de don García la actuación de sus comandantes en la mar había sido notable, destacando entre ellos la sagacidad, espíritu de liderazgo y competencia marinera de don Álvaro de Bazán, cosa que hizo llegar al rey, el cual aceptó el informe con regocijo, pues lo tenía como uno de sus mejores almirantes.

Ajeno a la alta consideración real, don Álvaro navegaba con sus barcos rumbo a El Puerto de Santa María. Con la llegada del otoño los temporales de levante y poniente solían sucederse unos a otros, lo que aprovechaban las flotas a ambos lados del estrecho de Gibraltar para reparar. En su mente flotaba la idea de cabalgar al Viso a encontrarse con sus hijas, descansar en lo posible y admirarse del bellísimo palacio que allí se estaba construyendo.

1 (Chipre), 2 (Rodas), 3 (Mar Egeo), 4 (Malta), 5 (Túnez)
Mar Mediterráneo oriental

8

Isla de Malta. 1565

En el año 1048 un grupo de mercaderes amalfitanos fundó en Jerusalén un hospital para peregrinos junto a la iglesia del Santo Sepulcro. El hospital fue consagrado a San Juan Bautista y cuando los mercaderes decidieron constituir una orden, le pusieron por nombre Orden del Hospital de San Juan de Jerusalén. Con el paso de los años, sin dejar de ser una orden religiosa, fue constituyéndose también en orden militar.

Tras la conquista de la Ciudad Santa por Saladino en 1187 la orden pasó a San Juan de Acre, pero un siglo después, en 1291, cuando se expulsó a los cristianos de Palestina, la orden trasladó su sede a Chipre, una isla situada geográficamente cerca de Jerusalén donde los caballeros siguieron recibiendo la fuerte presión de los defensores del islam, por lo que en 1310 decidieron mudarse nuevamente, en esta ocasión a la isla de Rodas, situada en el mar Egeo. Allí los caballeros construyeron sólidas fortificaciones que resistieron varios asedios y asistieron a los cristianos que pelearon en las cruzadas ese mismo año en Siria y Egipto.

Cuando el papa Clemente V abolió la Orden de los Templarios y designó a la de los Hospitalarios herederos de sus bienes, la orden, que ya era conocida como de Rodas, se hizo inmensamente rica, acuñaron su propia moneda y construyeron sus primeros barcos tanto para el comercio como para la guerra, sin embargo, en 1522 fueron sitiados por un ejército turco de 200.000 hombres y aunque al principio resistieron, al cabo de seis meses el asedio dio su fruto y se vieron obligados a rendirse y entregar la isla.

Ocho años después, en 1530, Carlos I cedió a la orden la isla de Malta y las dos adyacentes de Gozo y Comino. La intención era proteger el Mediterráneo occidental del avance otomano que en 1534 conquistó la ciudad de Túnez. Como quiera que la orden se financiaba en buena parte en países del norte de Europa que empezaban a abrazar el protestantismo, en 1565 comenzó a atravesar dificultades económicas. En esas circunstancias Solimán envió a su gran flota a poner cerco a Malta.

Tal vez fuera su intención desde el principio y los turcos se habían conducido con una discreción tan extraordinaria que habían conseguido engañar a los informantes a sueldo de Felipe II en suelo turco, pero parecía que el objetivo de Solimán no era Italia sino la no menos importante y estratégica isla de Malta que, situada a media distancia entre Europa y África, servía como llave de comunicación entre los dos continentes y entre el mediterráneo oriental y el occidental.

El gran maestre de la Orden de Malta era Jean de la Valette Parisot. Sorprendentemente era a un francés a quién cabía el honor y la obligación de defender la isla, lo que levantaba no pocas suspicacias dada la ambigua posición de su país en el conflicto entre cristianos y musulmanes. Pero Jean de la Valette era un buen guerrero y un sabio conductor de hombres que había profesado en la orden con solo veintiún años y desde entonces participó en innumerables combates en la mar y en tierra. Estuvo en la defensa de Rodas como general, se hizo prisionero y permaneció amarrado al banco de los galeotes hasta que se le liberó a cambio de una sustanciosa cantidad de dinero. Sin embargo, a pesar de su preparación teórica no supo estar a la altura del líder que necesitaban los malteses, pues habiendo sido elegido gran maestre ocho años atrás descuidó la defensa de la isla sin dedicar esfuerzos a reforzar los fuertes, acumular víveres y munición o evacuar a los no combatientes para reducir bocas que alimentar ante el más que posible ataque de los otomanos, que llevaban tiempo preparando una gran armada.

Cuando el dieciocho de mayo los buques de Solimán se presentaron frente a la isla, La Valette contaba con unos seis mil defensores sumando caballeros hospitalarios, soldados españoles, italianos, griegos, sicilianos y napolitanos, además de otros tres mil reclutados entre la población local y quinientos galeotes musulmanes que únicamente podían ser utilizados en labores de reparación de las fortificaciones y bajo vigilancia, pues podían pasarse al enemigo del que procedían con información valiosa sobre los puntos débiles de la defensa.

Nada más llegar la gran flota turca se dedicó a rodear la isla para bloquearla sin hacer ningún movimiento, lo que hizo pensar a los defensores que, a pesar de constituir una fuerza naval como no se había visto nunca, pudieran estar esperando refuerzos antes de lanzarse al ataque definitivo, lo que, efectivamente, sucedió una semana después cuando apareció por el horizonte el almirante berberisco Hassán con veinte galeotas y tres mil hombres procedentes de Argel, haciendo su aparición pocos días después otro almirante, también berberisco y viejo conocido de los españoles: Dragut, que llegaba desde Trípoli con treinta fustas y cuatro mil hombres más.

La extraordinaria fuerza musulmana compuesta por más de doscientas velas y cuarenta mil jenízaros quedaron dividida en cinco secciones a disposición de los almirantes Uluch Alí, Dragut, Hassán, Corticoli y Alí Portuc, sometidos todos a las órdenes del gran almirante Pialí Bajá. Por su parte, Solimán cometió el error de repartir el mando entre Pialí y Mustafá Pachá, general del ejército de jenízaros, ambos con idéntica capacidad de decisión lo que de facto establecía en la flota turca una bicefalia que dio más problemas que soluciones.

Por medio de palomas mensajeras, muchas de las cuales fueron abatidas por los certeros arqueros turcos, la noticia del bloqueo de la isla llegó a Italia y de ahí saltó a toda Europa. Parecía evidente que con semejante fuerza Malta no tardaría en caer y la pregunta que surgía en la cabeza de los reyes y nobles europeos era qué vendría después, pues para unos la toma de Malta era solo la antesala de la entrada en fuerza de los otomanos en el Mediterráneo occidental, cuyos puertos meridionales quedaban claramente expuestos, mientras que para otros era el preludio de la invasión de Italia, con Roma como objetivo principal, hasta el punto de que muchas voces se levantaron para pedir que se trasladara al Papa a un lugar seguro.

Una vez se supo en Europa lo que estaba sucediendo en el Mediterráneo y el peligro que suponía la toma de Malta por los otomanos, muchos cristianos decidieron de forma espontánea unirse a los defensores de la cristiandad simbolizados en aquel momento crucial por Jean de la Valette y sus valientes soldados. No fueron pocos los animosos defensores de la fe que dieron su vida en la mar abatidos por las fuerzas turcas que bloqueaban el acceso a la isla, pero algunos consiguieron llegar de noche en pequeñas embarcaciones a remo o incluso a nado. En estas condiciones resultó una formidable inyección de moral la llegada la noche del 28 de junio de cuatro galeras al mando de don Juan de Cardona, que, con los palos abatidos, consiguieron alcanzar la isla a remo sin ser vistos. El refuerzo consistía en sendas compañías de soldados españoles e italianos, ciento cincuenta caballeros de la orden procedentes de todos los puntos de Europa y otros voluntarios que sumaban en total la nada desdeñable cantidad de seiscientos hombres que pasaron a reforzar las fortalezas interiores de San Ángel y San Miguel y la más expuesta y vulnerable de San Telmo, que por su situación en el barrio del puerto a la entrada de la capital resultaba la más importante desde el punto de vista estratégico. De la Valette no tenía muchas opciones y escogió la más sensata: la defensa a ultranza de estos enclaves principales para, en el caso de caer, llevar la defensa final a los fuertes secundarios, donde la resistencia de los soldados podría extenderse solo unos pocos días ante la gigantesca fuerza enemiga a la que se enfrentaban.

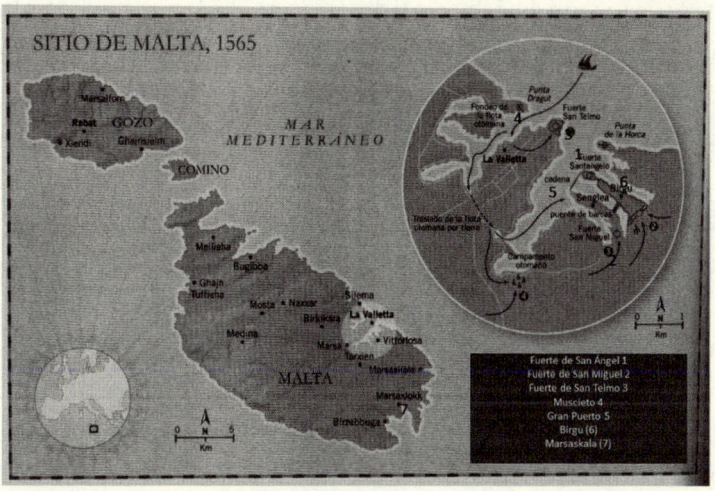

Sitio de Malta (gentileza de Histocast)

Y mientras los voluntarios iban llegando a Malta en un goteo a todas luces insuficiente, las principales naciones europeas decidieron reunir sus fuerzas en Mesina, a cuyo puerto comenzaron a arribar todo tipo de buques procedentes de Venecia, Génova, Florencia, Saboya y las del papa Pio IV, pero faltaban las galeras españolas y nadie, ni siquiera su entorno más cercano, terminaba de entender las dudas de Felipe II. La situación era desesperada y necesitaba de una decisión urgente y expeditiva, pues las últimas noticias hablaban de combates pie a tierra en la propia isla. Entre los corrillos cortesanos circulaba un comentario irónico que advertía de que Felipe II pasaría a la historia como «el receloso».

En realidad, la ecuación que se debatía en la cabeza del rey que finalmente habría de entrar en la historia con el sobrenombre de «el prudente», era muy simple: ni siquiera oponiendo a Solimán todas las galeras construidas hasta ese momento en las atarazanas barcelonesas el número de efectivos se acercaría a las que el Gran Visir de la Sublime Puerta había despachado a bloquear Malta. Felipe II reconocía la importancia estratégica de la isla cedida por su padre a los caballeros de la orden homónima, aunque no dejaba de pensar que si finalmente marchaba en su socorro con todas sus unidades a flote podía perderse no solo la isla, sino también su escuadra, y en ese momento no sería solo Italia la amenazada, pues España correría un peligro cierto y real de caer bajo el yugo otomano.

Y mientras los barcos de media Europa se concentraban en Mesina esperando un gesto de Felipe II y este se consumía en sus dudas, los otomanos se decidieron al fin a atacar después de no pocas disputas relacionadas con el objetivo inicial.

Entre otros menores, la isla de Malta tenía dos puertos principales en el sureste, en sendas bahías bien protegidas de los elementos separadas por una lengua de tierra en cuyo extremo, dominando y separando la entrada a ambos puertos, se encontraba el fuerte de San Telmo. De los dos puertos, el de más a poniente llevaba el nombre de Muscietto, mientras que el de levante, el principal, era conocido como el Gran Puerto, defendido a su vez por una fortaleza principal, bautizada como Birgu, y dos fuertes menores con nombres de santos: San Ángel y San Miguel.

De este modo, mientras Pialí, el almirante de la Flota turca quería tomar San Telmo para poder fondear en la bahía de Muscietto sus unidades logísticas, el jefe de la Fuerza de Desembarco, Mustafá, abogaba por un ataque en fuerza a la fortaleza principal de Birgu, razonando que una vez tomada esta las demás caerían como un castillo de naipes.

Finalmente, Pialí impuso su plan y Mustafá, a regañadientes, desembarcó sus hombres en las proximidades de San Telmo para minarlo e instalar cañones para batir sus muros una vez dinamitados. La operación comenzó el veinticuatro de mayo y Pialí esperaba conseguir su objetivo en dos o tres días a lo sumo; sin embargo, a pesar de que la dotación militar del fuerte apenas alcanzaba los sesenta soldados, aunque eran refrescados a diario por la retaguardia, las operaciones se alargaron un mes y su toma costaría a los turcos nada menos que seis mil hombres, entre ellos el sanguinario Dragut, que murió de una pedrada en la cabeza. Parecía que el relato bíblico tomaba forma de nuevo y David volvía a tumbar a Goliat, pues las certeras ondas maltesas dejaron malherido al propio Pialí.

A pesar de todo, el hecho cierto fue que San Telmo terminó cayendo y como había previsto el gran almirante turco las tripulaciones de sus barcos auxiliares pudieron encontrar el descanso en la bahía de Muscietto, aunque el precio resultó demasiado caro y a esas alturas, tras un asedio tan prolongado, las enfermedades comenzaron a hacer su aparición. Al mando de las operaciones tras haber caído herido Pialí, Mustafá clamaba al cielo por no haber llevado a la práctica su plan desde el principio, lo que ciertamente habría sido mejor para los intereses otomanos, aunque dada la gran cantidad de fuerzas con que se presentaron los turcos en la isla, lo cabal hubiera sido ejecutar ambos planes simultáneamente. En cualquier caso, Mustafá cometió un error, pues en el momento en que quedó al mando de las operaciones modificó su plan inicial y en lugar de lanzarse con todo contra la fortaleza de Birgu como había propuesto a Pialí, dividió sus fuerzas y atacó simultáneamente las tres. Desde las torres de sus fuertes los cristianos batían a los sarracenos con todo lo que tenían a su alcance, ya que el terreno a sus pies era solo roca en las que no podían parapetarse los asaltantes, de modo que Mustafá tuvo que detener las operaciones mientras enviaba una docena de galeras a por arena con la que poder atrincherarse, tiempo que supo aprovechar La Valette para reorganizarse mientras seguían llegando refuerzos, que no pudiendo ser muchos ni mucho menos igualar la situación numérica, causaban un gran efecto moral en los sitiados, que veían que pasaban los días y los turcos no conseguían batirlos.

Mientras tanto, en Madrid, donde el rey había trasladado la corte definitivamente, entre otras cosas para poder seguir de cerca las obras de construcción del monasterio de El Escorial, los sucesos de Malta se vivían con inusitada tensión. Felipe II seguía sin pronunciarse, pues antes que un choque frontal en la mar, donde pensaba que sus opciones ante la gran flota turca sencillamente no existían, debatía mentalmente la manera de poner en tierra una fuerza militar que pudiera equilibrar la de los otomanos. El 31 de mayo, una semana después de comenzado el ataque a San Telmo, fuerte al que en la corte española tampoco se concedían demasiadas posibilidades de resistencia, don García de Toledo se dirigió al rey por medio de una carta áspera en la que le recordaba su compromiso con la cristiandad y le advertía que no podría rehuir eternamente la batalla por el domino del mar. Incluso su propio hermano, el joven don Juan de Austria, que quería llegar a la gloria por las armas y había mostrado su disgusto al rey por haber pedido al Papa que lo hiciera cardenal, abandonó su residencia en Galapagar y se dirigió a Barcelona en busca de cualquier barco que pudiera conducirlo a Malta. Unas fiebres le hicieron perder unos días de camino, gracias a lo cual, a punto de embarcar, le llegó una carta de su hermano que le ordenaba el regreso a Madrid de forma enérgica. En cualquier caso, su gesto le sirvió para poder eludir la carrera sacerdotal y abrazar la militar, rodeándolo el rey de dos excepcionales consejeros en lo naval y en lo militar: don Álvaro de Bazán y don Luis de Requesens y Zúñiga.

Las fuertes y sabias palabras de don García y la decidida marcha a Barcelona de su hermano de solo veinte años hicieron ver a Felipe II que no podía seguir dilatando la decisión y cuando llegó a la corte la noticia de la toma de San Telmo y el asedio posterior a los tres fuertes de la ciudadela maltesa, el rey convocó en asamblea a sus mejores hombres a los que quería escuchar antes de dar a conocer su decisión.

Don Álvaro recibió en Cartagena la noticia de que había sido convocado por el rey, cosa que le sorprendió a él mismo como había sorprendido a muchos en la corte, pues estaba muy lejos de ser un marino de salón y, de hecho, en cumplimiento de sus reales órdenes y en sus funciones de Almirante de la Guardia del Estrecho se dedicaba en aquellos momentos a la recopilación de hombres y naves para conducir un refuerzo de agua, provisiones y municiones a las desabastecidas plazas de Orán y Mazalquivir.

Tras exponer que el turco mantenía ciento cincuenta galeras en el bloqueo a Malta, que en esos momentos se defendía con uñas y dientes de los ataques a los fuertes de Birgu, San Ángel y San Miguel, y contrastar que la suma de buques de la cristiandad concentrados en Mesina difícilmente llegaría a los noventa, con lo que por pura aritmética llevaban las de perder, su majestad cedió la palabra a don García de Toledo y al resto de almirantes y generales subordinados a este, escuchando de todos ellos palabras de prudencia que no dejaban claro si daban voz a sus verdaderos pensamientos o estaba inspiradas en el ceño fruncido, la voz áspera y el tono iracundo del dictamen real. En esa tesitura, desde el fondo de la mesa, don Álvaro de Bazán levantó el brazo pidiendo la venia real para expresar lo que cavilaba su mente, que en esos momentos recordaba el combate con las ocho galeras inglesas frente a Gibraltar y cómo a pesar de contar con un número de naves inferior al de sus oponentes, había fiado el resultado del combate a la selección de sus cinco buques más capacitados, dotándolos de sus mejores efectivos, remos y armas. Aquella solución, acompañada del despliegue táctico más oportuno y adecuado a la situación, había dado buenos resultados y pensaba que podía darlos también en el socorro a la isla sitiada, donde la inferioridad numérica en naves era un hecho inmutable que no se podía ignorar.

—Que hable don Álvaro —tronó la voz del rey acallando las de los que repetían incansables soluciones que no conducían a ninguna parte.

—Gracias, majestad —contestó agradecido don Álvaro dirigiéndose a la mesa—. Creo, señor, que con la disposición táctica actual las galeras otomanas no podrían concentrarse para la defensa ante un ataque de nuestras naves, pues por lo que ha llegado a nuestro conocimiento, una parte de la flota se encuentra fondeada en la bahía de Muscietto, otra en el Gran Puerto, empeñada en el ataque a los fuertes, mientras que la tercera, el grueso, mantiene el bloqueo alrededor de la isla.

»En esta situación, si concentráramos lo mejor de nuestros hombres y armamento en sesenta de las noventa galeras con que contamos, las dividiéramos en dos grupos de treinta y supiéramos sacar rendimiento a la sorpresa, uno de los grupos sería suficiente para destruir la flota logística enemiga en Muscietto mientras que el otro llevaría a cabo una operación de diversión para atraer a las fuerzas de bloqueo. Y mientras estas dos acciones se produjeran de manera simultánea, otra fuerza compuesta por las treinta galeras restantes entraría en el teatro de operaciones con algún retraso para mantener la sorpresa hasta el último instante y conduciría nuestra fuerza de doce mil soldados hasta la parte de levante de la isla para desembarcarla en la bahía de Marsaskala, para desde allí dirigirse en socorro de los tres fuertes, sorprendiendo al enemigo por la retaguardia con la posibilidad de batirlo entre dos fuegos.

Las palabras del entusiasta Bazán impusieron en la sala el silencio de una cripta. Todas las miradas se giraron al rey que permanecía mesándose la barba encanecida prematuramente con la mirada fija en el rostro de Bazán, imbuido del mismo silencio que reinaba en el ambiente, hasta que, poco a poco, el silencio fue reemplazado por los murmullos de los descontentos que abominaban de una solución que mermaba la cantidad de efectivos disponibles para el combate por mucho que don Álvaro intentara hacer ver que siendo de mayor calidad serían más efectivos.

—¿Qué os parece? —inquirió el rey dirigiéndose a don García, que siendo el Almirante en jefe de la flota real y sabiendo que don Álvaro podía convertirse en un candidato serio a la hora de reemplazarlo no le guardaba mucha simpatía.

—Demasiado temerario, majestad. Me parece un plan excesivamente arriesgado.

En ese momento volvió a escucharse la voz serena de don Álvaro, del que todos sabían que era una persona culta y su biblioteca una de las más reputadas del país.

—Tengo aprendido de Horacio —majestad—, y mi propia experiencia así me lo confirma, que, en cualquier empresa, incluidas las batallas, después de haber sopesado bien las circunstancias siempre hay algún elemento que queda inexcusablemente en manos de la fortuna…

Una patada en el hígado no hubiera sentado peor a don García, cuyo rostro avinagrado reflejó la rabia que le producían las altivas palabras de don Álvaro.

—Y otra cosa, majestad —completó don Álvaro aprovechando su momento—. Se acerca el final del verano y sé, también por experiencia propia, que la zona en cuestión se tornará imposible a la navegación con la llegada del otoño. Para entonces las naves otomanas que no estén bien resguardas tendrán que abandonar la isla, pero sus soldados permanecerán en la isla luchando en tierra, mientras que nuestras naves no podrán acercarse a la costa, y si lo hacen correrán el riesgo de estrellarse contra los acantilados. Recordad sino La Herradura.

El inesperado desparpajo con el que don Álvaro se dirigía al rey dejó boquiabiertos a la mayoría de los asistentes a la reunión e impuso de nuevo un férreo silencio, aunque los murmullos desaprobatorios no tardaron en volver a dejarse oír.

Al contrario que cualquiera de los presentes don Álvaro no tenía un título nobiliario con el que moverse entre la encopetada corte de Felipe II, aunque tenía algo de lo que casi ninguno disponía: una gran fortuna que había pasado de padres a hijos durante generaciones y que le permitía costearse un palacio a la altura de muy pocos. Detalles como ese hacían hervir de envidia a más de uno, sobre todo porque en la capital todos sabían que cada vez que se lo permitían sus obligaciones, el rey viajaba a El Viso a contemplar cómo se levantaba el palacio de los Bazán y de regreso a Madrid siempre incorporaba alguna idea al suyo en El Escorial.

—Pues a mí me place el plan y coincido con don Álvaro y con Horacio en que hay que dejar una parte a la fortuna. Es más, don García, me gustaría tener ese plan desarrollado y sobre la mesa de operaciones mañana por la mañana.

Una vez desarrollado el plan de don Álvaro y aceptado por el rey, a las órdenes de don García sesenta galeras selectas, con los mejores remeros, pertrechos y armas, zarparon de Mesina rumbo a la vecina Siracusa mientras las otras treinta, teóricamente menos dotadas y con los doce mil soldados que habrían de desembarcar en Marsaskala, se pusieron al mando de don Álvaro y conforme al plan se concentraron en Málaga, donde dejaron pasar unos días antes de ponerse en marcha, pues debían esperar a que una parte de la escuadra de don García tomara la flota logística otomana y la otra atrajera sobre sí la fuerza de bloqueo para dejar el paso expedito a don Álvaro.

Y como suele suceder con los planes improvisados, casi nada de lo que sucedió se ajustó a lo previsto. Para empezar, el mismo veintisiete de agosto, fecha en que la flota cristiana de Siracusa tenía previsto zarpar hacia Malta, un fuerte viento comenzó a soplar al amanecer desde poniente y al atardecer el temporal era de una virulencia inaceptable para las frágiles galeras, que debieron permanecer al resguardo de sus bases durante los muchos días que duró. Mientras tanto, en Málaga el viento tenía la misma fuerza y la mar estaba igual de revuelta que a la salida de Siracusa, de modo que don Álvaro dejó pasar los días, ya que al fin y al cabo su parte del plan contaba con ese retraso, pero a los cinco días, viendo que el temporal no remitía y sin saber si la flota cristiana había partido o no, teniendo en cuenta que desde Málaga el temporal le empujaría por la popa y aunque incómoda, la navegación era posible, decidió echarse a la mar poniéndose en manos de la diosa fortuna que predicaba el poeta romano nacido en la Basilicata.

Empujado por el viento y utilizando los remos de sus galeotes como elementos de equilibrio, don Álvaro consiguió llegar a su destino con todas sus galeras, aunque, a pesar de que arrió velas para reducir el avance, alcanzó la bahía de Marsaskala antes de lo previsto. En realidad, su situación no dejaba lugar a la duda pues no podía permanecer con sus barcos en el lado de la isla más castigado por el viento, de modo que decidió entrar de noche esperando no ser visto y una vez en la tranquilidad de las aguas interiores de la bahía pudo desembarcar sus doce mil hombres sin obstáculos, enviando inmediatamente exploradores a comprobar si la otra parte del plan se estaba cumpliendo. Cuando regresaron y le comunicaron que no había noticia de la escuadra de don García, que el Gran Puerto albergaba más de cien galeras otomanas y que los jenízaros tenían rodeadas las tres fortalezas en las que La Valette se había hecho fuerte, decidió esperar fondeado en la bahía por si se daba la contingencia de tener que reembarcar a sus soldados. Lo que no sabía era que dada la virulencia del temporal las galeras que sus exploradores habían visto en el Gran Puerto eran las correspondientes a las fuerzas de bloqueo otomanas, que permanecían allí ancladas a resguardo del mal tiempo.

Cuando se produjo una mejora en la meteorología don García se puso en marcha con sus sesenta galeras y se presentó en Malta con la caída de la noche, aunque fue sorprendido por un bergantín de vigilancia que dio inmediatamente la alarma, con lo que no solo se perdía el factor sorpresa sino que la escuadra de bloqueo salió a la mar en busca de las galeras cristianas y en vista de que el temporal no había amainado lo suficiente y que Pialí seguía convaleciente de sus heridas, Mustafá decidió rodear la isla por levante para estudiar la composición de la flota enemiga, lo que representó un golpe de suerte para don Álvaro, ya que de haber salido a hacer frente a don García por el lado de poniente hubieran descubierto la presencia de su escuadra en Marsaskala y no les hubiera resultado complicado bloquearla dentro de la bahía.

Contrariamente a Mustafá y en vista del retraso que llevaban en la operación, don Sancho decidió rodear la isla con sus galeras por el lado de barlovento, más difícil, pues el viento podía arrojar sus galeras contra la costa, pero más rápido, por representar una derrota considerablemente más corta. De este modo, cuando los barcos se presentaron en el puerto de Muscietto encontraron a la flota logística enemiga desprovista de defensa y no tuvieron el menor obstáculo para hacerse con ella. En realidad, de haberse asomado al Gran Puerto se habrían encontrado con veinte galeras enemigas que apoyaban las operaciones en tierra de los jenízaros y tampoco habrían encontrado dificultades para reducirlas; por el contrario, al ver dirigirse a la escuadra de don Sancho al muelle vecino de Muscietto supieron que una vez reducida la flota logística acudirían a por ellos, de modo que la flota de protección otomana salió del Gran Puerto precipitadamente abandonando a su suerte a los soldados en tierra.

De este modo, cuando don Álvaro ordenó a los doce mil soldados desembarcados que se lanzaran a por los jenízaros que rodeaban las fortalezas sitiadas, estos no tardaron en comprender que no tenían escapatoria. Después de tantos días de asedio se encontraban agotados y estaban en minoría frente a los soldados españoles, de modo que su única posibilidad era reembarcar en sus galeras para salir de allí y esperar una mejor ocasión para el ataque, pero los barcos que debían recogerlos se habían marchado y no les quedó otra salida que la rendición. Cuando la fuerza de bloqueo otomana terminó de circunnavegar la isla buscando a los buques españoles se dieron cuenta de que la situación se había invertido, pues la flota logística había sido capturada y los soldados en tierra se habían rendido. Recomenzar el ataque en semejante estado de agotamiento, sin fuerza de desembarco ni buques auxiliares era una quimera y el doce de septiembre Mustafá dio la orden de regreso a Constantinopla. Contaban los defensores que por encima de los truenos que se seguían escuchando por el este anunciando el final de la tormenta, podían escucharse los juramentos de Pialí abominando de las decisiones de Mustafá.

Entre muertos en combate y por enfermedad, Solimán perdió veinticuatro mil hombres, otros seis mil se hicieron prisioneros y se tomaron treinta galeras, la mayor parte logísticas conteniendo un buen contingente de alimentos, agua y munición. Otras cuatro urcas especialmente acondicionadas depararon la sorpresa de ochenta alazanes en buen estado que se condujeron hasta las caballerizas reales. Por parte de la flota cristiana despachada en socorro de la isla los muertos no llegaron a la treintena, aunque la isla quedó prácticamente arrasada y las bajas de La Valette se acercaron a los cinco mil hombres.

De regreso a España la flota de don Álvaro era aclamada y agasajada en los puertos en que se iba deteniendo para dar descanso a las tripulaciones. En Cartagena, el Almirante recibió órdenes de presentarse al rey, de manera que dejó la escuadra en manos de su hermano Alonso y cabalgó a la capital, donde llegó a tiempo al acto de reconocimiento público por parte de Felipe II a don García de Toledo. De manera más íntima, pero no menos entusiasta, el rey reconoció los méritos de don Álvaro e incluso le dejó leer una carta personal recibida de La Valette en la que el Gran Maestre de la Orden de Malta se deshacía en elogios hacia su persona. Agradecido a sus servicios antes y durante el socorro a Malta, el rey le concedió el título de marqués de Santa Cruz. En el ágape que siguió a la ceremonia de nombramientos reales, al ver Felipe II que don Álvaro permanecía descubierto lo hizo llamar y le pidió que se cubriera. El flamante marqués de Santa Cruz se cubrió desconcertado, pues el título que había ganado no aparejaba grandeza de España, única dignidad a quienes correspondía el privilegio de mantenerse cubiertos ante el rey, pero este le sacó de dudas con un dardo que le disparó entre sonrisas:

—Por el sol, señor marqués, por el sol.

Siendo el rey un hombre adusto y poco dado a la broma, el comentario sorprendió a los presentes y corrió por la corte como la pólvora. Felipe II estaba extraordinariamente contento con una victoria que alejaba a los otomanos de sus proximidades y en cierto modo le resarcía del desastre de Los Gelves. Los que habían dado alas irónicamente al sobrenombre de «el Invicto» en referencia a don Álvaro, comenzaron a llamárselo henchidos de satisfacción. Pedro Manrique, uno de los principales poetas del momento, saludó la victoria española con una oda a don Álvaro que se hizo muy popular:

> «... *viene el socorro con bandera blanca*
> *por media popa, y tan valiente viene,*
> *que con ánimo insigne ardiendo arranca*
> *mostrando al general que dentro tiene.*
> *La mar parece que pasaba franca*
> *le da, sin que, temblando de él rezume*
> *este es el quien el mar tributo ofrece*
> *Marqués de Santa Cruz que lo merece...*»

Tras su nueva victoria y con su flamante título de marqués, don Álvaro marchó destinado a Italia, donde se le nombró jefe de la Escuadra de Galeras de Nápoles.

9

Granada, 1570

La llegada de don Álvaro a Nápoles supuso un cambio importante en sus costumbres, pues, por una parte, estas se volvieron algo más mundanas, mientras que, por otra, se multiplicaron sus responsabilidades militares. Camino de Cartagena, donde habría de embarcar rumbo a Nápoles, pudo el marqués pasar unos días en El Viso, recreándose en los avances de la construcción de su palacio y dando directrices a Fealini sobre algunos aspectos en los que el artista italiano albergaba dudas y quería someter a su juicio, aunque el gusto de don Francesco era tan refinado que en la mayoría de ellos fue don Álvaro el que se sometió a sus decisiones, de forma que retomó el viaje antes de tiempo convencido de que el palacio respondería a cuantas expectativas había depositado en don Francesco y pudo, al fin, acercarse a Uclés, donde estuvo velando armas para refrendar su nombramiento de caballero de la Orden de Santiago que tenía pendiente desde hacía veintiocho años, si bien en virtud de sus muchas funciones como paladín de la guerra contra el imperio otomano el gran maestre de la orden había despachado a su favor una dispensa *sine die*.

En la capital partenopea no escapaba a nadie que el nuevo almirante de la Flota de Galeras había salvado a Nápoles y a sus habitantes del yugo sarraceno, por lo que este recibía todo tipo de agasajos en una ciudad que hacía un arte de la vida social. Sin embargo, sin desatender esa importante faceta, el marqués era consciente de que el rey lo había destinado allí porque era el lugar del imperio geográficamente más próximo a Malta, cuyas fortalezas habían quedado completamente destruidas y mientras se reconstruía la capital, que acababa de ser bautizada como La Valeta, en honor a su heroico defensor, no podía descartarse un nuevo ataque de Solimán que difícilmente podría ser rechazado, sobre todo en aquellos momentos en que la rebelión de los Países Bajos había llevado a Flandes lo más granado de la escuadra española, con don Álvaro, al que algunos se referían como el centinela del sur, como prácticamente la única excepción. Por eso, y aunque el Mediterráneo parecía más tranquilo que nunca, don Álvaro se mostraba intransigente en lo tocante al adiestramiento diario de sus remeros y tripulaciones.

Afortunadamente para España en general, para el marqués de Santa Cruz en particular, y para sorpresa del mundo occidental Solimán se volvió contra el Imperio germánico, poniendo en marcha en mayo de 1566 un ejército de cien mil hombres que atravesó los Balcanes en dirección al Danubio con el propio Guardián de la Sublime Puerta, que ya había cumplido los setenta y dos años, como comandante en jefe, aunque su repentina muerte en verano en la batalla de Hungría dio al traste con la campaña y el ejército otomano regresó a sus cuarteles, lo que volvió a sumir en un clima intranquilidad a los países ribereños del Mediterráneo que sabían que los turcos no solían permanecer demasiado tiempo inactivos y, sobre todo, porque desconocían el carácter del nuevo sultán, Selim II, un joven desequilibrado psicológicamente al que a pesar de las prohibiciones de su religión apodaban «el borracho», detalles peligrosos por separado y altamente inestables si se sumaban.

En vista de los acontecimientos y de que la reconstrucción del sistema defensivo de Malta avanzaba más despacio de lo esperado, don Álvaro ordenó a sus capitanes redoblar la vigilancia de la isla, así como intensificar los esfuerzos de adiestramiento de sus barcos y tripulaciones, a pesar de lo cual la vida social napolitana continuaba llenando sus tardes con todo tipo de fiestas y agasajos.

Fue así como conoció a la que sería su segunda esposa, doña María Manuela de Benavides, hija de los condes de Santisteban, que, además de terminar de criar a las cuatro hijas de su primer matrimonio, le dio siete vástagos más, empezando por el anhelado varón, nacido en Nápoles en 1571 y que recibió en la pila bautismal el nombre de Álvaro, como su padre, abuelo y bisabuelo, y al que siguieron Francisco, Pedro, Ana, Isabel, María y Brianda.

Con el Mediterráneo extrañamente pacificado y la tensión creciendo cada vez más en Flandes, donde don Fernando Álvarez de Toledo y Pimentel, gran duque de Alba, trataba de restablecer la situación con medidas impopulares y de gran dureza, una nueva misión surgió en la rutina de don Álvaro, pues como quiera que desde la muerte de María Tudor los ingleses ponían cada vez más difícil la navegación por el canal de la Mancha a los barcos españoles, el flujo de tropas con destino a Flandes se hacía a pie a través del llamado Camino Español, un corredor entre Milán y Bruselas que nutría a los Países Bajos de soldados y caudales con los que mantener las duras exigencias de la guerra. De esta guisa le correspondió al marqués de Santa Cruz improvisar con sus galeras el tráfico de reclutas a

Génova, paso previo para iniciar la marcha en Milán. A don Álvaro no le importaba comandar personalmente sus galeras para este fin, pues en Génova confluían otras naves procedentes de Andalucía o Barcelona, todas con la misma carga y objeto, y allí podía enterarse de otras aflicciones de la patria que no siempre llegaban por los conductos oficiales habituales. A la llegada a Génova a primeros de agosto de 1568, don Álvaro se dirigió a la posada «El León de Flandes», donde solían coincidir los comandantes de las escuadras españolas que arribaban a la ciudad ligur. Allí coincidió con don Quin Durán, un armador particular al que había conocido en El Puerto de Santa María cuando fondeaba su flota en los muelles de la soleada localidad gaditana.

—Hombre, don Quin, qué alegría encontraros por aquí —saludó don Álvaro al tropezarse con su amigo en la posada.

—También a mí me da mucha alegría veros y por lo que aprecio, rebosante de salud.

—Eso espero —respondió don Álvaro cruzando los dedos y persignándose como forma de expresar un voto—. A vos tampoco se os ve mal.

—Gracias a Dios —aceptó don Quin sonriente imitando el gesto de su amigo—. Imagino que vuestras hijas crecen sanas y hermosas.

—Así es, ya son unas mocitas. ¿Sabíais que volví a casarme?

—La verdad es que no. Y ya tengo otra razón para felicitaros después de vuestra afortunada participación en Malta que tan merecidamente ha hecho de vos un marqués.

—Os lo agradezco don Quin, ¿y cómo están las cosas por España?

—A pesar de su reciente boda con su cuarta esposa, Ana de Austria, el rey está sumido en un pozo de tristeza —susurró don Quin bajando la voz y ensombreciendo el rostro.

—¿Y eso? No hace ni un mes que Alba se ha impuesto a los flamencos en Jemmingen. La paz parece volver a reinar en los Países Bajos.

—Bueno, Flandes era una hidra de dos cabezas y es cierto que la primera ha caído. Esperemos que el gran duque pueda también con Guillermo de Orange, a quien busca por todo el territorio.

»Lamentablemente se han perdido muchas vidas de buenos soldados, pero veo que no sois conocedor de la más triste noticia. No me extraña, el rey ha prohibido bajo pena de muerte que se hable de ello.

—Por las llagas de Cristo, don Quin, decidme a qué os referís.

—El príncipe Carlos ha muerto.

—Santo Dios —exclamó el marqués persignándose de nuevo.

—Así es. Como ya debéis saber su salud era muy precaria desde que, a la edad de diecisiete años, hace ahora seis, dicen que persiguiendo a una sirvienta se cayó por las escaleras, golpeándose fuertemente en la cabeza. Tras probar todo tipo de tratamientos, incluyendo el prescrito por el curandero Pinterete y poner a los pies de su cama la momia de fray Diego de Alcalá, finalmente Vesalio le realizó una trepanación, operación muy arriesgada que le dejó secuelas, pues aumentó su crueldad y se multiplicaron sus excentricidades.

—Lo sé, don Quin. Esas cosas trascendían cuando vivía en España.

—Cierto, ahora vivís en Nápoles. Sois venturoso —apuntó don Quin volviendo a sonreír.

Don Álvaro permaneció en silencio como si no entendiera el trasfondo de las palabras de su amigo.

—Ya sabéis el viejo adagio de los soldados de los tercios: «España mi cuna, Italia mi ventura, Flandes mi sepultura…».

Inmediatamente don Quin, a continuación de su chanza, volvió a ensombrecer el rostro. En realidad, trataba de quitar tensión a aquel momento tan complicado, pues sabía que lo que venía a continuación iba a causar mucho dolor a don Álvaro debido a la lealtad que guardaba al rey.

—En realidad, la situación fue empeorando día a día a lo largo de los últimos años, pero eran cosas de las que solo se hablaba en susurros.

Ante la mirada hierática del marqués, don Quin continuó dando rienda a sus explicaciones.

—Desde hace tres años los líderes rebeldes en los Países Bajos han estado viajando a España, donde eran recibidos por el príncipe Carlos que aceptó ponerse al frente del ejército sedicioso. El rey estuvo informado en todo momento de estos movimientos y aunque trató de convencer a su hijo de lo dañino de su proceder para el reino y para el rey, nunca consiguió hacerle sentar la cabeza.

»A lo largo del año pasado el príncipe cometió nuevos excesos, como mandar incendiar una casa desde la que se lanzaron unas aguas sucias que le mancharon, el intento público de apuñalar al gran duque de Alba cuando iba a partir a Flandes o arrojar por la ventana a los pajes y criados que lo incomodaban.

»En otro de sus desvaríos don Carlos intentó un plan para viajar a los Países Bajos: pidió a su tío don Juan de Austria que le llevara a Italia con la intención de tomar el Camino Español hasta Bruselas, pero este le pidió veinticuatro horas para madurar la decisión y fue a informar al rey. Al enterarse de la traición de su tío, don Carlos cargó una pistola y le mandó llamar de nuevo a sus aposentos con la intención de matarlo, cosa que no consiguió porque uno de sus criados tuvo la precaución de descargar el arma. Incluso tuvo la osadía de informar al prior del convento de Atocha de su deseo de matar al rey.

»Finalmente, a principios de este año, el propio Felipe II mandó encerrarlo en sus aposentos sin posibilidad de comunicarse con el exterior. Como el príncipe amenazara con quitarse la vida, el rey ordenó que no tuviese cuchillos ni tenedores a su alcance, por lo que, disconforme con su situación, comenzó una huelga de hambre que terminó de arruinarle físicamente y lo condujo a la muerte el pasado veinticuatro de julio. Mientras duró su confinamiento en palacio su padre apenas comentaba la situación y si lo hacía era siempre de forma velada y ambigua, tratando de justificar la conducta de su hijo en culpas ajenas. Ha sido precisamente esta ausencia de transparencia lo que ha alimentado los rumores y la propaganda negativa de sus enemigos, especialmente de Guillermo de Orange, que acusa al padre de haber asesinado a su hijo.

Pendiente de las palabras de su amigo, don Álvaro se mesaba la barba con un deje de impotencia en la mirada.

—Deben haber sido unos días muy duros para el rey. De hecho, imagino que seguirán siéndolos.

—Dicen los que le rodean que está roto de dolor. Es un sufrimiento insoportable para cualquier padre —confirmó don Quin incapaz de contener una lágrima que rodó por su mejilla hasta humedecer su barba.

—Bueno —suspiró don Álvaro—. Al menos otros afanes no le hacen la vida más difícil. El sur está tranquilo y según decís el duque de Alba está recuperando la paz en el norte.

—Tenéis razón, marqués, pero puede que esta vez el enemigo esté en casa.

—Explicaos, ¿qué queréis decir?

—No sé si estáis al tanto de que el año pasado el rey

firmó una pragmática que limitaba los derechos de los moriscos de Granada...

—Hace tiempo que se habla de eso y sabía que estaban revueltos. Que yo sepa el rey siempre ha querido circunscribir sus derechos, sobre todo los religiosos, a aquellos que no falten a la fe cristiana.

—Lo del año pasado fue más lejos. Esa pragmática les prohíbe el uso y ostentación de cualquier distintivo propio como la lengua, la ropa, los baños, los cultos y ritos o las zambras. Desde su promulgación, los alguaciles los han venido persiguiendo con tanta intensidad como escarnio y, según se dice, también desde el mismo día que el edicto se hizo público los moriscos comenzaron a barruntar la posibilidad de rebelarse contra la que consideraban una medida injusta. Hubo reuniones secretas en el Albaicín y lo más inquietante es que puedan estar barajando la posibilidad de elegir su propio rey al que jurarían fidelidad.

—Por lo que contáis me doy cuenta de que la situación es ciertamente preocupante. Conozco la zona y si llegaran a levantarse contra el orden establecido sería difícil controlarlos. Monte arriba, las Alpujarras están formadas por interminables sierras abruptas repletas de cuevas y accidentes naturales a los que la ley llegaría difícilmente, y hablamos de cerca de doscientos mil seres humanos.

—En efecto, don Álvaro. Se trata de un problema importante que de no atajarse sabiamente podría dar lugar a nuevos quebraderos de cabeza a la corona...

***

A lo largo de los días siguientes don Álvaro y don Quin siguieron encontrándose al atardecer en «El León de Flandes», rodeándose de viejos recuerdos, novedades felices y dolorosas y todo tipo de historias relacionadas con el elemento que ambos adoraban: el mar. Don Quin confió a don Álvaro que había conseguido reunir en Málaga una flota de doce galeras que ponía al servicio de quien tuviera dinero para pagarla, principalmente la corona, aunque eran tantos los inconvenientes con los que tenía que pelear que en algunas ocasiones había reflexionado seriamente sobre la posibilidad de dejarlo todo y retirarse a Jerez, donde había comprado una finca en la que crecían sus hijos y esperaba que algún día crecieran también sus nietos. Además de hablar de piratas, tormentas y clientes deshonestos, don Quin contó a don Álvaro que un temporal de levante había hundido en Málaga 23 de las 24 naves del marqués de Paulladas, que viendo venir el temporal no quiso mover sus buques por miedo a que le ocurriera lo mismo que a Mendoza en la Herradura, lo que a su vez hizo meditar a don Álvaro sobre la mucha razón que asistía a su amigo, y que, en efecto, la del mar era profesión de mucho riesgo.

De vuelta en Nápoles, el marqués no podía dejar de pensar en lo ocurrido al príncipe Carlos, cosa que, si allí lo sabía alguien, nadie comentaba, y también sobre las inquietantes noticias que llegaban de las Alpujarras.

Los acontecimientos no se hicieron esperar. En reunión celebrada en una casa del Albaicín, los moriscos eligieron rey a Hernando de Córdoba y Válor, descendiente del linaje de los califas de Córdoba, los Omeya, razón por la que tomó el nombre de Abén Humeya. En un claro desafío a la ley, para su entronización siguieron los viejos ritos de la Granada mora, vistiéndole de púrpura, tendiendo cuatro banderas a sus pies, jurándole obediencia y haciéndole todo tipo de reverencias. Inicialmente se sumaron a la revuelta unos cuatro mil moriscos, incluyendo varios grupos de monfíes, moriscos sin oficio ni beneficio que se habían echado al monte a vivir del bandolerismo, razón por la que se movían con total seguridad por las abruptas quebradas de las Alpujarras.

Cuando en Madrid se supo de la revuelta el rey dio orden de terminar con ella antes de que se hiciera imposible de gobernar, pero volvió a cometer el error de seleccionar equivocadamente a los comandantes de la fuerza de pacificación, pues en lugar de nombrar un mando único eligió dos, el marqués de Mondéjar y el de Los Vélez, que además tenían mala relación entre sí, por lo que la operación no solo fracasó sino que, incapaces de sofocar los excesos de sus soldados, cada vez eran más los moriscos que se echaban al monte sumándose a la rebelión, a la que siguió una oleada de actos de venganza contra eclesiásticos y cristianos viejos que causó más de setenta muertos, lo que a su vez disparó la violencia por parte los soldados del rey. Resultaba extraordinariamente difícil sacar a los moriscos de sus cuevas, lo que costaba, por otra parte, un enorme esfuerzo militar y no pocas vidas cristianas. Envalentonados, los rebeldes sitiaron y tomaron algunos pueblos de la sierra e hicieron prisioneros a sus habitantes, mientras centenares de moriscos de las aldeas cristianas se sumaban a la causa. Para muchos la lucha habría de conducir a la recuperación por parte musulmana del Al-Ándalus y Aben Humeya pidió apoyo a Selim II, ofreciéndole a cambio la plaza de Cartagena. El sultán otomano no se unió militarmente al levantamiento, pero lo financió y facilitó la llegada a las costas españolas de grupos de piratas berberiscos que aportaron hombres y material militar, de manera que los cuatro mil rebeldes iniciales pronto fueron veinticinco mil. La muerte de Aben Humeya a manos de sus propios hombres debido a sus excesos despóticos se explicó como un vil asesinato a manos de los cristianos, lo que hizo ganar más adeptos a la causa morisca, cuyo nuevo líder, Aben Aboo, decidió explotar el flujo establecido entre las costas africanas y la andaluza, de manera que los mismos barcos que traían combatientes deseosos de unirse a los moriscos rebeldes llevaban de vuelta prisioneros cristianos que eran vendido en el mercado de esclavos de Argel a cambio de armas.

En esta coyuntura, viendo que lo acontecido en Granada corría el riesgo de repetirse en el resto de las comunidades moriscas del país y servir de cabeza de puente a Selim II para la anhelada invasión otomana, Felipe II decidió poner las fuerzas españolas en manos de su hermano Juan de Austria, el cual pidió ser apoyado por la experiencia de Luis de Requesens en tierra y por la sabiduría de don Álvaro de Bazán en la mar. De este modo el marqués de Santa Cruz se vio felizmente obligado a renunciar a la regalada vida de Nápoles, se puso su armadura de combate y se presentó con su escuadra frente a las costas de Granada dispuesto a terminar con la revuelta.

A pesar de su juventud, pues acababa de cumplir veinticuatro años, don Juan de Austria podía compararse como estratega militar a los líderes más experimentados de su tiempo. La primera medida que adoptó al tomar las riendas del ejército fue expulsar y repartir por toda la geografía nacional a los moriscos de Granada, hubieran tomado o no parte en la rebelión, de ese modo cortaba de raíz la posibilidad de que los rebeldes trataran de unir a su causa a los moriscos que hasta ese momento no se habían significado. Inmediatamente, a continuación, pidió a don Álvaro que estableciera las barreras necesarias en la mar sirviéndose para ello de las flotas que fuera necesario, de modo que el flujo de personas y armas del que se nutrían principalmente los rebeldes quedara interrumpido.

Don Álvaro aportó las veinticuatro galeras de su flota y contrató otras, entre ellas las del animoso don Quin, para que barrieran las costas de las provincias adyacentes a Granada desde Murcia hasta Cádiz, estableciendo un sistema de vigilancia por parejas de buques que se avisaban por señales de banderas y humo apoyadas por cinco heliógrafos que se instalaron en la zona donde solía confluir la ayuda a los rebeldes. La presión de sus barcos hizo efecto y pronto dejaron de verse unidades berberiscas en las costas vigiladas y las pocas que llegaban terminaban dándose la vuelta ante la imposibilidad de acceder a las calas o playas andaluzas y mucho menos a sus puertos. Hubo también combates con algunas embarcaciones berberiscas sorprendidas en las proximidades de costa cuando ya era tarde para dar marcha atrás, y de ese modo don Álvaro consiguió apresar diez galeotas, una urca y dos fustas, liberó a ciento cincuenta cristianos condenados a remar e hizo cuatrocientos prisioneros que no tardaron en embarcar de nuevo, aunque esta vez amarrados al banco de las galeras españolas. Ni una sola embarcación de la Berbería consiguió unirse a los rebeldes, cuyo número empezó a declinar por mor de las operaciones militares en tierra, donde don Juan de Austria avanzaba inexorablemente de este a oeste, aunque viendo que no podían escapar por el norte, donde la llanura no les permitía esconderse, ni por el sur, donde la flota de don Álvaro les impedía reembarcar, los moriscos se desplazaban en dirección a los montes de Málaga con intención de saltar a Sierra Morena en función de la presión que ejercieran los soldados de don Juan de Austria, el cual, una vez hubo entrado en la Alpujarra estableció su cuartel general en Los Padules y mandó llamar a un segundo ejército que, al mando de don Gonzalo Fernández de Córdoba, nieto del brillantísimo militar que fuera virrey de Nápoles, atravesó la sierra de oeste a este atrapando a los rebeldes entre dos fuegos.

Establecida la tenaza, don Juan de Austria entró a sangre y fuego en la Alpujarra, destruyendo casas y cultivos, pasando a cuchillo a los hombres y haciendo prisioneros a los niños, mujeres y ancianos moriscos que encontraba a su paso. El avance de las tropas reales abrió una brecha en el bando morisco entre los partidarios de continuar la lucha y los que defendían la necesidad de negociar la rendición, aunque estos últimos fueron ejecutados por orden de Aben Aboo. A pesar de todo, y aunque a partir de octubre de 1570 las rendiciones de los moriscos fueron masivas, varios miles siguieron resistiendo, refugiándose muchos de ellos en las cuevas que abundaban en la zona, donde la mayoría murieron asfixiados por el humo de las hogueras que prendían las tropas cristianas en las entradas de sus escondites. La muerte de Aben Aboo, apuñalado por sus seguidores en una cueva de Bérchules, señaló el principio del fin de la rebelión, pues a partir de ese instante las deserciones condujeron a la rendición en masa de los rebeldes, una célula de los cuales, compuesta por más de cinco mil moriscos, decidió hacerse fuerte en un peñón de la villa malagueña de Frigiliana, de difícil acceso por tierra, aunque accesible desde la mar, por donde se llegaba a través de una trocha cubierta por la exuberante vegetación. En coordinación con Requesens, don Álvaro se puso al frente de una columna de trescientos soldados y se dirigió al peñón, sorprendiendo a los rebeldes por donde no esperaban atacantes. Enredados en la lucha con don Álvaro, don Luis de Requesens pudo entonces maniobrar y acceder al peñón, estableciendo una pinza con el marqués de Santa Cruz a resultas de la cual cayeron dos mil moriscos y otros tres mil se hicieron prisioneros. Con esta batalla don Álvaro demostró que no solo era un genio en la mar, sino también un valeroso combatiente en tierra, siendo distinguido nuevamente de manera personal por Felipe II.

10

Lepanto
Golfo de Patrás 1571

En Turquía la posición del sultán Selim II se hacía cada día más inestable debido a la oposición del Gran Visir Mehmed Pachá, que criticaba su falta de decisión en el envío de ayuda a la rebelión de los moriscos rebeldes en las Alpujarras, miles de los cuales habían muerto al intentar recuperar lo que un día había sido parte del islam. El sultán necesitaba un golpe de efecto que le devolviera la confianza de su pueblo y buscó dónde atacar a los españoles, que aún mantenían en el Mediterráneo enclaves en disputa tan importantes como el Peñón de Vélez, Melilla, Orán y Mazalquivir. Sin embargo, sus consejeros le desaconsejaron lanzarse sobre esos puntos a pesar de su peso estratégico, pues después de los fracasos de Malta por mar y Hungría por tierra ni el presupuesto ni el ejército estaban en disposición de acometer una empresa de tanta envergadura, proponiéndole, por el contrario, atacar en la prácticamente desguarnecida Ceuta, que pertenecía a los portugueses, los cuales se la habían arrebatado a los benimerines casi cien años atrás, o asestar un golpe de mano en Chipre, isla en poder de los venecianos.

A pesar de que los informes hablaban de una Ceuta escasamente protegida, Selim II valoró el esfuerzo operacional de conducir una fuerza naval hasta la otra punta del Mediterráneo y el logístico que supondría el asedio de una ciudad que quedaba a tiro de piedra de la costa sur española, lo que podía empujar a Felipe II a sumarse a su defensa desde una situación estratégica de neta superioridad.

Así pues, su única opción parecía ser Chipre, isla perteneciente desde 1489 a la república de Venecia, de modo que el sultán mandó a su estado mayor estudiar su asedio y asalto sin que el tratado de paz que acababa de firmar con el dogo de Venecia representara ningún obstáculo, justificando su ruptura en el hecho de que se trataba de otra antigua tierra del islam, y mientras sus militares preparaban los planes de campaña, sus ministros se dedicaron a recaudar dinero mediante la confiscación y reventa de monasterios de la Iglesia ortodoxa griega. El antiguo tutor del sultán, Mustafa Pachá, fue nombrado nuevamente comandante de las fuerzas terrestres de la expedición, mientras Alí Pachá resultaba elegido almirante de las fuerzas navales, asesorado por el astuto Pialí Bajá, mucho más experimentado en la guerra en el mar. De esta forma se eliminaba la posibilidad de relación directa entre Mustafá y el conflictivo almirante, cuyo antagonismo era un secreto a voces.

A pesar del tratado de paz recién firmado, el dogo de Venecia no terminaba de confiar en Selim II y llevaba tiempo preparando la defensa de la república ante un hipotético ataque otomano. De hecho, sus consejeros pensaban que el objetivo inicial de Solimán, cuando finalmente atacó Malta, era la isla de Chipre y la intranquilidad regresó a Venecia al conocer mediante informadores que el nuevo Sultán estaba preparando una fuerza expedicionaria en el Mediterráneo, por lo que decidieron reforzar las defensas de la isla, aunque no escapaba a nadie que sin ayuda exterior no podrían resistir mucho tiempo.

Antecediendo en unos pocos meses a Solimán, en 1565 moría en Roma el papa Pío IV, recibiendo el anillo papal Antonio Michelle Ghislieri, que gobernaría la Iglesia católica con el nombre de Pío V.

Prácticamente uno de los objetivos de nuevo papa, desde su nombramiento, consistió en promover la Liga Santa, una coalición sobre la que inicialmente hubo muchas reticencias por parte de los distintos monarcas de la cristiandad, aunque a la vista de la actitud agresiva de los otomanos en el Mediterráneo que terminaría con el ataque a Chipre quedó finalmente constituida por España, Venecia y los propios Estados Pontificios. Al frente de las fuerzas combinadas puso el Papa a don Juan de Austria, a quien definió, utilizando la cita evangélica referida a Juan el Bautista, como «un hombre enviado por Dios, que se llamaba Juan». Las capitulaciones de la Liga, que fijaban detalladamente los recursos militares con que había de contribuir cada uno de los aliados, estipulaban una flota de doscientas galeras de combate, cien auxiliares y una fuerza de socorro de cincuenta mil hombres. Para asegurarse la participación española, el tratado incluyó la promesa de Venecia de ayudar a España en sus posesiones en el Norte de África. Por su parte, el papa Pío V asumió el compromiso de aportar doce galeras aparejadas y dispuestas, tres mil infantes y doscientos setenta jinetes con sus monturas. Los aliados se comprometieron a acudir en socorro de cualquiera de los miembros de la Liga que se viese atacado por los turcos, especialmente si los territorios en peligro eran los de la Santa Sede. Como cláusula de penalización para quien no atendiese las obligaciones de los aliados, el papa impuso en las estipulaciones la pena de excomunión, con pérdida de sus posesiones y liberación del juramento de fidelidad de sus súbditos. El compromiso se firmó el quince de mayo de 1571 con la renuencia de tres países cristianos de relevancia, el Sacro Imperio Romano Germánico, cuyo emperador acababa de firmar un tratado de paz con los otomanos y no se mostraba inclinado a romperlo, Francia, que mantenía tradicionalmente relaciones amistosas con los turcos y hostiles con los españoles, e Inglaterra, que había roto definitivamente relaciones con Roma desde la muerte de María Tudor y la entronización de Isabel I.

El 27 de junio de 1570, casi un año antes de la firma del acuerdo entre cristianos, las fuerzas invasoras otomanas pusieron rumbo a Chipre con un dispositivo de más de doscientos barcos y sesenta mil soldados. Durante el tránsito a la isla los venecianos debatieron oponerse al desembarco, pero vista la colosal fuerza enemiga decidieron resistir en las fortalezas distribuidas a lo largo de la isla a la espera de la llegada de refuerzos.

El sitio de Nicosia se inició el veintidós de julio y duró siete semanas, hasta que el nueve de septiembre los otomanos lograron traspasar las murallas una vez que los defensores agotaron sus municiones, pasando entonces a cuchillo a los veinte mil habitantes que encontraron en la ciudad, aunque respetando la vida de mujeres y niños que fueron vendidos como esclavos. Para entonces una escuadra cristiana reunida urgentemente y cercana a los doscientos barcos navegaba rumbo a Chipre a toda velocidad, pero al saber que Nicosia había caído su comandante, el almirante veneciano Jerónimo Zanne, ordenó regresar al puerto de partida. Compuesta por flotas venecianas, papales y españolas, por designio de Pio V mandaba la escuadra don Juan de Austria, que delegó en el almirante veneciano, mientras que la flota española quedó a cargo de don Juan Andrea Doria, con don Álvaro de Bazán como segundo comandante. Al saber que Zanne había ordenado regresar abandonando la isla a su suerte, el marqués de Santa Cruz trató de razonar con Doria que la retirada eliminaba cualquier posibilidad de supervivencia a los chipriotas, que si se habían visto obligados a ceder en Nicosia lo más probable era que hubieran retrocedido para reorganizarse en cualquiera de los otros dos baluartes que mantenían, el de Limasol en el sur o el de Famagusta en el este, y que para comprobarlo bastaría una simple descubierta alrededor de la isla, pero don Juan se opuso y prefirió no objetar las órdenes de Zanne.

Efectivamente, tal como había imaginado don Álvaro, en la isla permanecían nueve mil defensores que habían reculado hasta encerrarse en la ciudadela de Famagusta dispuestos a resistir hasta el final, con la esperanza puesta en un socorro que no terminaba de llegar. En condiciones penosas consiguieron defender el puesto a lo largo de once largos meses ante el ataque de doscientos mil jenízaros turcos y las bombas de ciento cuarenta y cinco cañones, aunque los sitiados fiaban su capacidad de resistencia al hecho de que eran aprovisionados por mar, donde sorprendentemente no se había dejado ver la flota otomana. Durante el largo asedio el papa trataba de acelerar la organización de la Liga, pero la lenta burocracia de las firmas lo hizo imposible. Al enterarse de que el grueso de Pialí había abandonado momentáneamente el asedio, una flota de dieciséis galeras venecianas seleccionadas entre las mejores salió de Creta al mando del almirante Marco Antonio Quirini con ochocientos soldados que llegaron a Chipre el quince de enero de 1571, sorprendiendo a dos galeras turcas que apresaron y otras dos grandes urcas de transporte que incendiaron, consiguiendo finalmente desembarcar a los soldados, los cuales antes de internarse en la fortaleza de Famagusta consiguieron destruir parte de los ingenios de asalto turcos, aunque finalmente se impuso la lógica y la ciudad capituló el uno de agosto. El asedio y el ataque final costaron ochenta y cinco mil bajas a los defensores y cincuenta mil a los atacantes.

La valiente acción de Quirini abochornó a los reyes de los estados cristianos que habían permanecido inactivos durante el largo asedio a la ciudad chipriota. El dogo de Venecia, contrariado por la retirada de Zanne, lo cesó nombrando en su lugar a Sebastián Veniero. En España se objetó también que don Juan Andrea Doria hubiera seguido fielmente a Zanne sin intentar hacer llegar algún apoyo a los sitiados, pero el almirante, sobrino del gran Doria, tenía mucho ascendiente sobre Felipe II, quizás porque, participara o no en las batallas, ofrecía siempre a la corona sus galeras de propiedad particular, de ese modo el rey lo mantuvo en su puesto a pesar de que había sido advertido por Bazán de que el apoyo a los sitiados era posible. Por parte turca las quejas de Mustafá respecto a Pialí, que había abandonado el sitio dejando a su comandante en tierra, tuvieron su efecto y al almirante turco se le depuso.

La toma de Chipre por el ejército otomano dejó muchas secuelas, sobre todo en la parte norte del Mediterráneo, donde los cristianos más humildes, conocedores de los horrores practicados por los turcos a los chipriotas, se cuestionaban si el aparato defensivo al que tan onerosamente contribuían con sus impuestos tenía razón de ser. Las tensiones entre españoles y venecianos que habían contribuido en buena manera al fracaso de la coalición amenazaban ahora con hacer saltar por los aires el proyecto de la Liga Santa. El único elemento que alimentaba la esperanza de los temerosos cristianos ante la nueva y decidida amenaza del imperio otomano era don Juan de Austria.

Por su parte, Alí Pachá, nombrado nuevo comandante en jefe de la fuerza otomana, viendo la superioridad del ejército de Mustafá en Famagusta, donde la caída de la ciudad era cuestión de tiempo, decidió dejarlo maniobrar en tierra bajo su entera responsabilidad y en lugar de mantener el bloqueo de la isla, operación que tan cara les había salido en Malta, prefirió salir con sus barcos a buscar a la flota cristiana, pues había oído que estos estaban formando una gran coalición con la intención de disputarles el Mediterráneo. De este modo se dirigió inicialmente a Creta, isla perteneciente también a Venecia, que la había comprado en 1204 para establecer un puesto avanzado en sus correrías comerciales. Alí Pachá encontró los fuertes cretenses bien defendidos y se limitó a dar golpes de mano en las pequeñas poblaciones del litoral con el objetivo de secuestrar a cualquiera que sirviera para coger un remo, aunque en cada uno de sus ataques perdía también soldados que necesitaba reemplazar igualmente, a pesar de lo cual repitió la operación en las islas griegas de Corfú y Cefalonia y finalmente envió a sembrar el pánico en el Adriático a su lugarteniente y mano derecha Uluch Alí, un renegado nacido y bautizado cristiano que había sido secuestrado de niño cuando lo llevaban a un seminario y que después de servir en el remo durante catorce años abjuró de su fe, abrazó el islam, y terminó armando su propia flota que en esos momentos era de cincuenta y dos galeras. En realidad, Uluch Alí buscaba en aguas venecianas rastros de la gran flota que, al parecer, estaban reuniendo los cristianos, hasta que el capitán de una galera veneciana capturada en el canal de Otranto le confirmó antes de que le cortara la lengua que la Liga Santa era un hecho y sus almirantes y unidades navales se estaban concentrando en Mesina.

Informado Alí Pachá envió una escuadra de galeras a la costa de Calabria a confirmar la información del deslenguado capitán y conocer, en su caso, la magnitud de la escuadra cristiana, permaneciendo fondeado a la espera de noticias en el golfo de Patrás, frente al pequeño puerto de Lepanto, donde recibió orden del sultán de buscar y destruir a la flota cristiana y la promesa de la llegada de refuerzos y provisiones de todo tipo que tanto necesitaba después del enorme desgaste que había supuesto la toma de Chipre.

Mientras tanto, obedeciendo a la convocatoria de don Juan de Austria, la Liga Santa comenzaba a reunirse en Mesina. El primero en presentarse fue el veneciano Sebastián Veniero, que llegó el veintitrés de julio liderando una escuadra de cuarenta y ocho galeras y cinco galeazas. Nada más llegar se presentó a don Juan de Austria haciéndole sentir su malestar por la falta de diligencia del resto de la fuerza. En realidad, era su forma de quejarse por la inacción de los países cristianos en Chipre y también por la pérdida de nueve galeras debido a un violento temporal durante su incorporación. Con diplomacia, no exenta de firmeza, el hermano del rey de España le hizo ver que no tenía sentido llegar el primero si para ello había tenido que desafiar el tremendo temporal que había azotado el Mediterráneo esos días y que la pérdida de nueve unidades de combate era un contratiempo que podía llegar a tener su precio. En cualquier caso, las unidades venecianas presentaban un importante estado de deterioro y aprovecharon los días para reparar, equiparse y aprovisionarse a costa del virreinato de Nápoles, gracias a los esfuerzos de don Álvaro de Bazán.

Cuatro días después se incorporaba el almirante pontificio Marco Antonio Colonna con sus doce galeras, media docena de buques auxiliares y tres galeras genovesas que se le habían unido para viajar a Mesina en conserva con las papales[7]. A partir de ahí los días pasaron lentamente y hubo que esperar al quince de agosto para ver entrar a puerto las tres galeras que proporcionaba la exhausta Orden de Malta.

La escuadra española fue la que acumuló un mayor retraso, pues, tras concentrarse en Barcelona el veinte de julio, viajó primero a Génova y después a Nápoles, fondeando en la ciudad partenopea el nueve de agosto junto a la flota de don Álvaro de Bazán. Cinco días después don Juan de Austria se invistió comandante en jefe de la Liga Santa y recibió del enviado del papa las insignias y estandartes que proclamaban la cristiandad de la escuadra y de la empresa. Finalmente, el veinticinco de agosto, algo más de un mes después de la llegada de las primeras naves venecianas, los españoles entraban en Mesina con una contribución de catorce galeras de Su Católica Majestad Felipe II, diez del reino de Sicilia, treinta del reino de Nápoles aportadas por Bazán, once de la escuadra particular de don Juan Andrea Doria y trece de diversos armadores particulares, entre ellas tres de don Quin Durán. En el momento de fondear nadie reparó en una galera de negra silueta que se mecía al compás de las olas incrustada entre las aportadas por la república de Venecia. Se trataba de una de las exploradoras de Alí Pachá al mando del corsario Kara Kodja, que esa misma noche abandonó el fondeadero aprovechando la oscuridad. Con aquel gesto audaz Kodja pudo informar a Alí Pachá del número de embarcaciones cristianas reunidas en Mesina, aunque erró en el número ya que abandonó el fondeadero antes de que se incorporaran las últimas cuarenta galeras cristianas, lo que movería al jefe de la fuerza naval turca a infravalorar la magnitud

---

7   Navegar en conserva: navegar convoy en compañía de dos o más buques

de la escuadra de don Juan de Austria, que quedó definitivamente compuesta por doscientas nueve galeras y treinta y dos buques auxiliares, frente a las doscientas dieciséis galeras turcas a las que acompañaban sesenta y cuatro galeotas y otras tantas fustas. Por parte de la Liga Santa, las galeras españolas eran las de mejor calidad, pues, recién construidas en Barcelona, eran fruto del plan de reconstrucción naval ordenado por Felipe II tras el desastre de Los Gelves y también las más preparadas para el combate barco a barco, ya que, siendo más amplias de manga, lo que por otra parte iba en detrimento de la velocidad, constituían mejores plataformas para la artillería gracias a su mayor estabilidad.

Entre soldados, marineros, artilleros y remeros, la Liga Santa embarcó unos cuarenta mil hombres, tres cuartas partes de ellos españoles. Además de que sus naves llegaron en un estado deficiente y tuvieron que ser apoyadas por don Álvaro de Bazán en Nápoles, la república de Venecia se presentó con solo cincuenta soldados por galera, cuando la media de sus aliados era de ciento cincuenta, cifra pactada en los acuerdos. Encargado don Álvaro de Bazán de negociar con Veniero la forma de solventar tan grave inconveniente, el almirante veneciano argumentó que, al contrario que otras naciones, sus remeros eran hombres libres que en caso de necesidad podían constituirse en combatientes, cosa que no podían hacer los galeotes esclavos que remaban en las naves de otros países. Cortésmente don Álvaro le hizo ver la pobreza del argumento, pues la obligación de transportar un número de combatientes apropiado no podía entrar en litigio con la necesidad de cada buque de contar con el número de remeros necesarios para su propulsión con garantías. Finalmente, tras muchas y prolongadas discusiones con el correoso y enojadizo almirante veneciano, este reconoció que muchos de sus combatientes habían sido diezmados por una epidemia de tifus, por lo que la Liga Santa no podía esperar de ningún modo la llegada de más soldados venecianos. Don Álvaro comprendió que la falta de soldados de la república de Venecia no era una cuestión de negociación ni discusión y que la única forma de dotar a sus barcos de los infantes necesarios pasaba por embarcarlos procedentes de otras escuadras, cosa que el orgulloso Veniero rechazó reiteradamente hasta que las palabras de don Álvaro terminaron por hacerle entrar en razón y la infantería veneciana quedó organizada en tres regimientos al mando de generales propios aunque con tropa mayoritariamente hispana.

Por parte española la fuerza embarcada quedó repartida en cuatro Tercios: el de Cerdeña, al mando de don Miguel de Moncada; el de Nápoles, a las órdenes de don Pedro de Padilla; el de Sicilia a la disposición de don Diego Enríquez y el más afamado a esas alturas, el de Granada, que mandaba don Lope de Figueroa, quien tras haber sido hecho prisionero en Los Gelves había permanecido cuatro años remando en una galera otomana hasta ser rescatado por su padre en 1564 tras el pago de cuatro mil ducados.

La inmensa fuerza salió a buscar a la flota otomana en el golfo de Patrás. Al frente marchaba don Juan de Cardona con ocho galeras con misiones principalmente de exploración, dando paso al grueso, dos leguas por detrás, dividido en tres partes: el ala derecha, compuesta por cincuenta y cuatro galeras señaladas con grímpolas verdes, al mando de don Juan Andrea Doria; otras sesenta y cuatro galeras en el centro a las órdenes de don Juan de Austria, estas con grímpolas azules, y las cincuenta y tres de Sebastián Veniero, dispuestas en el ala izquierda y a las que correspondían grímpolas amarillas. Cerrando la formación marchaba don Álvaro de Bazán con treinta galeras en las que ondeaban grímpolas blancas que las señalaban como la fuerza de reserva y en la que iban incrustadas las unidades logísticas y auxiliares.

Un problema estuvo a punto de dar al traste con la operación cuando se planteó una disputa por competencias entre don Juan y los venecianos. La discusión se originó en una galera veneciana, donde, por defender cada uno a su gente, se enfrentaron con las armas el propio capitán de la galera y Curcio Anticocio, napolitano y capitán de los soldados españoles a bordo, resultando herido el veneciano. En semejante tesitura, Veniero, mandó ahorcar al capitán Anticocio, por lo que don Juan de Austria convocó un consejo de guerra del que excluyó a Veniero. Don Juan Andrea Doria se manifestó partidario de regresar a España y dejar solos a los venecianos, postura que fue apoyada por la mayoría de los almirantes españoles con excepción de don Álvaro de Bazán, que, sensatamente, expuso que el hecho de que Veniero tuviera una personalidad demasiado explosiva no debía poner en riesgo todo el esfuerzo hecho hasta el momento, sugiriendo aplazar el posible castigo al almirante veneciano hasta una vez concluida la batalla, argumentos que tuvieron la virtud de hacer cambiar de opinión a los almirantes. Finalmente, don Juan de Austria cerró el consejo aceptando la sabia sugerencia del marqués de Santa Cruz, aunque dispuso que la flota veneciana quedara al mando de Agostino Barbarigo, lugarteniente del irascible Veniero, y de ese modo, con las primeras luces del día siete de octubre la flota salió a la mar formando una línea de combate a cuatro leguas de Lepanto, con idea de esperar la salida de la escuadra enemiga para, en el caso de no producirse, disparar sobre la ciudad y regresar a su base.

Don Juan de Austria encontró a los buques otomanos listos para la batalla. Las doscientas dieciséis galeras y ciento veintiocho unidades auxiliares estaban servidas por quince mil marinos y cincuenta y cinco mil galeotes, en su mayoría cristianos prisioneros. Para el combate embarcaba una fuerza de cincuenta mil soldados, setecientas cincuenta piezas de artillería y mil arqueros con flechas envenenadas. Igual que la cristiana, la escuadra otomana estaba dividida en cuatro cuerpos formados en media luna: a la derecha el almirante Mohamed Siroco, gobernador de Alejandría, con cincuenta y cuatro galeras y dos galeotas; en el centro marchaba el comandante en jefe Alí Pachá con su escuadra de ochenta y siete galeras y 32 galeotas y a la izquierda el almirante Uluch Alí con sesenta y una galeras y treinta y dos galeotas. Siguiendo al cuerpo principal navegaba el almirante Murat Dragut, al frente de la escuadra de reserva compuesta por ocho galeras y veintiuna galeotas y fustas.

***

—«Hijos, a morir hemos venido, o a vencer si el cielo lo dispone. No deis ocasión para que el enemigo os pregunte con arrogancia impía ¿Dónde está vuestro Dios? Pelead en su santo nombre, porque muertos o victoriosos habréis de alcanzar la inmortalidad».

Con el sol empezando a despuntar por encima de las montañas de levante, un joven de apenas veinticuatro años arengaba de esta forma a los cristianos para la que habría de ser una de las más grandes batallas de la Historia de la humanidad. La batalla reunía al 75 % de las galeras, galeazas, galeotas y fragatas existentes en el mundo, quinientas ochenta naves y cerca de doscientos mil hombres que iban a dirimir el destino de dos imperios representantes de dos civilizaciones antagonistas, el oriente contra el occidente, el islam contra el cristianismo.

Apenas las flotas se avistaron, don Juan de Austria supo interpretar la estrategia inicial de Alí Pachá, que no era otra que flanquear la línea enemiga por ambos lados mientras él mismo fijaría las posiciones de la vanguardia cristiana mediante las reservas que mantenía a su retaguardia. La primera orden de don Juan fue adelantar a la vanguardia la fuerza de galeazas, donde concentraba lo mejor de su artillería. Además, a diferencia de Alí Pachá, don Juan mantuvo sus reservas a retaguardia, ordenando a don Álvaro de Bazán que se dedicara, a su libre albedrío, a controlar las posibles brechas que se pudieran producir en la línea de combate.

Las naves de Barbarigo y de Siroco fueron las primeras en entrar en combate y la batalla no pudo empezar de manera más beneficiosa para las tropas cristianas, pues a las once de la mañana, cuando ambas flotas se disponían a iniciar el fuego, la flota de Barbarigo supo envolver a la de Siroco hiriendo mortalmente a este. Con el viento a favor, las galeras venecianas aplastaron a las turcas contra la costa y el ala izquierda otomana resultó completamente aniquilada.

Una hora más tarde el centro de gravedad de la batalla pivotó a las vanguardias, en medio de las cuales se desenvolvían las dos naves capitanas dirigiendo cada una sus barcos. Las unidades turcas rompieron la línea cristiana y avanzaron por el centro en busca de la capitana de don Juan de Austria, pero la maniobra fue neutralizada por la artillería de la Liga Santa que causó importantes daños en las galeras enemigas, aunque fue tal el ímpetu de las naves otomanas que después de penetrar en el interior de la vanguardia cristiana se lanzaron al abordaje. La batalla se convirtió en una melé sin ningún orden táctico y el humo de los disparos e incendios dificultaba aún más la visibilidad, aunque no lo suficiente como para que la *Real* de don Juan de Austria y la *Sultana* de Alí Pachá dejaran de verse y decidieran acometerse: el momento supremo había llegado, se enfrentaban la espada contra el alfanje, la cruz contra la media luna, y la situación era favorable al turco que estaba rodeado y protegido por un cinturón de galeras otomanas, pero en ese momento providencial, de la espesura del humo de la artillería surgió la *Loba,* galera capitana de la escuadra de Nápoles al mando de don Álvaro de Bazán, dando paso a la escuadra cristiana de reserva que se lanzaba directamente sobre la *Sultana* de Alí Pachá, que para entonces acababa de embestir con su enorme espolón la amura de la *Real* de don Juan. Las dos naves quedaron unidas por lo garfios dando paso al abordaje y siendo la situación todavía favorable a los turcos, pues sobre la galera de Alí Pachá confluían continuos refuerzos de las naves otomanas más próximas; la *Real* de don Juan se había quedado aislada y solo contaba con el apoyo cercano de una veneciana y aunque los arcabuceros españoles se defendían con uñas y dientes, el mayor número de tropas musulmanas hacía pensar que la *Sultana* iba finalmente a derrotar a la *Real,* y con ello el islam al cristianismo, pero justo entonces, de manera providencial y como si fuera un enviado de Dios, don Álvaro de Bazán surgió al frente de sus galeras hasta llegar a la altura de la *Real* y una oleada de infantería del Tercio de refresco abordó la *Sultana* de Alí Pachá, a sangre y fuego, con la furia de un ciclón, justo en el momento en que el disparo de un arcabucero alcanzaba en la cabeza a Alí Pachá, que cayó fulminado sobre cubierta. Reconocido el cuerpo del comandante de la flota otomana, su cabeza degollada se clavó en una pica a modo de estandarte, lo que desconcertó a las tropas musulmanas que se desmoralizaron y cedieron rápidamente posiciones ante el empuje creciente de las tropas de la Liga Santa. La batalla estaba prácticamente decidida, aunque la escuadra otomana del ala izquierda, comandada por Uluch Alí, intentaba flanquear las galeras de don Juan Andrea Doria y las de la Orden de Malta, pero de nuevo don Álvaro de Bazán con su fuerza de reserva, después de apoyar a la *Real* en el centro del dispositivo cristiano, se dirigió al ala izquierda en apoyo de Doria haciendo huir a la escuadra de Uluch.

Terminada la batalla y consolidada la victoria, don Juan de Austria ordenó un redoble de tambores que culminó con una salva general, que señalaba el momento de hincarse de rodillas ante la imagen del Santísimo Crucifijo que ondeaba en el centro del estandarte real, que el papa había entregado a don Juan para que le acompañara en la batalla. Una vez dadas las gracias a Dios las tropas cristianas estallaron en vítores interminables.

Pero las celebraciones tendrían que esperar. Era hora de atender a los heridos, arrojar al mar a los muertos, liberar a los remeros cristianos de las naves turcas, reparar las naves propias, asegurar las tomadas al enemigo y concentrar a los prisioneros. Con la caída de la noche una tormenta azotó la flota, que, jubilosa a pesar de la virulencia del temporal, puso rumbo al vecino puerto de Petela que señalaba la entrada al golfo de Patrás, dejando atrás un mar enrojecido por la sangre de los combatientes en el que sobresalían los terribles despojos de la batalla.

Los cristianos tomaron a los turcos ciento treinta naves y otras doscientas se hundieron durante el combate o, habiendo sido abandonadas por sus ocupantes, se lanzaron contra las rocas con ocasión de la tormenta posterior. Se hicieron tres mil quinientos prisioneros y se incautaron cerca de cuatrocientas piezas artilleras. El número de bajas turcas se situó alrededor de los treinta mil hombres y aunque se liberaron quince mil remeros cristianos, un número semejante de ellos murió a consecuencias de los combates o pasados a cuchillo por sus captores por temor al motín. Las bajas cristianas ascendieron a ocho mil hombres muertos, entre ellos el almirante Barbarigo, y catorce mil heridos, perdiéndose únicamente dieciséis naves.

Si bien el gestor principal del resultado de la batalla fue don Juan de Austria, pues fue quién tomó las principales decisiones tácticas que llevó a la Liga Santa a la victoria, la actuación de don Álvaro de Bazán resultó fundamental, pues gracias a sus sabios consejos los almirantes de la Liga decidieron continuar adelante en pos de la batalla después de la desacertada decisión del almirante Veniero de ajusticiar al capitán Anticocio, decisión que finalmente hizo suya don Juan de Austria, demostrando lo importante que resultaba para él el asesoramiento del marqués de Santa Cruz. Una vez comenzado el combate, don Álvaro se mantuvo a la expectativa, presto a empujar a Barbarigo en el ala izquierda, pasando luego a apoyar a don Juan de Austria en el centro cuando atravesaba un momento especialmente delicado y terminando de afianzar el ala derecha cuando Doria estaba más necesitado de ayuda. A pesar de mantenerse en retaguardia para prestar apoyo donde fuera necesario, como le había pedido su comandante, el marqués de Santa Cruz tomó al enemigo cuarenta galeras y ciento setenta y nueve piezas de artillería, además de capturar ochocientos hombres, todo ello con la escuadra de galeras de Nápoles, construidas, pertrechadas y adiestradas por él mismo.

Un soldado español embarcado en la *Marquesa*, galera incrustada entre las de la república de Venecia, que respondía al nombre de Miguel de Cervantes Saavedra, y que resultaría herido en un brazo, escribió unas bellas palabras que definieron con acierto lo acontecido en el golfo de Patrás:

«La más alta ocasión que vieron los siglos pasados, los presentes, ni esperan ver los venideros».

Y en referencia a don Álvaro de Bazán, lo definió como «el padre de todos los soldados».

La de Lepanto quedó para la historia como la batalla naval más sangrienta de todos los tiempos. Gracias a su victoria la Liga Santa rompió con la superioridad naval del Imperio Otomano y su vitola de invencibilidad quedó desmitificada. Tras impedirlo por primera vez en 1212 en la batalla de las Navas de Tolosa, España volvió a resultar determinante a la hora de imposibilitar el segundo intento de penetración musulmana en Europa. Con la victoria de Juan de Austria, Occidente recuperaba la hegemonía naval en el Mediterráneo.

11

Viso del Marqués
Ciudad Real
Noviembre 1571

Las dos semanas que transcurrieron desde su regreso al palacio todavía en construcción las pasó don Álvaro repartiendo el tiempo entre atenciones a su familia, visitas protocolarias y largas jornadas con su hermano Alonso, que había participado junto a él en la batalla de Lepanto como capitán de la galera *Santo Ángel,* incrustada en la escuadra de reserva que con tanto acierto había dirigido el marqués.

Al caer la tarde, como cada día, después de conversar sentados en uno de los bancos del jardín de la parte trasera del palacio, formado por un amplio círculo de setos alrededor de una fuente monumental al estilo italiano, ambos se retiraron a cenar para pasar posteriormente al salón a compartir la información que traían las cartas que llegaban diariamente de El Escorial.

—¿Alguna novedad? —inquirió don Alonso una vez su hermano hubo leído el primero de los legajos llegados desde el monasterio real.

—Todo sigue igual. O peor —contestó lacónicamente el mayor de los Bazán—. Las noticias que llegan de Constantinopla son cada día más inquietantes. Aunque inicialmente la noticia de la derrota en Lepanto llenó de desaliento a Selim II, el sultán no tardó en recuperar el ánimo y puso sus astilleros manos a la obra con idea de reconstruir su flota. Don Juan de Austria aconsejó a su hermano una expedición de castigo sobre la capital del imperio antes de que tuvieran tiempo de rearmarse con idea de acabar definitivamente con la hidra, pero el rey dudó y ha arrastrado sus titubeos hasta hoy, de manera que cada día que pasa la hidra tiene una cabeza nueva y pronto la escuadra otomana volverá a ser superior a la nuestra. En cualquier caso, debemos estar prestos a zarpar tan pronto lo ordene el rey.

—¿Y la Liga? —volvió a preguntar don Alonso sin poder ocultar cierto tono de preocupación.

—La Liga Santa bastante hace con mantenerse. Paradójicamente, en lugar de salir fortalecida de Lepanto, desde el final de la batalla la alianza ha venido recibiendo ataques desde todas las esquinas del continente.

Sin esperar a que su hermano le pidiese la oportuna aclaración, don Álvaro continuó sus explicaciones.

—La Liga es, en buena parte, España, y es nuestro país el que más perjudicado ha salido de Lepanto, más incluso, sin ánimo de exagerar, que los propios turcos, que habiendo perdido más se han sentido más ofendidos y ponen todo su empeño en recuperar su predominio, mientras que a este lado del Mediterráneo todo son zancadillas y disputas.

—Explicaos, hermano.

—Es simple, Alonso. El resultado de la batalla de Lepanto nos ha encumbrado, y eso ha provocado el recelo de otros países. En Francia, por ejemplo, Carlos IX ha enviado cartas a Inglaterra buscando una alianza que soslaye el papel predominante que ahora adjudican a España y la idea ha sido bien acogida por

Isabel I, que ve cómo aumentan las posibilidades de que su país sea invadido por España. Mientras tanto, la república de Venecia vuelve a tender puentes a Selim II buscando restablecer la libertad de comercio en el Mediterráneo oriental, al tiempo que, con la lógica excepción de Milán, Nápoles, Sicilia y Cerdeña, que son parte del imperio, el resto de los ducados italianos, es decir, Urbino, Parma, Mantua, Ferrara, Génova, Lucca y Saboya buscan crear su propia liga por temor a ser absorbidos por España, dadas sus reforzadas relaciones con el papa. Según informaciones llegadas a Felipe II desde Flandes, el Gran Duque de Alba teme un resurgimiento de las fuerzas rebeldes en los Países Bajos apoyados por la alianza que pretenden franceses e ingleses. Ciertamente no parece el mejor momento de reactivar la Liga Santa y marchar a Constantinopla a terminar de aplastar al turco, menos aún con muchos de nuestros barcos reparando, el hospital de Génova saturado de heridos y el invierno viniéndose encima.

—¿Y vos qué opináis, hermano?

—En una de sus cartas don Juan recababa mi opinión y la respuesta me mantuvo en vela no pocas noches. Recordad que es un asunto delicado en que los hermanos no se ponen de acuerdo, y uno de ellos es el rey. En cualquier caso, después de darle muchas vueltas decidí responder con el corazón y le dije que en estos momentos me parecía demasiado osado atacar a la hidra en su madriguera. Recién terminada la batalla tal vez hubiera sido una opción, pero con el paso de los días, con los turcos rearmándose y con sed de venganza se me hace muy difícil pensar que podamos derrotarlos en su propia casa, donde no encontrarían los problemas de abastecimiento que sí sufriríamos nosotros. Sin embargo, tampoco apruebo el recelo que mantiene dubitativo al rey, pues no creo que sea un buen momento para mantener las flotas en puerto y a sus comandantes enzarzándose en disputas y sospechas los unos de los otros. Como os digo, tras mucho divagar aconsejé a don Juan que tal vez era el momento de consolidar las plazas africanas e incluso tratar de tomarles alguna en Túnez o Argelia.

Don Alonso permaneció pensativo unos momentos hasta que al fin pareció recuperar la lucidez y sorprendió a su hermano con una petición inesperada.

—¿Me permitís leer de nuevo la carta que os envió el rey?

—Claro, aquí la tenéis.

Don Álvaro no pudo evitar un gesto de sorpresa al entregar a su hermano la carta que había recibido de Felipe II al término de la batalla en el golfo de Patrás. Tomándola entre sus manos, don Alonso volvió a leer un texto que, en realidad, ya había leído muchas veces:

> *«... marqués, pariente nuestro, capitán de las galeras de Nápoles. Aunque no he tenido carta vuestra con don Lope de Figueroa, no he querido dejar de dar las gracias con este por lo mucho y bien que he entendido que habéis servido a nuestra armada y así os las doy y certifico que quedo de vos muy satisfecho y servido como lo conoceréis en todo lo que os tocare y sirviere...»*

Tras terminar de leer la carta, don Alonso alzó el rostro y clavó los ojos en los de su hermano.

—Ciertamente os admira —dijo envolviendo las palabras en un susurro—. Pero debéis mostraros prudente en vuestros comentarios con don Juan de Austria, pues confía ciegamente en vuestro criterio y es de asumir que no tiene secretos con su hermano.

—Lo sé —murmuró don Álvaro mesándose la barba—. Y debo deciros que aprecio mucho vuestro consejo, aunque en esta ocasión las palabras que escribí a don Juan respondían a los pensamientos que anidaban en mi cabeza. En cualquier caso, el rey tiene oídos y ojos en Constantinopla, y en El Escorial se rodea de buenas cabezas. Hará lo que más convenga al imperio y no creo que lance sus barcos contra el corazón de los turcos, así como tampoco creo que haga suyo el consejo que di a su hermano, que por otra parte no tengo por seguro que se lo haya hecho llegar.

***

Entre dudas pasó el invierno y llegó la primavera con los hermanos Bazán incorporados a sus barcos acompañando a don Juan de Austria en Mesina. Para entonces el rey había llegado al convencimiento de que los turcos no tenían músculo suficiente para producir otra flota y mucho menos dotarla de los indispensables soldados, pues si grandes habían sido sus pérdidas de material, mucho más lo habían sido en el apartado humano. Con esta premisa Felipe II parecía decidido a dejar el control del Mediterráneo oriental en manos de los venecianos, quienes pensaban que ese control les daría ventaja a la hora de negociar con los otomanos la paz que buscaban para poder dedicarse al comercio libre, base principal de su economía. De ese modo, la escuadra de don Juan de Austria podría dedicarse a reforzar las plazas africanas e incluso tantear la posibilidad de un golpe de mano en Argel, además de contener las provocaciones de los franceses, sin embargo, el primero de mayo de 1572 un suceso inesperado dio al traste con todos los análisis y valoraciones.

La muerte repentina de Pio V estableció una tregua obligada en las operaciones. Una pausa tensa, en cualquier caso, y bien que lo sabían los españoles que ya habían visto en ocasiones anteriores como el fallecimiento de un papa había dado alas a los turcos, que siempre habían intentado aprovechar el desconcierto que solía seguir a tales decesos. Pero el nuevo pontífice, Ugo Buoncompagni, que tomó el nombre de Gregorio XIII, no tardó mucho tiempo en hacer ver que su idea respecto al imperio otomano era ratificar punto por punto los acuerdos de la Liga Santa, confirmó a Colonna como comandante de las galeras pontificias y sugirió que era en su propia casa donde consideraba que había que someter al turco, por lo que Felipe II se vio obligado a preparar nuevos buques, tripulaciones y soldados para ir a combatir allá donde decidiera la Liga. La mala situación económica del país obligó a los españoles más adinerados, don Juan y don Álvaro entre otros, a costear de su hacienda naves y tripulaciones. Dada la mala relación que se daba en aquellos momentos entre don Juan de Austria y su segundo jefe, don Luis de Requesens, este fue relevado por don Gonzalo Fernández de Córdoba, mientras que en la flota veneciana también hubo relevos, principalmente el del díscolo Veniero por el almirante Giacobo Foscarini y el del fallecido y heroico Barbarigo por el también almirante Soranzo.

Con don Juan asentado en Sicilia y Foscarini en Venecia, la escuadra zarpó el siete de julio a las órdenes de Colonna con trece galeras papales, dieciocho españolas al mando de don Gil de Andrade, dieciséis venecianas, con Soranzo a la cabeza, y cuatro de don Álvaro de Bazán que se incorporaron en Otranto. Tras el encuentro de la escuadra con el grueso veneciano la composición definitiva era de ciento treinta galeras y treinta unidades auxiliares que pusieron rumbo a Corfú. Por carta, don Juan informó a Colonna que se uniría a ellos tan pronto se lo permitieran ciertos compromisos de su hermano en Sicilia, aconsejándole, dado lo exiguo de la escuadra y la falta de infantería, no atacar plazas fuertes, recomendando, por el contrario, el saqueo de los puntos de costa turcos mal defendidos.

Por su parte, Uluch Alí, único superviviente de los grandes almirantes otomanos en Lepanto, se puso al frente de la flota turca sin disimular su ánimo de venganza y su deseo de aprovechar las dudas de los cristianos que siguieron a la muerte de Pío V. A pesar del poco tiempo transcurrido desde la derrota había conseguido reunir cien galeras de nueva construcción y otras cincuenta unidades auxiliares de apoyo.

La concentración de los buques de la Liga en Corfú puso en evidencia las fuertes diferencias entre sus componentes, y así, mientras los venecianos, con el apoyo de Colonna, querían ponerse en marcha a la mayor rapidez, pues tenían noticias de que Uluch Alí se dirigía con sus barcos hacia Cefalonia, donde el almirante Soranzo pensaba que podía bloquear la flota turca hasta obligar a sus jefes a negociar la paz, Gil de Andrade era un mar de dudas y, aunque estuvo a punto de ceder a las presiones de venecianos y pontificios, se dejó llevar finalmente por el consejo de don Álvaro de Bazán, que le advirtió que la idea de Soranzo y Colonna no era la que les había expresado don Juan en Sicilia y que tampoco era descartable que en los últimos días pudiera haber recibido algún oficio real con instrucciones de su hermano el rey, por lo que le recomendaba esperar la llegada del comandante de la flota antes de pronunciarse, sin embargo, incapaces de sacudirse sus ancestrales complejos, los venecianos acusaron a los españoles de inventarse excusas para regatear el combate y finalmente decidieron salir a navegar sin esperar la llegada de don Juan de Austria. La decisión de Soranzo representaba una grave amenaza a las débiles estructuras orgánicas de la Liga, máxime cuando fue apoyada por Colonna que tenían orden personal de don Juan de mantenerse a la espera de su llegada.

El encuentro entre cristianos y musulmanes no pasó de una simple escaramuza. El astuto Uluch Alí escogió la táctica del desgaste, conocedor de las disputas intestinas de los cristianos y de sus dificultades para mantener el indispensable flujo logístico, mientras que, por su parte, sin las naves españolas, Soranzo no tenía fuerzas suficientes para establecer un bloqueo ni para afrontar un combate que los otomanos no deseaban a pesar de tener todas las de ganar. En este inútil juego del gato y el ratón, el almirante veneciano decidió regresar a Corfú a esperar a don Juan, confiado en que la llegada de las naves que acompañarían al comandante de la escuadra sumadas a las de don Gil de Andrade les darían la superioridad numérica necesaria para acorralar a Uluch Alí y obligarle a negociar.

Finalmente, las naves cristianas se reunieron en Corfú sumando un total de doscientas once galeras, sesenta y seis unidades auxiliares y de transporte y cuarenta mil infantes, aunque una vez más la marcha se vio retrasada por las reticencias de los venecianos que, a pesar de que volvían a no contar con suficiente infantería, se negaron rotundamente a embarcar soldados españoles, teniendo que ser las tropas de Marco Antonio Colonna las que los reforzaran. Para el enfrentamiento con la flota turca, don Juan eligió una formación muy parecida a la de Lepanto, con Bazán y Sorzano en las alas izquierda y derecha, respectivamente, el comandante de la escuadra en el centro, don Pedro Justiniano, almirante de las galeras de Malta en la vanguardia y don Juan de Cardona a retaguardia a cargo de la escuadra de reserva. El objetivo era Navarino, un enclave pequeño, pero sumamente estratégico, bañado por el mar Jónico y localizado en el extremo suroccidental de la península griega.

Para sorpresa de sus marinos, al llegar a su objetivo la flota cristiana vio que Uluch rehusaba el combate y que en lugar de refugiarse en el propio puerto de Navarino lo hacía en el de la vecina isla de Modón, más fácil de defender gracias a su propia orografía y al hecho de que Uluch hubiera desembarcado a tierra la artillería gruesa embarcada. El almirante turco confiaba en que el paso de los días y las fuertes discrepancias entre los componentes de la Liga le entregaran la victoria sin necesidad de combatir.

En semejante tesitura don Juan preguntó a sus almirantes sobre la posibilidad de desembarcar la infantería y tomar la plaza de Navarino por tierra, pronunciándose la mayoría positivamente, excepto don Álvaro de Bazán, que consideraba el desembarco demasiado arriesgado sin establecer previamente la pertinente exploración que reconociera el terreno e identificara puntos de apoyo de las unidades navales a la fuerza desembarcada, considerando, además, que la logística tampoco acompañaba a una empresa de tanta envergadura. Habiendo quedado en minoría, la opinión del marqués de Santa Cruz fue desestimada y se procedió al desembarco de ocho mil soldados que se encontraron precisamente los inconvenientes predichos por el almirante granadino, a los que hubo que añadir el cálculo erróneo del alcance y potencia artillera de los defensores de la plaza y las condiciones atmosféricas que dejó el paso de una borrasca. En consecuencia, y antes de tener que afrontar pérdidas humanas inaceptables, don Juan procedió al reembarque de la infantería.

Una vez replegada la fuerza de desembarco apareció por el horizonte una galera cristiana procedente de Corfú retrasada por culpa de una avería. Al verla, unas galeotas turcas abandonaron su refugio en Modón e hicieron por ella, reaccionando de inmediato don Juan de Austria que se dirigió en su auxilio acompañado de las galeras que habían sabido reaccionar a la situación con presteza. Viendo que el comandante español acudía a defender a la solitaria galera, los turcos decidieron volver sobre sus pasos, surgiendo entonces la heroica figura de don Álvaro, el cual, viendo que para volver a refugiarse en puerto los otomanos tenían que establecer un orden de entrada una galera detrás de otra, se lanzó sobre ellas a bordo de la *Loba* consiguiendo alcanzar a la última, que resultó ser la del jefe de una de las alas turcas, Mohamed Bey, nieto de Barbarroja, el mítico comandante de la flota otomana en tiempos de Solimán y uno de los corsarios que más daño había hecho a los habitantes españoles de las costas mediterráneas. El combate apenas duró media hora, culminando con la victoria del almirante español que tomó la galera enemiga, llamada la *Presa*, causó la muerte de un centenar de los doscientos cincuenta turcos embarcados y rescató a los trescientos veinte galeotes cristianos a los remos. Entre los muertos se contaba el propio Mohamed Bey.

En realidad, el combate singular entre don Álvaro de Bazán y Mohamed Bey fue la única acción de combate que se dio en aquella extravagante acción naval de la Liga en persecución de Uluch Alí. Sin embargo, cuando se conoció en España la identidad del fallecido y su parentesco con Barbarroja se hicieron fiestas en todo el levante como si el caído hubiera sido su sanguinario abuelo. Años después, en la más universal de sus obras, Miguel de Cervantes recogió el hecho con gran derroche de alegría:

> «...*en efecto Uluch Alí se recogió en Modón, que es una isla que está junto a Navarino y, echando gente a tierra, fortificó la boca del puerto y allí permaneció hasta que don Juan de Austria se dio la vuelta. En este viaje se tomó la galera que llamaban la Presa, de quién era capitán un hijo (sic) de aquel famoso corsario Barbarroja. Tómala la*

capitana de Nápoles llamada la Loba, regida por aquel rayo de la guerra, por el padre de los soldados, por aquel venturoso y jamás vencido capitán don Álvaro de Bazán, marqués de Santa Cruz. Era tan cruel el turco y trataba tan mal a sus cautivos que, así como los que iban al remo vieron que la Loba les iba entrando y que los alcanzaba agarraron a su capitán que les gritaba junto al cómitre y pasándole de banco en banco de poa a proa le dieron bocados que a poco más que pasó de la mitad del barco ya había pasado su ánima al infierno...»

En la hoja de servicios de don Álvaro la toma de la *Presa* en Modón representaba solo una conquista más de las muchas que había protagonizado hasta el momento, sin embargo y debido al odio que despertaba en la mayoría de las poblaciones costeras del Mediterráneo la figura de Barbarroja, la derrota del turco despertó la misma alegría que la más importante de las batallas y la popularidad, prestigio y fama de don Álvaro crecieron hasta el punto de que no había poeta que no lo loara, español que no lo aplaudiera ni noble que no procurara su amistad, y de regreso a España recibió otra carta de Felipe II que le felicitaba con entusiasmo:

«... marqués pariente, nuestro capitán de las galeras de Nápoles, vuestra carta del pasado día 20 recibí y aunque el ilustrísimo don Juan, mi hermano, me ha descrito lo bien que lo hicisteis en la toma de aquella galera, he holgado mucho de entenderlo por vuestra carta y así os doy muchas gracias por el valor y el ánimo con que en aquello os mostrasteis y os mostráis en todo lo demás que os ofrece el servicio de Dios y el mío»

Lamentablemente, más allá de la victoria personal del marqués de Santa Cruz, la expedición a Navarino y Modón volvió a poner de manifiesto las diferencias entre Venecia y España y a su regreso a la capital de la república de San Marcos, el almirante Foscarini criticó con dureza las líneas de acción españolas, convenciendo al senado de la necesidad de romper las negociaciones para la renovación de los acuerdos de la Liga que tanto había costado organizar, lo que de hecho sucedió poco tiempo después de su regreso.

11

Mesina
Sicilia
Mayo 1573

Al marqués le pareció paradójico que don Juan de Austria hubiera elegido la Sala Venecia del Palacio de San Nicolás, en Mesina, para la reunión en la que estaba planeado tratar la retirada de la república de San Marcos de la Liga Santa y la posible disolución de la alianza, aunque tal observación apenas rondó su cabeza los pocos segundos que tardó en quedar oscurecida por las muchas preocupaciones derivadas de la defección de los venecianos.

En realidad, la sala no podía estar mejor elegida, pues era amplia y estaba bien iluminada por el brillante sol que a esas horas se levantaba sobre el estrecho que separa la isla de Sicilia de la península italiana y que al mismo tiempo une los mares Jónico y Tirreno. Presidida por una enorme figura en mármol blanco del león alado símbolo de la República de San Marcos, aquí y allá el enorme salón aparecía salpicado por todo tipo de motivos de guerra arrancados por las galeras venecianas a las enemigas, sobresaliendo entre ellos dos espolones, uno en perfecto estado y el otro convertido en un amasijo de astilla tras haber cumplido su papel en alguna batalla. Los turcos, tan supersticiosos como el resto de los hombres de mar, solían adornar la proa de sus buques con imágenes similares a los mascarones, generalmente religiosos, de las galeras cristianas, pero que en su caso no tenían nada que ver con el islam, y así arrancado seguramente a alguna galera cretense, desparramados por el salón podía verse la talla de madera de un minotauro, figuras de animales imaginarios como dragones o basiliscos, reales como gallos, leones o hermosas cabezas de alazanes, o semi humanos como el centauro o la manticora.

Las paredes expresaban mediante tapices y cuadros la alegría de la victoria en Lepanto, aunque, por su temática, dos de los cuadros llamaban la atención por encima de los demás. En uno de los laterales brillaba con luz propia una figura femenina de serena belleza con los atavíos habituales de un soldado de los Tercios. Se trataba de María, apodada «la Bailadora», que a bordo de la galera *Jabata* peleó en Lepanto a las órdenes de don Lope de Figueroa, arrebatando la vida a no pocos turcos con su arcabuz y al menos a uno más con su cuchillo en un combate singular que impresionó tan vivamente a don Juan de Austria que ordenó hacer un retrato de ella para que adornara su palacio. Sin perder un ápice de su belleza, la acuarela la mostraba tocada con una cuera sin mangas para protegerse de cuchillos y picas y sobre esta un jubón verde con mangas y el pañuelo rojo que distinguía los soldados de los Tercios anudado en el brazo derecho. Completaba su atuendo un morrión descolorido sobre la cabeza que dejaba entrever sendas madejas de un cabello acastañado que se desparramaba a ambos lados del perfecto ovalo de la cara.

Aunque el cuadro de «la bailadora» solía llamar la atención de quienes visitaban la sala, sobre todo cuando conocían la historia de la valiente soldado, el que más interés despertaba se alzaba sobre la cabeza de la presidencia y mostraba al propio don Juan de Austria ataviado para el combate con coselete entero, la mano izquierda descansando sobre la empuñadura de bronce de su espada jineta, la otra sujetando el bastón de mando y tocado con una celada coronada por un largo penacho rojo, enmarcando un rostro hermoso con su tradicional perilla y afilado bigote. Pero el detalle que brillaba con luz propia en el cuadro era la presencia sobre el hombro derecho de don Juan de la célebre mona que le acompañaba a todas partes.

Entre la nobleza eran comunes ese tipo de animales traídos de América y que representaban un signo de distinción, aunque no se sabía de ninguno que hubiera acompañado a su dueño a una batalla de tanta importancia como la de Lepanto y menos aún que se desenvolviera con tanta naturalidad entre los estampidos de la artillería, aunque la fama a esta pequeña tití de orejas blancas le venía dada por haber sido protagonista de un episodio digno del soldado más valiente, ocurrido en el fragor del combate, cuando el animal vagaba por la cubierta y una flecha fue a clavarse en una caja que encerraba una réplica del Cristo de los moriscos mandada colgar del palo mayor por don Juan de Austria. Irritadísima, cuando vio clavarse la flecha, la mona trepó por el palo hasta el lugar donde había hecho puntería y arrancándola con las manos y la boca la hizo pedazos con gran furia, descendiendo a continuación y regresando a sus nerviosos paseos como si nada hubiera sucedido.

Con los almirantes rememorando los aspectos más épicos de la batalla todavía cercana en el tiempo, la voz grave de don Juan de Austria se dejó oír en la cabecera de la mesa y todos pusieron atención a las palabras de su comandante en jefe, quien, haciendo uso de la información llegada a su hermano a través de sus espías y diplomáticos, les hizo saber lo que era un secreto a voces: mientras los venecianos trataban en Roma los acuerdos para la renovación del compromiso de la Liga Santa, poniendo todo tipo de trabas y excusándose en la pretendida arrogancia española, un diplomático francés a sueldo de Venecia había estado negociando secretamente en Constantinopla la paz con los turcos. De ese modo, a finales de febrero, la Liga acordaba en Roma seguir funcionando como lo había venido haciendo hasta el momento y solo dos meses después se hacía público en Venecia el tratado de paz de la república con Selim II, a pesar de las vergonzosas exigencias de este, entre otras la entrega de una importante cantidad de dinero, la renuncia a Chipre, la liberación de todos los prisioneros turcos, aunque el sultán retenía venecianos en Turquía, y la reducción de la flota veneciana a sesenta galeras, manteniendo los turcos la suya de trescientos.

Una vez expuestos los hechos, don Juan de Austria cedió la palabra a sus almirantes, siendo don Juan Andrea Doria el primero en hacer uso de ella, si bien, antes que buscar soluciones estratégicas a la nueva situación, dirigió su empeño a justificar sus diferencias con Veniero y Foscarini, haciendo ver que los venecianos habían albergado la idea de la traición desde las primeras negociaciones para la organización de la Liga. Gil de Andrade y Juan de Cardona coincidieron en que la traición de los venecianos merecía un correctivo severo por parte del resto de la coalición, proponiendo una expedición de castigo a sus principales puertos en el Adriático y que la reducción de la flota impuesta por el sultán turco hacía más vulnerables. Por su parte, Marco Antonio Colonna, representante de la flota pontificia, expuso que era idea del Santo Padre intentar devolver a los venecianos a la senda de la fe, por lo que no era partidario de las expediciones de castigo que se habían puesto sobre la mesa. El nuevo Capitán General de las Galeras del Estrecho, el tarifeño don Joaquín Vergara, declaró no tener una idea formada al respecto de los venecianos por ser aquella su primera misión en el seno de la alianza.

Llegado el turno de don Álvaro de Bazán, todas las miradas convergieron en su persona, conocedores de la influencia que su opinión ejercía en el ánimo del hermano de Felipe II.

—Señor —expuso el marqués dirigiendo la mirada a don Juan, que esperaba sus palabras con impaciencia—. Estando de acuerdo en que la traición de los venecianos es merecedora del rechazo de todos los que nos sentamos a esta mesa y del de aquellos a quienes representamos, y dando por bueno que es un atentado contra la fe católica, quisiera romper una lanza en favor de la República de San Marcos, pues además de hijos de Cristo como nosotros, son un pueblo eminentemente marinero y comercial y necesitan un Mediterráneo libre para poder subsistir, pues en caso contrario estarían llamados a desaparecer, tal y como seguramente sucedería con nosotros si una amenaza nueva y poderosa nos quitara el comercio con las Américas.

Un rumor recorrió la mesa al escuchar por boca de don Álvaro la inesperada defensa de los venecianos.

—Por otra parte —continuó su exposición el marino de Granada—. La retirada de los venecianos podría no venirnos tan mal como parece, pues siendo cierto que perdemos un número importante de naves y puertos, con su acuerdo con los otomanos podríamos decir que el Mediterráneo oriental deja de ser una cuestión que deba preocuparnos, con lo que podríamos centrar nuestro esfuerzo en las plazas africanas, pareciéndome de entre ellas la de Argel como la más interesante y estratégica, pues, además de constituir el foco principal de la piratería berberisca, tiene muchas posibilidades de erigirse en un futuro próximo como la principal base avanzada de los otomanos en el Mediterráneo occidental.

Un nuevo rumor inundó la sala. Quien más quien menos todos conocían la importancia de la opinión de don Juan ante su hermano y el claro ascendiente que don Álvaro parecía tener sobre su real persona molestaba a algunos que sentían peligrar su cuota de poder.

—En ese caso —replicó don Juan Andrea Doria—. Tal vez deberíamos llevar el control hasta los límites de ese Mediterráneo oriental que predicáis y situar el objetivo en Túnez.

La intervención de Doria situó el debate entre las dos ciudades norteafricanas, mostrándose la mayoría favorable a la conquista de Túnez, a pesar de la advertencia de don Álvaro de que tomando Argel se aseguraban Túnez, mientras que conquistando esta, Argel se erigiría desde el mismo momento de la toma como la principal amenaza de la ciudad tunecina. Sin embargo, en esta ocasión y en contra de lo habitual, don Juan de Austria no escuchó el consejo de don Álvaro, posicionándose a favor de la idea de Doria que terminó por hacer suya, resultando la que finalmente trasladó a El Escorial.

En realidad, la idea de Bazán era la más sensata, pues conquistando Argel, Túnez y Trípoli caerían seguidamente sin demasiado esfuerzo, pero en España Felipe II se enfrentaba a importantes aprietos económicos que se traducían en la dificultad de conseguir tripulaciones, soldados y galeotes suficientes para sus barcos, que tampoco eran demasiados, por lo que sus asesores valoraron la toma de Túnez por encima de la de Argel por tratarse aquella de una plaza menos complicada de conquistar.

Decidida la plaza de Túnez como objetivo, la escuadra, ya exclusivamente española, se concentró una vez más en Mesina el primer día de octubre de 1573, aunque previamente don Juan de Austria destacó a don Álvaro de Bazán como vanguardia a la isla de Favignana, situada en la misma isla de Sicilia en el lado opuesto a Mesina y por lo tanto el lugar geográfico más próximo a Túnez. No esperando demasiado hostigamiento por parte de las unidades navales otomanas, la escuadra de don Juan contaba únicamente con veinticinco galeras, aunque sumaba otros setenta y tres buques entre unidades de transporte, fragatas y bergantines para apoyar la proyección en tierra de una fuerza de veinte mil soldados de infantería y seiscientos jinetes. El tremendo esfuerzo económico que suponía una fuerza de combate tan descomunal recayó íntegramente en el peculio particular de don Juan, pues la corona, agotada desde el punto de vista financiero, aportaba todo lo que tenía, y no era mucho, al exigente teatro de operaciones de Flandes.

La ciudad de Túnez está situada en el extremo final de una laguna y queda unida por una canal de unas dos leguas al puerto de La Goleta, cuya fortaleza, en aquellos momentos perteneciente a España, le servía, además, como baluarte defensivo, por lo que fue elegida lugar de concentración de la escuadra a la llegada a su objetivo. Al conocer la arribada de los buques españoles a La Goleta, la población de Túnez, asustada, abandonó la ciudad dejándola a merced de los atacantes. Don Juan envió a don Álvaro de Bazán al frente de la escuadra de vanguardia y al no encontrar oposición desembarcó a la infantería que ocupó la ciudad pacíficamente y sin disparar un solo tiro. El botín fue muy cuantioso y tanto en España como en Roma la ocupación de Túnez produjo una honda satisfacción y cuando a finales de octubre los buques regresaron a sus cuarteles de invierno las tripulaciones se recibieron con grandes muestras de júbilo.

Pasó un año en el que el Mediterráneo permaneció extrañamente tranquilo, hasta el punto de que don Álvaro de Bazán escribió a don Juan, que por aquel entonces permanecía en Madrid junto a su hermano, participándole la desazón que le producía tal quietud, señalándola como clara precursora de que algo importante se podía estar ideando en Constantinopla. Unos meses después, a primeros de mayo de 1574, el marqués volvía a escribir a don Juan trasladándole en esta ocasión su inquietud sobre el número de naves turcas que se estaban concentrando en Argel semana tras semana, lo que parecía el preludio del temido ataque a Túnez que venía temiendo y que ya había aventurado en la reunión celebrada en el Palacio de San Nicolás en Mesina en la que aconsejó Argel como objetivo prioritario de la Liga en lugar de Túnez.

En Madrid las noticias de don Álvaro, Capitán General de las Galeras de Nápoles y, como tal, centinela permanente de las actividades otomanas en el norte de África, se recibían con preocupación, aunque en ese momento la mayor inquietud de Felipe II seguía estando en Flandes, por lo que había rodeado de preceptores a su hermano con idea de instruirlo antes de enviarlo a los Países Bajos, donde el gobernador, el Gran Duque de Alba, tras cumplir los sesenta y seis años había sido devuelto a España con evidentes muestras de agotamiento, y desde su partida Guillermo de Orange volvía a reavivar la rebelión, si bien, finalmente y dada la urgencia de la situación, el puesto fue ocupado por don Luis de Requesens, regresando don Juan a Sicilia y confiando a don Álvaro que sería difícil que el rey volviera a disponer de recursos en el Mediterráneo, pues las luchas en Flandes habían agotado el tesoro.

Sin recursos, pero viendo como la amenaza turca se incrementaba por momentos, don Álvaro decidió organizar una flota con sus fondos propios, empeñando en ella las joyas de su esposa y gastando un total de ochenta y cinco mil ducados, que era tanto como decir su sueldo de un año, todo ello para reunir un total de veintiocho galeras con doscientos cincuenta infantes por barco listas para zarpar al socorro de Túnez si llegaba a producirse el temido ataque otomano.

Uluch Alí se presentó frente a la ciudad el quince de julio de 1574, cosa que don Álvaro supo a través de sus exploradores, los cuales le aconsejaron guardar su escuadra en puerto, pues la del almirante turco se acercaba a los trescientos cincuenta barcos y embarcaba setenta mil soldados. Desde la toma de Túnez por don Juan de Austria, los ocho mil hombres que habían quedado allí de guarnición se habían dedicado a reforzar los baluartes defensivos que protegían la ciudad, pero sin apenas recursos económicos las obras de fortificación avanzaban muy lentamente y cuando la escuadra turca apareció en el horizonte no estaban suficientemente desarrolladas, de modo que ante la gigantesca envergadura del ejército otomano el final de Túnez estaba prácticamente decidido, y aunque sus defensores se batieron como jabatos se rindieron el trece de septiembre después de llevarse por delante cerca de cincuenta mil jenízaros.

La derrota de Túnez, que llevaba aparejada no solo la pérdida de la ciudad sino también la de la fortaleza de La Goleta, causó tanta tristeza en España como alegría había producido su conquista y desató una profunda sensación de impotencia en el ánimo de don Álvaro, que tuvo que asistir a su pérdida desde la distancia sin poder apoyar a los sitiados, razón que le hizo buscar en la cornisa africana cualquier embarcación otomana en la que proyectar el disgusto que le había producido una derrota tan humillante y que ponía de manifiesto el poco sentido con que se había acometido su conquista. Fue así como fechas después de la toma de la ciudad por Uluch Alí, don Álvaro apresó un caramuzal turco cargado de víveres con destino a la plaza. El caramuzal era una embarcación de cierto empaque provista de tres palos y sin remos, comúnmente utilizada por los otomanos para el transporte de carga. Esa misma tarde, a pique de la anochecida, apresó tres bergantines que también tenían como destino la ciudad de Túnez. El total de las capturas supusieron un centenar de prisioneros y ciento veinte galeotes liberados.

—Son victorias pírricas, si se quiere, pero ayudan a mantener la moral de combate, tan resentida después de los tristes acontecimientos de Túnez.

En el camarín de la galera de mando de su hermano, don Alonso de Bazán apuraba una copa de licor tras la cena mientras escuchaba los lamentos de don Álvaro.

—Y tengo una idea en mente que, si bien no será suficiente para recuperar ni siquiera La Goleta, ahora demasiado bien defendida, creo que hará daño al taimado Uluch Alí, pues se trata de un golpe directo a su centro de gravedad, que no es otro que su soberbia.

—¿En qué estáis pensando, hermano?

—En las islas Querquenes —respondió don Álvaro dejando en suspenso la frase para observar la reacción de su hermano.

Equidistantes de Túnez y Trípoli, a unas cuarenta leguas de distancia de ambas capitales, las islas pertenecientes al archipiélago de las Querquenes nunca se habían considerado un objetivo de los españoles.

—Pero allí los turcos no tienen ningún tipo de establecimiento militar.

—Lo sé, mi intención es emplear allí la misma medicina que los berberiscos han venido aplicando en nuestras costas durante siglos: rapiña y desolación.

»Además —continuó don Álvaro tras unos instantes de reflexión—. Las islas están a demasiada distancia de Túnez como para que la flota turca pueda acudir urgentemente en su socorro, pero suficientemente cerca para que la noticia no tarde en llegar a Uluch. Con este tipo de ataques tan poco comunes por nuestra parte, los turcos sabrán que no les basta con permanecer en la capital y que podemos atacarles en cualquiera de sus costas igual que hacen ellos con las nuestras. Por otro lado, en estos momentos una buena parte de los defensores cristianos de Túnez permanecerán en las mazmorras de la ciudadela como prisioneros esperando el correspondiente rescate. Con los que nosotros pudiéramos hacer en los Querquenes podríamos afrontar algunos intercambios.

—No creo que Uluch Alí acepte pescadores tunecinos en los intercambios por nuestros soldados.

—Si no lo hace estará enviando un mensaje difícil de entender por parte de la población autóctona del país. Supongo que lo pensará bien antes de tomar una decisión. Además, allí no solo encontraremos pescadores; mezclados con ellos debe haber una buena cantidad de corsarios a los que cortaremos la cabeza para dejarlas clavadas en picas sobre la arena de la playa. Ese será nuestro mensaje.

Al escuchar a su hermano, don Alonso sintió que un estremecimiento recorría su espina dorsal como una culebra. En realidad, los métodos a los que se estaba refiriendo eran los mismos que venían usando en las costas españolas tanto los jenízaros turcos como los piratas berberiscos desde muchas generaciones atrás, a pesar de lo cual estaba a punto de hacer patente su oposición a los métodos que planteaba, cuando su hermano pronunció una última frase con tal contundencia que a don Alonso le pareció una sentencia que no admitía réplica:

—Nos acompañará mi hijo.

El ataque a los Querquenes se produjo el día de San Juan y aparejó el desembarco de dos mil soldados que, a las órdenes del primogénito del marqués de Santa Cruz, no encontraron la menor oposición a la hora de someter a la población de las seis islas que conformaban el archipiélago. Se hicieron mil doscientos prisioneros y se les arrebató un millar de cabezas de ganado. Una vez reembarcada la infantería en las playas quedaron un centenar de picas con las cabezas de los piratas señalados por los propios habitantes de la isla. De regreso a Nápoles, don Álvaro tuvo ocasión de apresar en diferentes jornadas seis caramuzales y tres bergantines, que además de la carga que trasportaban reportaron otros quinientos prisioneros a añadir a la larga lista de los que transportaban en las bodegas de las galeras y que servirían a don Juan de Austria a la hora del intercambio de cautivos.

Tales victorias no compensaban ni de lejos el desastre de Túnez, sin embargo, habrían de pasar muchos meses hasta que volvieron a verse berberiscos en las costas españolas, acobardados por las expediciones de castigo de don Álvaro o quizás por la decadencia naval otomana, cuya flota, aunque parecía haber remontado tras la derrota en Lepanto, pasaba en realidad por momentos muy complicados y cada vez se mostraba menos protectora de sus emisarios berberiscos.

En cualquier caso, con Flandes demandando cada vez mayor esfuerzo económico, ese mismo año de 1575 la corona se declaró en quiebra por segunda vez durante el reinado de Felipe II, que, por su parte, decidió declarar el Mediterráneo como un escenario subordinado al del Atlántico, junto al Cantábrico los dos mares donde se fueron posicionando las mejores naves españolas esperando el momento de dar el golpe en Flandes, cuyo gobernador, don Luis de Requesens, falleció inesperadamente al año siguiente siendo ocupado su puesto por don Juan de Austria.

Altamente satisfecho con los servicios del marqués de Santa Cruz, el rey decidió nombrarle ese mismo año Capitán General de las Galeras de España.

12

Lisboa
Julio 1580

La noticia cayó sobre sus reales hombros como un jarro de agua fría. Hospedado en el palacio real de Ribeira después de haber sido designado rey por el Consejo de Regencia que siguió a la muerte de Enrique I y mientras esperaba jurar las leyes portuguesas ante las Cortes, su enemigo en la disputa del trono luso, Antonio de Portugal, Prior de Crato, acababa de ser coronado rey en Santarem por sus fanáticos partidarios. Respirando los aromas del río Tajo justo en el lugar en el que los remolinos señalaban su encuentro con el Atlántico, Felipe II era consciente de que estaba demorando demasiado una decisión que quizás ya debía haber tomado hacía tiempo.

Para Felipe II la pesadilla empezó en agosto de 1578, cuando en un impulso impropio de un rey, y menos aún de sus ministros, Sebastián I de Portugal murió en Alcazarquivir defendiendo los intereses de su país en el territorio de Marruecos. El rey de España vio con buenos ojos la cruzada lusa al otro lado del Estrecho que en cierto modo ahuyentaba a los piratas berberiscos que seguían asolando las costas españolas esporádicamente y ordenó al duque de Medina Sidonia escoltar las tropas lusas hasta Tarifa, donde acometieron el cruce del Estrecho. El ejército español aportó una fuerza de mil seiscientos infantes al mando del coronel Alonso de Aguilar y se dieron órdenes a don Álvaro de Bazán para que protegiera la retaguardia de los portugueses con sus barcos una vez desembarcadas las fuerzas en Ceuta y Tánger, pertenecientes ambas a Portugal.

Deseoso de servir a su rey en combate, como había hecho tantas veces, el marqués de Santa Cruz, que se encontraba con su escuadra de galeras en El Puerto de Santa María, reaccionó con la agilidad habitual y además de situar hombres de su confianza en Ceuta, Tánger y Arcila, para que le mantuvieran informado de los progresos del ejército portugués, envió una docena de barcos al cabo de San Vicente para proteger la llegada de la flota de Indias, pues el momento se prestaba para el ataque a los habituales corsarios franceses e ingleses que solían acechar la llegada de las naves de América con sus cargamentos de plata, que en aquellos momentos de zozobra económica resultaban más necesarios que nunca.

La derrota en Mazalquivir no pudo ser más amarga para los lusos, que habiendo empleado todo el recurso financiero en reclutar un ejército quedaron privados de una cosa y otra. Y lo peor no fue que el rey desapareciera en combate, sino que al no haber dejado descendencia se suscitó un duro enfrentamiento entre los aspirantes a sucederle, que en una época de feroz endogamia entre las casas reales de Europa eran muchos.

Como primera medida se nombró rey al anciano cardenal Enrique, que había ejercido la regencia del reino durante la minoría de edad del príncipe Sebastián, siendo coronado como Enrique I y procediendo desde el mismo momento de su coronación a eliminar aspirantes hasta designar al que más derecho tenía, pues

Felipe II, además de hijo de una infanta portuguesa, era tío carnal del difunto Sebastián. La designación de Felipe II como rey de Portugal fue aplaudida por la aristocracia, el clero y la alta burguesía portuguesa, sobre todo cuando prometió no anexionar el país a España, respetar los fueros y costumbres lusas y aceptar la condición de que el imperio colonial se mantuviera bajo control de los portugueses. En realidad no había muchas razones para que ninguno de los dos países esperara una simbiosis fructífera de la unión y cuando Portugal entendió que la plata española no iba a servirles para salir del apuro en que se habían metido con la derrota en Mazalquivir y España vio que —sin los beneficios de las colonias Portugal— no podía ofrecer otra cosa que problemas, comenzaron los recelos por parte de unos y otros, aunque antes de llegar a ese punto tuvo lugar la coronación del Prior de Crato en Santarem como rey de Portugal, ceremonia de la que Felipe II tuvo conocimiento mientras reflexionaba contemplando el curso del río Tajo desde el balcón de su habitación en el palacio real de Ribeira en Lisboa y que le movió a tomar una decisión que llevaba tiempo madurando.

Antonio, Prior de Crato, era hijo natural del infante Luis de Avis, duque de Beja, y una judía portuguesa llamada Violante Gómez. El hecho de ser bastardo le inhabilitaba para ser rey, aunque tampoco hubiera sido la primera vez que sucediera en una u otra monarquía de la península ibérica. Antonio supo sacar partido a su supervivencia en Alcazarquivir hasta ser considerado el candidato de las clases populares, sobre todo cuando supo poner en circulación la leyenda de que el rey Sebastián no había muerto, pues él mismo lo había visto escapar de la muerte a lomos de un blanco corcel, por lo que en realidad él se postulaba únicamente como precursor del verdadero rey que habría de regresar algún día. Conocedor de sus artes manipuladoras,

Enrique I ordenó su expulsión del reino, pero para entonces ya contaba con un numeroso grupo de leales seguidores que lo cobijaron a ojos de la ley. Viendo llegar su propia muerte, Enrique I nombró urgentemente el Consejo de Regencia que habría de designar rey a Felipe II el diecisiete de julio de 1580, aunque Crato se adelantó a su juramento en Cortes haciéndose coronar en Santarem, lo que dejaba una única salida al rey de España.

En realidad, Felipe II ya había intuido la posibilidad de tener que ir a la guerra para dirimir la cuestión de su nombramiento como rey de Portugal y por una parte había situado sus ejércitos en Badajoz, mientras una serie de escuadras navales, al mando de don Álvaro de Bazán, permanecían al ancla en diferentes puertos españoles esperando la orden de su rey para concentrarse frente a Portugal con el objetivo de evitar el apoyo a Crato por parte de las escuadras de Francia e Inglaterra, que una vez más buscaban erosionar el gobierno de Felipe II. Para el mando de sus ejércitos el rey pensó inicialmente en su hermano don Juan de Austria, que en esos momentos terminaba de sofocar la rebelión de los Países Bajos, pero una epidemia de tifus acabó con su vida cuando sitiaba la ciudad de Namur, siendo sucedido por Alejandro Farnesio. En tales circunstancias el rey rehabilitó a su viejo servidor el Gran Duque de Alba para intentar sofocar la rebelión de Crato y sus seguidores.

La decisión del rey de declarar la guerra al Prior de Crato sorprendió a don Álvaro de Bazán en aguas del Estrecho, donde trataba de poner orden en la agónica retirada de los soldados portugueses derrotados en Alcazalquivir. Una vez conocida la decisión de Felipe II, el marqués regresó a su base en El Puerto de Santa María dejando en la mar a su hermano Alonso para que terminara de completar la evacuación de los soldados lusos. En tierra, el primer problema que debió enfrentar el Capitán General de Galeras de España fue el pago del rescate de los nobles portugueses hechos prisioneros, entre otros el conde de Barcelos, un niño de doce años hijo de los duques de Braganza por el que tuvo que pagar cuarenta mil ducados.

Una vez encarrilados los rescates, don Álvaro reunió a su flota en El Puerto de Santa María sin desatender la vigilancia del Estrecho, donde los capitanes de las galeras destacadas comunicaban con él mediante espejos por si se producía el temido contrataque de los marroquís, cosa que no llegó a suceder. Entre las flotas de España, Sicilia y Nápoles el marqués de Santa Cruz consiguió reunir una escuadra de noventa y cuatro galeras y otras setenta y tres unidades auxiliares, una fuerza de veintiún infantes, dos mil jinetes y un centenar de piezas de artillería, distribuyendo todo ello en dos partes; una, la flota mejor artillada, quedaría de patrulla en aguas de Galicia a las órdenes de Alonso de Leiva con el objetivo de neutralizar cualquier apoyo al pretendiente rebelde desde Inglaterra o Francia, mientras que la otra navegaría hasta Setúbal, donde tenía previsto encontrarse con el duque de Alba. Reunida en el Algarve después de retrasar unos días la salida debido a un fuerte temporal, esta segunda fuerza navegó al norte bajo el mando de don Álvaro, asegurando a su paso plazas importantes como Tavira, Lagos, Portimao, Villanueva y Sagres. En Setúbal el marqués fue recibido con aspereza por el duque de Alba debido al retraso con que se había presentado, pero don Álvaro no estaba para cuestiones personales y en lugar de discutir con el irascible duque pidió una reunión de urgencia en la que recomendó Cascáis en lugar de Setúbal como lugar de desembarco de las fuerzas. La opción de Cascáis hacía más complicado el desembarco por las irregularidades de la playa, pero Alba era un militar experimentado y no solo entendió perfectamente las explicaciones de don Álvaro sino que quedó convencido de que en realidad era una gran idea, ya que tomando Cascáis el resto de fortificaciones hasta Lisboa caerían como las fichas de un dominó, pues prácticamente estaban todas sin defender, mientras que el enemigo, debido a una delación, los esperaba en Setúbal y había reforzado todos los baluartes del camino que conducía hasta la capital. El duque quedó gratamente sorprendido por la idea de Bazán y cualquier tipo de recelo quedó olvidado.

Mientras don Juan de Cardona desembarcaba exitosamente en Cascáis, el marqués combatía a la flota portuguesa al mando de don Gaspar de Brito y que consistía en nueve galeones, tres galeras y treinta urcas que el Prior de Crato había confiscado a lo largo de la costa portuguesa. Rendida esta defensa sin demasiado esfuerzo, la escuadra de Cardona pudo acometer su descarga de hombres, artillería y caballos sin oposición, mientras don Álvaro batía las torres de entrada a Lisboa, viéndose desbordada, que capituló a las pocas semanas reconociendo a Felipe II como rey, mientras el Prior de Crato huía por el norte hasta Inglaterra, donde fue acogido por Isabel I.

Una vez despejado el camino, el veintinueve de junio del año siguiente Felipe II entró victorioso en Lisboa a bordo de la galera capitana de Bazán, que ostentaba como emblema una loba dorada en recuerdo de la *Loba*, galera en la que había izado su insignia en la memorable batalla de Lepanto. Desde el punto donde la mar se abraza con las aguas del río Tajo, que un día observara con preocupación desde el balcón de sus aposentos en el palacio de Ribeira, el rey de España y Portugal contemplaba ahora ese mismo balcón a bordo de la *Loba* entre los vítores de los portugueses que lo saludaban desde ambas orillas del río y el estruendo de las salvas de saludo de los cañones de sus buques fondeados en el estuario. Era un día de gloria para el rey y para su reino, pero, sin embargo, en esos momentos de éxtasis, Felipe II no podía evitar sentir en el corazón el mordisco de la melancolía, al recordar a su cuarta esposa, Ana de Austria, muerta de gripe en Badajoz cuando ambos esperaban el fin de las hostilidades para entrar victoriosos en la capital portuguesa.

A don Álvaro de Bazán le hubiera gustado acompañar al rey en su entrada en Lisboa, máxime con el orgullo que representaba para él que lo hiciera a bordo de una de sus galeras, pero no pudo ser, y tampoco pudo disfrutar del momento de su coronación, pues el rey le tenía reservada una última misión relacionada con Portugal y era que el Prior de Crato había situado un buen número de capitanes en la flota de Indias con intención de asegurarse el comercio con las posesiones portuguesas al otro lado del mundo, razón por la que don Álvaro tuvo que poner rumbo a las Azores para recibir a la flota en las islas y hacerse cargo de ella en nombre de su rey. Además de sus contrastadas virtudes militares, Felipe II comenzaba a adivinar en el granadino unas capacidades diplomáticas que podían llegar a resultarle muy útiles y que habían quedado demostradas en aquella guerra con Portugal, en la que había reducido flotas y pacificado ciudades prácticamente sin tener que hacer uso de sus fuerzas, del mismo modo que tales virtudes habían quedado patentes en el trato con el quisquilloso y orgulloso duque de Alba.

En vista de sus méritos, el rey le concedió el título de Capitán General de Portugal, lo que se traducía de facto en que la estrategia naval española desplazaba su centro de gravedad al Atlántico, quedando el teatro del Mediterráneo subordinado a este océano.

14

Lisboa
Febrero 1582

Don Álvaro los había ido sintiendo llegar a sus espaldas y aunque al principio había percibido el murmullo de sus conversaciones, hacía tiempo que en la habitación solo se escuchaba el crepitar de las llamas de la chimenea, mientras, a través de la ventana, el marqués mantenía la vista fija en el horizonte, donde el mar se unía con la densa capa de nubes grises que lo cubría, rota esporádicamente por el resplandor de un rayo lejano.

Cuando por fin se giró adivinó en sus rostros el esfuerzo que habían tenido que hacer para llegar hasta la parte más alta de la torre Real, que coronaba las afiladas almenas del Castelo dos Mouros, en la localidad portuguesa de Sintra, a tiro de piedra de la capital. Por su parte, los asistentes a aquella reunión convocada por el marqués de Santa Cruz coincidieron en que el rostro del marino granadino mostraba un alarmante rictus de preocupación.

Tras ocupar la cabecera de la larga mesa de madera de caoba de Brasil, don Álvaro recorrió con la mirada los rostros circunspectos de los hombres en quienes estaba a punto de confiar la delicada misión que le había encomendado el rey. Allí estaban los almirantes Juan Martínez de Recalde, Miguel de Oquendo y Marolín de Juan, y generales de la talla de Lope de Figueroa, Cristóbal de Eraso y Francisco Álvarez de Bobadilla, todos ellos reflejando en su mirada la expectación y sorpresa que les había producido una llamada que a algunos les había sorprendido muy alejados de Lisboa.

Situado en la parte más alta de la sierra de Sintra, el Castelo dos Mouros fue erigido por los árabes en el siglo IX como enclave defensivo para vigilar la llegada de los enemigos por mar. En el siglo XII fue tomado por los cristianos al mando de Dom Alfonso Henriques, primer rey de Portugal, que añadió elementos románicos a su arquitectura árabe. Desde las alturas de sus cinco torres no solo se dominaba el mar, sino también el largo y serpenteante camino que unía el castillo con Lisboa, Cascais y Mafra y por el que a todas horas transitaban las mulas a cuyos lomos acostumbraban a subir los viajeros, que de ese modo eran preservados del cansancio producido por el largo ascenso, aunque una vez en el interior del recinto los invitados de don Álvaro no tuvieron más remedio que ascender los trescientos escalones que los separaban de la parte más elevada de la torre Real.

—Bienvenidos al Castillo de los Moros —saludó don Álvaro a sus invitados utilizando el nombre castellano del baluarte—. Sé que los accesos son complicados e incómodos, pero la soledad de las habitaciones, salones y el refectorio de la torre constituirán el mejor entorno para que entre todos busquemos la solución más adecuada al problema que en estos momentos preocupa sobremanera a nuestro rey.

Los asistentes a la reunión permanecieron en silencio, expectantes por conocer la razón que motivaba el rictus de preocupación que ensombrecía el rostro del marqués.

—Las habitaciones son cómodas y he mandado incorporar vuestras pertenencias en la correspondiente a cada uno; en el refectorio encontraréis alimentos suficientes a todas horas. Lo único que me atrevo a pediros a cambio es que dediquéis al rey vuestras largas horas de reflexión.

»Como veréis en cuanto las ocupéis, todas vuestras habitaciones tienen vistas al mar a través de una ventana en forma de arco de herradura, vestigio del origen árabe del castillo. Desde las almenas situadas encima de este salón los sarracenos vigilaban la llegada por mar de sus enemigos. Ahora quiero que os fijéis cada día en ese mismo horizonte, pues, aunque no podáis verlo, al otro lado se encuentra nuestro objetivo: las islas Azores.

Las últimas palabras de don Álvaro suscitaron una riada de murmullos por parte de los asistentes a la reunión, pues para todos era una incógnita si la caída de Portugal en manos de Felipe II aparejaba también la del archipiélago, ya que había muchas voces que señalaban que se mantenía fiel al Prior de Crato.

—Apaciguaos —pidió don Álvaro alzando la mano para interrumpir los murmullos de sus invitados—. Os contaré cómo encontré las cosas allí cuando fui enviado por el rey, y mi hermano Alonso os dirá cómo están ahora y cuál ha sido el resultado de la expedición de don Diego Valdés, enviada a las islas hace solo unas semanas.

Los invitados se removieron inquietos en sus asientos. Sabían que Felipe II había enviado una expedición a las Azores para conocer su situación respecto a su nombramiento como rey, pero no conocían los resultados.

—Todos sabéis —continuó don Álvaro tras aclararse la voz—, que mientras el rey era coronado en Lisboa fui destacado a las Azores con diez galeras. Entonces mi misión consistió exclusivamente en asegurar la flota de Indias portuguesa, pues sabíamos que el Prior de Crato contaba con importantes apoyos entre sus capitanes. Una vez allí me establecí en Angra, capital de la isla Tercera y punto de recalada natural de la flota portuguesa, distribuyendo barcos por el resto de las islas para intentar tener noticias de esta. Fue una espera infructuosa. Al parecer la flota permaneció en la India reparando después de que una violenta tormenta hundiera algún barco y averiara seriamente algunos más. En cualquier caso, mi espera en Angra, lo mismo que las de mis capitanes en otras islas nos sirvió para comprobar que en las islas Azores reinaba la más absoluta confusión, pues ni siquiera conocían el resultado de la guerra continental entre Felipe II y el Prior de Crato, aunque también pudimos constatar que este último cuenta con muchas simpatías en todas las islas del archipiélago. Información que puse en conocimiento del rey a mi regreso a Lisboa.

»Fue la llegada a este mismo puerto de una carabela procedente de las Azores hace dos meses lo que empezó a preocupar seriamente a su majestad. Su capitán traía un mensaje del gobernador de la isla Tercera, afín a Felipe II; en pocas palabras el mensaje decía que los rebeldes fieles a Crato estaban empezando a levantarse y que lo hacían de una manera belicosa y violenta, asesinando a los que no pensaban como ellos. El agónico mensaje del gobernador finalizaba diciendo que temía por su cargo y por su vida. Los consejeros de su majestad dijeron que podría tratarse de una trampa y que tal vez lo más prudente fuera enviar una flota a las islas para tener información fidedigna de lo que allí estuviera sucediendo.

»Antes de dar la voz a mi hermano Alonso, dejadme subrayar algo, a pesar de que sé que es del conocimiento de todos. Las islas Azores son de la mayor importancia estratégica, no solo porque allí recala la flota de Indias portuguesa antes de su último salto a tierra firme, sino porque mientras no consigamos pacificarlas no podrá decirse que el rey de España lo es también de todos los portugueses, además de que la presencia en aquel archipiélago de rebeldes a nuestro rey, que cuentan con las simpatías de ingleses y franceses, compromete la seguridad de nuestra propia flota de Indias, pues las islas Azores supondrían un magnífico escondite para los corsarios al servicio de estos países, cuya presencia nos obligaría a un esfuerzo de vigilancia para el que no contamos con naves, hombres ni presupuesto suficiente.

Terminada su alocución, don Álvaro hizo un gesto a su hermano invitándole a hacer uso de la palabra.

—En vista de la poca información que tenemos de lo que pueda estar sucediendo en las Azores y lo importante que resulta el archipiélago para nuestros intereses, su majestad decidió enviar una pequeña flota de cuatro naos y otros tantos pataches con mil soldados y un centenar de artilleros al mando de don Pedro Valdés, Capitán General de la Escuadra de Galeras de Galicia. Las órdenes de don Pedro eran las de escoltar a puerto las dos flotas que estaban a punto de llegar, una de América a Sevilla, al mando de don Francisco de Luján, y la otra, la portuguesa dispersa por la tormenta que a las órdenes de don Manuel de Melo había partido de Goa hacía algo más de un mes. Como quiera que había dudas sobre la fidelidad de Melo, la misión de Valdés incluía impedir el contacto de su flota con los rebeldes. Una vez asegurado el objetivo prioritario, que era asegurar las flotas, se pidió a Valdés que intentara recuperar para España la isla Tercera, si es que había caído en manos de los rebeldes como sugería el gobernador en su sentida carta.

Terminada la introducción, don Alonso buscó entre los rostros de los reunidos algún tipo de comentario, pero todos esperaban ansiosamente que terminara su exposición.

—Una vez en las proximidades de la isla Tercera, don Pedro supo que estaba en poder de los rebeldes y que, además, estaban siendo apoyados por corsarios franceses e ingleses. Sin noticias de las flotas de Melo y Luján, decidió acometer la segunda parte de su misión sin reparar en que la reconquista de la isla había quedado sometida en sus órdenes al aseguramiento previo de las flotas, lo que le llevó a desembarcar su infantería en Porto Praia, a levante de la isla, pensando que contaba con el factor sorpresa, pero fue descubierto, atacado, derrotado y sus fuerzas aniquiladas, pues cuando trataban de replegarse los rebeldes provocaron la estampida de una manada de bueyes salvajes que los arrollaron. A continuación, no satisfechos con su victoria, remataron a los heridos y ultrajaron los cuerpos de los muertos. De los trescientos hombres desembarcados apenas sobrevivieron cuarenta. Cuando Valdés regresó y contó lo sucedido, el rey montó en cólera y lo acusó de desobedecerle, ordenando de inmediato una nueva expedición de doce naos al mando del almirante don Galcerán de Fenollet. Sin embargo, el hecho de que don Pedro no hubiera sabido cuantificar ni valorar el apoyo de los corsarios ingleses y franceses a la causa del Prior de Crato y la llegada de París de ciertas informaciones de relevancia hicieron reflexionar al rey, que terminó ordenando una nueva expedición, esta de combate y al mando de mi hermano, el marqués de Santa Cruz, razón principal de vuestra presencia en este castillo.

Viendo que don Alonso parecía haber terminado su exposición, don Miguel de Oquendo alzó la voz para preguntar por la suerte de don Pedro Valdés.

—Ha sido encarcelado por orden del rey —se escuchó de nuevo la voz de don Alonso—. Yo mismo le visité la semana pasada en su celda. Está avergonzado y arrepentido. Me informó con sinceridad de cuanto le pregunté. Me pidió que si había expedición de castigo al archipiélago deseara a sus comandantes suerte y tino para acabar con aquellos salvajes.

—¿Y qué informaciones son esas llegadas de París?

El que preguntaba era el gran Lope de Figueroa, que como todos los allí presentes sabía que Juan Bautista de Tassis, embajador en la capital de Francia y que contaba con una tupida red de informadores, estaba muy unido a don Álvaro de Bazán, no solo por el hecho de ser compañeros de armas en la Orden de Santiago, lazo que de por sí unía a los caballeros de manera especial, sino porque el embajador había combatido a las órdenes del marqués en la liberación de Malta.

En ese momento, don Álvaro alzó la mano haciendo ver a su hermano que él respondería a la pregunta.

—Tenemos informes que aseguran que Inglaterra y Francia están interesadas en la rebelión de don Antonio Prior de Crato. Ninguno de esos países ve con agrado la incorporación de Portugal a la corona de España. Isabel I no apoyará a los sublevados, al menos de forma directa, ya que eso podría significar el respaldo de nuestro rey a la causa de la escocesa María Estuardo. En París, Enrique III de Valois se ha desvinculado de la causa rebelde e incluso nos ha hecho llegar que si capturamos algún corsario merodeando las cosas del archipiélago de las Azores podemos darle trato de pirata, pero todos sabemos que, aunque oficialmente sea el rey de Francia, quien gobierna de facto es su madre, Catalina de Médici, que apoya sin disimulo a don Antonio por el simple hecho de debilitar a España. Sin declarar una guerra abierta contra Felipe II, Catalina ha ofrecido al Prior de Crato una flota al mando de un almirante francés reclamando como compensación la entrega de Brasil. Las razones que aduce la madre del rey para ponerse del lado de Crato son sus pretensiones personales a la corona de Portugal basadas en el parentesco lejano que la une con la rama Avis. En definitiva, una excusa con la que cree poder exonerar de responsabilidades al rey y al país.

Un murmullo recorrió la sala. Si Francia se hacía con Brasil las posesiones españolas en América quedarían gravemente expuestas.

—¿Dónde se está armando esa flota? —inquirió preocupado don Juan Martínez de Recalde.

—Abandonó La Rochelle hace apenas una semana —respondió el marqués de Santa Cruz no menos preocupado—. Se trata de una escuadra poderosa compuesta por cuarenta unidades de combate y otras muchas de transporte, al mando todas ellas del almirante Felipe Strozzi, que navega acompañado del Prior de Crato.

—Entiendo, entonces, que debemos actuar con la mayor rapidez —volvió a escucharse la voz de Recalde.

Como toda respuesta don Álvaro arrojó sobre la mesa una larga carta cuyos sellos y lacres anunciaban su procedencia real.

—En esencia —sintetizó el marqués—. El rey quiere una escuadra bajo mi mando que combata y derrote a los franceses en las Azores, de manera que nuestra enseña nacional ondee libre y soberanamente en todas las islas del archipiélago. También, en este caso sin subordinar una cosa a la otra, quiere dar protección a las flotas de Indias de ambos países, y conducirlas a puerto seguro si se diera la ocasión. Para terminar, nuestro monarca insiste sobremanera en sus cartas en que debemos dar trato de piratas a cuantos ingleses y franceses participen en esta guerra. Por mi parte, considero que la urgencia no es a estas alturas una premisa, pues por mucha prisa que nos diéramos en armar una escuadra en estos momentos las islas seguramente estén ya en manos de los franceses, por lo que soy de la opinión de dilatar algunas semanas la preparación de la flota a cambio de que sea lo más numerosa y completa posible.

—¿Habéis contactado con los asentistas?

La pregunta de Oquendo no cogió al marqués por sorpresa, pues de hecho a esas alturas ya sabía que la escuadra que le pedía el rey no iba a poder equipararse a la de Strozzi.

—Todos han mostrado en sus cartas un alto espíritu de colaboración y servicio al rey, pero lo cierto es que saben cómo están las arcas reales y a algunos de ellos se les debe más de una armada. La mayoría han ofrecido dos o tres barcos, a todas luces un esfuerzo insuficiente. Y tampoco estaremos sobrados de soldados y marineros.

—¿Cuál es entonces vuestro plan? —preguntó preocupado don Lope de Figueroa.

—En lo que respecta a buques habremos de adaptarnos a lo que venga y en cuanto a los hombres tendremos que cuidarlos como las valiosas piezas que son...

Durante más de tres horas. Don Álvaro expuso su idea de la maniobra partiendo de la base de que las precariedades en materia de naves y hombres condicionaban mucho el combate, supeditando este a un planeamiento minucioso y a un intenso adiestramiento previo.

—Nuestras atarazanas se han afamado como constructoras de galeras, pero este tipo de buque no sirve en el Atlántico profundo, de modo que el grueso de la fuerza descansará sobre los dos galeones, el *San Martín*, de mil doscientas toneladas, y el *San Mateo*, de seiscientas, buques ambos tomados a los portugueses tras la conquista de Lisboa. El resto de la escuadra consistirá en diecinueve naos entre las doscientas y las trescientas toneladas, diez urcas de transporte y cinco pataches para exploración. De todas estas naves, solo treinta son útiles para el combate y, con excepción de los galeones, todas están pobremente artilladas. Frente a nosotros, el almirante Strozzi alineará cincuenta unidades de combate con dieciséis mil hombres contados entre marineros y soldados, mientras que nosotros únicamente dispondremos de diez mil.

»Por otra parte, somos un pueblo que lleva siglos combatiendo en el Mediterráneo, pero ahora el centro de gravedad de nuestras dificultades se ha trasladado a este otro mar que se abre frente a las ventanas de esta sala, un océano donde el remo deja de ser el elemento propulsor principal y desaparece para dejar paso a la vela, por lo que tendremos que adiestrarnos con los barcos que tenemos y diseñar nuevas técnicas de combate para este elemento al que tanto los franceses como los portugueses están más habituados. De las experiencias que obtengamos del adiestramiento extraeremos las técnicas más convenientes a aplicar en nuestros buques.

»Respecto a los hombres, considero que es lo mejor que tenemos y es mi intención incorporar un escalón médico a la escuadra que nos permita dispensar la mejor asistencia sanitaria a los heridos. Aceptamos las bajas en combate como propias de nuestro oficio, pero no debemos descuidar la limpieza e higiene de nuestras unidades, pues representan la mejor solución a la hora de evitar las epidemias que en ocasiones han diezmado nuestras escuadras. Por otra parte, he mandado llamar a un grupo de religiosos de la Orden Hospitalaria de

San Juan de Dios que quedará directamente supeditado a don Cristóbal Pérez Herrera, que embarcará, autorizado por su majestad, como cirujano mayor de la escuadra a bordo de la nao *La Anunciada*, que servirá a la fuerza como buque hospital, aunque se asignará a cada barco un médico y una pareja de religiosos con la misión de atender a los heridos y cuidar de la higiene a bordo.

Al término de la reunión los jefes que habrían de constituir los órganos de mando de la escuadra designada para combatir en las Azores permanecieron en el castillo durante quince días proponiendo mejoras y resolviendo dudas, mientras en Lisboa se preparaban los barcos para el combate.

Tras el período de planeamiento comenzó el de instrucción, para lo cual se organizaron ejercicios en la mar todas las semanas al objeto de poner en práctica las técnicas de navegación y combate que hasta ese momento eran solo teóricas, hasta que, finalmente, la escuadra quedó alistada con los barcos previstos, contándose entre ellos la *Anunciada*, primer buque hospital en la historia de las escuadras de combate españolas. En vista de la diferencia de efectivos respecto a los franceses se dio orden al almirante Recalde, Capitán General de la Escuadra de Galeras del Estrecho, de dirigirse con sus barcos a las Azores a reunirse con la escuadra de Bazán, la cual zarpó de Lisboa el ocho de julio de 1582 en medio de un fuerte temporal que hundió un par de barcos y desarboló otra media docena que tuvieron que regresar a puerto, entre ellos, lastimosamente, la *Anunciada*, el flamante y novedoso buque hospital. Como consecuencia del temporal la fuerza quedó reducida a veinticinco unidades, lo que hacía más apremiante y perentorio el concurso de Recalde.

El encuentro con la flota francesa se produjo el día veintitrés, a medio camino entre las dos islas más orientales del archipiélago, la de San Miguel y la de Santa María. En el momento del avistamiento de la escuadra enemiga don Álvaro pudo certificar su inferioridad numérica y aunque tuvo un momento de vacilación al pensar que tal vez sería mejor esperar el apoyo de Recalde antes de entrar en combate, finalmente decidió enfrentarse a Strozzi a pesar de que la flota francesa, además de más numerosa, le tenía ganado el barlovento, algo de capital importancia como había podido constatar en las semanas de entrenamiento. Durante horas los almirantes se dedicaron a observarse mientras navegaban con rumbo nordeste en sendas líneas paralelas, los franceses con las naves principales en la línea más próxima a los españoles, dando resguardo a las unidades de apoyo que navegaban más allá de la línea principal. El enfrentamiento se limitó a unos disparos de tanteo por parte de ambas escuadras que en ningún momento llegaron a distancia de combate, por lo que los disparos de unos y otros quedaron siempre cortos.

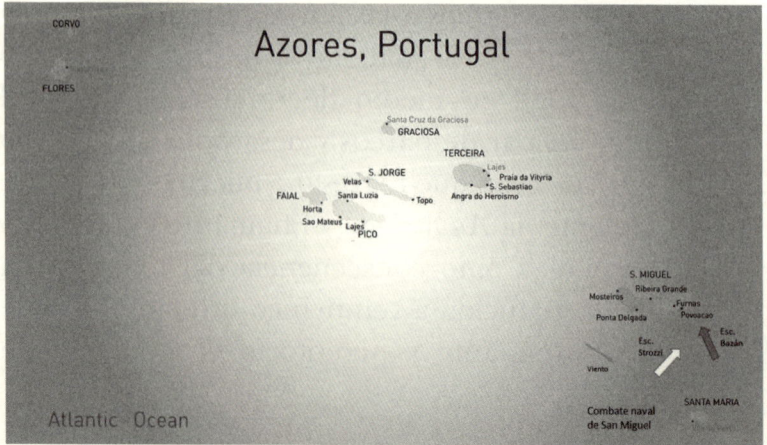

Con la caída de la noche don Álvaro convocó a sus capitanes para trasmitirles su convencimiento de que, vista la formación enemiga de ese día, al siguiente probablemente tratarían de lanzarse en fuerza sobre el centro de la española, donde pretendía incrustar al *San Mateo,* galeón en el que embarcaba el Tercio de don Lope de Figueroa, situándose él mismo en la proa de la formación a bordo del *San Martín,* su buque insignia, y dejando en la retaguardia a Oquendo con la escuadra de apoyo, todo ello en una línea de fila en lugar de la línea de fondo que habían dispuesto en Lepanto, con el objetivo de no quitarse el viento unos barcos a otros.

14 (*bis*)

Combate naval de San Miguel

Al amanecer ambas formaciones mantenían sus posiciones relativas, intentando Strozzi envolver a la escuadra española por la retaguardia, pero una hábil maniobra de don Álvaro virando al viento por redondo lo evitó[8]. En ese momento se produjo el temido ataque francés al *San Mateo*, en el centro de la formación española, que se produjo mediante la acometida simultánea de tres columnas enemigas, pero la rápida maniobra de Oquendo que acudió en ayuda del galeón atacado hizo que los franceses se replegaran, no sin antes entablar un duro ataque artillero en el que ambas escuadras sufrieron pérdidas importantes.

Al anochecer don Álvaro mantuvo el rumbo y la formación mientras las siluetas de sus buques fueron visibles gracias al brillo de la luna. Sin embargo, una vez desaparecida esta, por debajo del horizonte, inició una lenta virada a babor que le condujo a encontrarse a los franceses a sotavento al amanecer del día veinticinco,

---

[8] Virar al viento significa pasar el viento de una banda del barco a la otra. Puede hacerse por avante, aproando al viento, o por redondo, como hizo don Álvaro en esta ocasión, es decir pasando el viento de banda a banda por la popa.

fiesta de Santiago y aniversario de su primera victoria naval a las órdenes de su padre cuarenta y un años atrás en la ría de Muros contra los mismos enemigos, recuerdo que compartió emocionadamente con sus soldados y marineros en una arenga llena de energía y patriotismo, aunque en ese momento, justo cuando los barcos se posicionaban para seguir las órdenes de sus almirantes, la nao insignia de don Cristóbal de Eraso, segundo jefe de la escuadra, partió el palo y quedó aboyada en medio de la mar. Don Álvaro se vio en la necesidad de tomar una decisión urgente: o dejaba a don Cristóbal abandonado a su suerte para ser pasto seguro de los franceses o se detenía a darle remolque, coyuntura en la que perdería el barlovento tan astutamente ganado durante la noche, decidiéndose finalmente el marqués por esta última opción, si bien, en vista de las averías en uno y otro bando ambos almirantes dejaron transcurrir la singladura sin provocarse, dedicándose a reparar sus naves hasta que la noche volvió a envolverlos con la oscuridad de su manto.

Al amanecer los españoles habían vuelto a perder el barlovento y navegaban con todos los barcos en línea de fila, con el *San Martín* y seis de las mejores naos en la vanguardia a las órdenes de don Álvaro, las urcas a proa y popa del *San Mateo,* en el centro, con don Lope de Figueroa a bordo, y el resto de las unidades, al mando de don Miguel de Oquendo, como escuadra de apoyo cerrando la formación. Siguiendo órdenes de Bazán, el *San Mateo* abandonó la línea y se lanzó contra el buque insignia de Strozzi en el centro de la formación enemiga, aceptando el almirante francés el envite y arrojándose contra el galeón español con otros cinco barcos que inmediatamente se dispusieron a rodearlo.

Nada más entrar en distancia la artillería francesa comenzó a vomitar fuego, limitándose los españoles a parapetarse tras las bandas reforzadas del galeón, hasta que los tuvieron prácticamente borda con borda. Don Álvaro había autorizado al maestre de campo a seguir la que él mismo había bautizado como «táctica Figueroa», consistente en dejar que el enemigo se acercara hasta tocarse los remos para lanzarle entonces una primera rociada a base de arcabuces y mosquetes para, a continuación y sin dejar tiempo al enemigo para reponerse de la sorpresa, efectuar una segunda andanada con la artillería gruesa, mientras arcabuceros y mosqueteros recargaban sus armas para disparar la tercera ráfaga justo a continuación de los cañones.

La «triple descarga Figueroa» sembró de cadáveres la cubierta del buque insignia francés, aunque las bajas eran repuestas rápidamente desde el resto de los barcos que cercaban al *San Mateo*, el cual, conforme avanzaba el combate también iba perdiendo efectivos a pesar de la sabiduría con que los gestionaba don Lope de Figueroa. Mientras tanto, el resto de los buques franceses se habían lanzado sobre el centro de la formación española, donde se enzarzaban con las unidades que trataban de apoyar al *San Mateo* con el objetivo de dejar solo al galeón frente a la jauría de buques franceses que lo acosaban.

En vista de la situación, Oquendo lanzó la fuerza de socorro en apoyo del galeón español, consiguiendo despejar de franceses la banda de estribor a base de acometer con la proa reforzada de sus barcos la madera de los enemigos, con lo que logró hundir dos de ellos. Por su parte, don Álvaro vio llegado el momento de acudir con el *San Martín* en socorro del *San Mateo*, de modo que largó el incómodo remolque de la averiada nao de Eraso y se lanzó a combatir a los barcos franceses que acosaban a Figueroa por la banda de babor. La llegada del *San Martín*, disparando a bocajarro y prácticamente al unísono sus cuarenta piezas de artillería, puso en fuga a algunas unidades francesas y el propio Strozzi, viendo que quedaba en inferioridad, trató igualmente de escapar, pero entonces don Lope de Figueroa dio orden a sus soldados de abordar al buque insignia francés, donde sus combatientes optaron por rendirse cuando vieron que su almirante había caído mortalmente herido como consecuencia del fuego recibido desde el *San Martín*. Al tener noticia de la rendición de la capitana el resto de los buques franceses decidieron retirarse y huir a buscar refugio en puerto.

Los españoles no perdieron ningún barco, aunque tuvieron que lamentar la pérdida de doscientas cincuenta vidas, la quinta parte de ellas a bordo del *San Mateo*, que quedó destrozado por los más de quinientos disparos que recibió, aunque se mantuvo a flote y consiguió regresar a puerto. Los franceses perdieron diez barcos entre hundidos y capturados y tuvieron más de dos mil muertos, quinientos de ellos a bordo de la capitana de Strozzi, que también perdió la vida en el combate.

Concluida la batalla, los franceses corrieron a refugiarse en la isla Tercera, mientras los españoles entraban en el puerto de Villafranca, en la de San Miguel, junto con la escuadra de Recalde, compuesta por quince naos que se incorporaron con la batalla concluida. Inmediatamente, don Álvaro procedió a los juicios sumarísimos en los que aplicó las órdenes recibidas de Felipe II y la sugerencia de Enrique III, por las que trató a los prisioneros franceses como piratas, decapitando a ochenta caballeros y ahorcando a más de trescientos soldados y marineros, librándose del patíbulo exclusivamente los menores de dieciocho años.

Los severos juicios de don Álvaro fueron muy criticados en Inglaterra y, sobre todo, en Francia, países que vieron en la victoria del marqués de Santa Cruz el principio de la conquista del archipiélago desde el que pensaban que iba a originarse la reconquista de

Portugal por los leales al Prior de Crato. También en España hubo críticas a la dureza del trato dado por el marqués a los prisioneros franceses, e incluso don Lope de Figueroa se quejó por considerar que habían peleado con nobleza y que al fin y al cabo eran soldados cristianos. Pero don Álvaro se mostró inflexible, pues consideraba que, aunque duras, se había limitado a cumplir las órdenes de su rey.

En esa misma línea de cumplir el mandato de Felipe II por encima de todo, don Álvaro dejó una guarnición en la isla de San Miguel y procedió inmediatamente a establecer un sistema de protección de la flota de Indias, que al mando de don Fernando Téllez de Silva, se requirió para recalar en la isla recién ganada al enemigo.

San Miguel era española, pero el resto de las islas importantes del archipiélago seguían en manos de los rebeldes, por lo que, mientras esperaba la recalada de Téllez en San Miguel, don Álvaro dio órdenes para proceder a la reparación de los barcos averiados y la recuperación de los hombres heridos con vistas a la que consideraba que habría de ser la batalla decisiva: el asalto a la flota francesa que había escapado del combate y permanecía refugiada en la isla Tercera. Solo una vez comprobado que sus disposiciones habían sido obedecidas punto por punto, puso rumbo a Lisboa con una pequeña flota para marchar desde allí a El Escorial a informar personalmente a su rey.

15

Isla Tercera
Azores
Febrero 1583

El rey se incorporó de su asiento y paseó a lo largo del salón con las manos entrelazadas a la espalda hasta detenerse delante de la chimenea, dando frente a los dos hombres que esperaban su decisión sentados a la mesa. Por unos momentos Felipe II permaneció pensativo mirando al suelo mientras se mesaba la barba y el fuego de la chimenea arrojaba al muro la sombra de un gigante.

—Está bien —dijo al fin alzando el rostro y lanzando una mirada severa a sus interlocutores—. Quiero ese archipiélago y gastaremos lo que no tenemos en su conquista. Pero quede claro que no admito una derrota. A vos, don Álvaro, como Capitán General de las Galeras de España, y a vos, don Lope, como el mejor y más representativo de mis generales os hago responsables.

—No dudéis, majestad —se escuchó la voz trémula del marqués de Santa Cruz—. Que, desde nosotros al último de vuestros marineros y soldados, todos daremos hasta la última gota de nuestra sangre para conseguir la victoria.

—No se trata solo de someter Portugal al completo, señor Marqués, tenemos que enviar un mensaje claro y contundente a Inglaterra y Francia, en estos momentos nuestros enemigos principales.

—Así será señor —intervino en esta ocasión el maestre de campo.

—Además de las pertenecientes a nuestra escuadra, he enviado órdenes a Cataluña, Castro Urdiales, Guipúzcoa y Vizcaya para que conviertan en naves de manera urgente las deudas que tienen contraídas con la corona. Así mismo, he despachado cartas urgentes a Génova, Nápoles, Venecia y Ragusa pidiéndoles un esfuerzo y por supuesto podréis contar con la flota portuguesa. Espero poder reunir una buena escuadra tal como habéis pedido.

Don Álvaro permaneció pensativo. Sabía que difícilmente iba a poder reunir un número elevado de buques de combate, pero para la operación que estaba preparando le preocupaban más los pontones, pues planeaba un desembarco en el que la fuerza a proyectar en tierra sí esperaba que fuera cuantiosa.

—Recordad, señor, la importancia de contar con un buen número de galeras. Así como resultaban inservibles para el combate que nos sirvió para derrotar a los franceses en la mar, en esta ocasión su concurso resultará fundamental para la operación anfibia en la isla Tercera.

—Por mi parte, majestad —intervino don Lope—. Necesitaría un mínimo de diez mil soldados para poder establecer una cabeza de playa que nos garantice un desembarco seguro.

—¿Os informa el embajador Tassis? ¿Estáis al tanto de la situación en París?

Inopinadamente el rey cambió el curso de la conversación fijando la mirada en los ojos de don Álvaro.

—Majestad, me consta que la isla estará defendida por cuatro mil leales al Prior de Crato, algunos de ellos supervivientes del combate de San Miguel de hace un año, aunque la mayoría son soldados franceses de refresco llegados en la reciente expedición del almirante Ortells, que también ha reforzado la isla con armas y todo tipo de material con el que los franceses están levantando fuertes y empalizadas para dificultar nuestro desembarco.

—Así es, don Álvaro —corroboró el rey—. Además del refuerzo de soldados, Catalina de Médicis ha enviado a la isla una flota de quince buques entre los que cabe destacar cuatro galeones, por lo que no es descartable que el desembarco tuviera que realizarse bajo fuego enemigo desde un doble frente por tierra y por mar. Imagino que habréis contemplado la posibilidad de acabar con la flota enemiga antes de proceder al desembarco. También hemos sabido que en esta ocasión Isabel I se ha quitado la máscara y ha enviado dos buques con cuatro compañías de soldados ingleses, aunque ha disimulado los nombres de los barcos y vestido a los combatientes con uniformes franceses en un estúpido intento de aparentar mantenerse al margen. Afortunadamente, su demanda de ayuda en los países escandinavos e incluso la solicitada al sultán otomano no se han escuchado.

»¿Habéis elegido ya el lugar de desembarco? —preguntó seguidamente el rey en uno de sus habituales giros de conversación.

—Aún no, majestad —contestó don Álvaro—. Don Lope y yo llevamos días estudiando la orografía de la isla, que como la mayoría de las de origen volcánico presenta pocas playas adecuadas para un desembarco. Desde luego el norte y el oeste han quedado descartados, ya que en su mayor parte están coronados por acantilados inaccesibles desde la mar.

—Por el embajador en París —intervino don Lope— hemos sabido que de un año a esta parte están proliferando los fortines de defensa en la isla, de modo que entre los completos y los que están todavía en construcción esperamos encontrar más de cincuenta. Como buena parte del perímetro de la isla no reúne condiciones para un desembarco las defensas han quedado concentradas de tal forma que cualquiera de los baluartes queda a la vista de los dos inmediatos y una vez finalizadas las obras de refuerzo todos ellos quedarán enlazados por una empalizada que superará los tres metros de altura.

Durante buena parte de la jornada el rey estuvo departiendo con sus dos mejores hombres de armas, ordenándoles antes de despedirlos acelerar los preparativos de la expedición, de manera que esta estuviera pertrechada y lista para salir a navegar en el término de cuarenta días. Ambos militares inclinaron obedientemente la cabeza, aunque los dos sabían que Felipe II les pedía un imposible, pues las cartas urgentes que había enviado dentro y fuera de España reclamando ayudas no habían dado resultado hasta el momento y cuando lo hicieran se traducirían seguramente en pesqueros o botes de mayor o menor tamaño que necesitarían tiempo antes de quedar alistados para el combate, y en cuanto a la recluta de personal, los capitanes de los barcos daban novedades todos los días en las que apenas se anotaban embarques y sí un elevado número de deserciones dada la pereza administrativa de la corona a la hora de hacer efectivos los sueldos.

—Majestad, pondré todo mi empeño en alistar la expedición en el plazo que me pedís, aunque es mi deber advertiros que tratándose de un desembarco en una costa hostil muchas de las embarcaciones de transporte que habrán de formar parte de la flota no serán los suficientemente sólidas como para desafiar un océano embravecido que suele guardar para la primavera su peor cara.

El marqués de Santa Cruz expuso sus recelos con tanta prudencia como determinación, sabedor de que resultaba altamente improbable que pudiera tener a sus buques y hombres alistados en la fecha que le pedía el monarca.

—No participo de vuestras vacilaciones —rezongó el rey haciendo patente que las dudas del almirante no eran de su agrado—. Los marinos y sus buques lo son para unos mares y otros. En cualquier caso, considero de extrema importancia tener la escuadra lista antes de que el enemigo tenga tiempo de levantar todos esos fortines y muros defensivos, así que el asunto está en ponerse manos a la obra cuanto antes.

Tanto don Álvaro como don Lope entendieron que la alusión al tiempo señalaba de forma velada el final de la entrevista y tras levantarse de sus asientos se despidieron del rey con una leve inclinación de cabeza antes de abandonar los aposentos reales.

La demora en la formación de la escuadra fue más prolongada de lo que había previsto el marqués. Algunos barcos procedían de puertos lejanos, mientras que otros, designados por sus propietarios para formar parte de la expedición, estaban siendo reparados, y muchos de los que iban llegando eran urcas y pataches mercantes o pesqueros que había que acondicionar para el combate con artillería y proteger con empavesadas para blindarlos del fuego enemigo. Finalmente, vistas las características de los barcos que recibía y pensando en que tal y como le había sugerido el rey tendría que combatir al cañón con los barcos franceses antes de proceder al desembarco, don Álvaro decidió incorporar de su peculio dos galeones de novecientas y seiscientas toneladas, respectivamente, que acompañarían al *San Martín*, de mil doscientas, que de nuevo habría de arbolar su insignia, y a otros dos galeones confiscados a los portugueses en Oporto: el *San Felipe*, de novecientas toneladas y el *San Francisco*, de quinientas.

Sin embargo, a pesar de las enormes dificultades que encontró don Álvaro a la hora de formar la escuadra y reclutar los hombres necesarios para tripularla, cuando surgieron las mayores complicaciones fue a la hora de embarcar las provisiones, pues no se trataba solo de alimentar a un enorme contingente humano durante los días que durara la navegación hasta la Tercera y a partir de ahí mientras se mantuvieran las operaciones en tierra, pues se suponía que en el caso de que pudieran ganar la isla a los franceses y portugueses rebeldes, estos llevarían a cabo una política de tierra quemada que complicaría la subsistencia de las fuerzas que tuvieran que permanecer allí de guarnición. Por otra parte, la enorme cantidad de víveres que había que embarcar necesitaría una serie de naves especiales con las que no se contaba y, además, mientras los buques de aprovisionamiento no estuvieran atracados o fondeados en lugar seguro sería necesaria una escolta de buques armados que habría que detraer de la exigua flota de combate.

Finalmente, con dos meses de retraso sobre la fecha prevista por el rey, la escuadra zarpó de Lisboa el veintitrés de junio de 1584 con los cinco galeones, tres portugueses y dos propiedad del marqués de Santa Cruz, como grueso principal de la fuerza de combate, además de doce galeras españolas, dos de Nápoles, veintiuna alquiladas en Ragusa, Cataluña y Génova, quince naos procedentes de Guipúzcoa y Vizcaya, once carabelas portuguesas, una docena de zabras, pataches y pinazas de Castro Urdiales y catorce pontones para el desembarco.

El contingente humano quedó compuesto por cuatro mil quinientos soldados del tercio de don Lope de Figueroa, mil quinientos del de Francisco de Bobadilla y otros dos mil pertenecientes al de don Agustín Íñiguez, que había permanecido en la isla de San Miguel tras la batalla naval del año anterior. A ellos había que añadir algunas compañías de soldados portugueses, italianos y alemanes que respondían a la demanda de apoyo solicitada epistolarmente por el rey de España. El número total de soldados sumado al de marineros, remeros y caballeros voluntarios ofrecía un total de dieciséis mil hombres, que en el momento de zarpar del muelle de Lisboa encontraron una mar bonancible y un alisio tan suave que apenas permitía progresar a los buques a vela, por lo que don Álvaro dio orden a las galeras de adelantarse en previsión de que el tiempo pudiese empeorar, por lo que la flota a remo llegó a San Miguel el tres de julio, anticipándose al grueso que lo hizo diez días después.

Mientras don Lope de Figueroa reorganizaba la fuerza, embarcando el Tercio de Íñiguez y sustituyendo sus hombres por una docena de compañías de refresco para mantener la guarnición de la isla, don Álvaro intentó solucionar la crisis por la vía diplomática, enviando parlamentarios a la Tercera a negociar la paz con el comendador Aynar de Chaste, jefe supremo de la fuerza enemiga acuartelada en Praia da Vitoria, al este de la isla, pero la delegación fue recibida con fuego de fusilería, por lo que las conversaciones de paz se diluyeron antes de comenzar, lo cual condujo al marqués a dar por agotada la vía diplomática y a comenzar las operaciones militares.

Para sorpresa de los españoles, la flota enemiga permaneció amarrada en puerto e incluso seis de sus barcos, entre ellos la insignia, abandonaron el puerto con la única intención de desertar. De ese modo, con el resto de la flota bloqueada por los pataches en el puerto de Praia da Vitoria, don Álvaro, acompañado por un grupo de consejeros compuesto por Miguel de Oquendo, Marolín de Juan y los tres maestres de campo, se dedicó a circunnavegar la isla para seleccionar el lugar más apropiado para el desembarco, decidiéndose finalmente por las Molas, una pequeña ensenada cercana a la punta de San Jorge, vecina a Angra, la capital, de apariencia plácida, pues los viñedos se deslizaban como una alfombra verde hasta la misma playa, aunque, en realidad, estaba defendida a izquierda y derecha por sendos fuertes, que tras el pertinente reconocimiento resultó que contaban únicamente con uno y dos cañones respectivamente. La débil defensa y el hecho de que la pequeña playa que albergaba la ensenada resultara suficiente para dar cabida a siete de los lanchones de desembarco y a los buques de escolta que debían apoyarlos, inclinaron a don Álvaro a decidirse por dicho punto para acometer el desembarco. De regreso al lugar de concentración de la fuerza, el marqués decidió llevar a cabo el desembarco el día veintiséis de julio, feliz aniversario de la derrota infringida al Almirante Strozzi el año anterior.

15 (*bis*)

Desembarco y operaciones en isla Tercera

Dos horas antes del crepúsculo del día previsto para el desembarco, un grupo de cuatro galeras se acercó silenciosamente al puerto de Praia da Vitoria y comenzó a disparar sobre los barcos enemigos allí atracados aprovechando la oscuridad de la noche. Se trataba de una maniobra de distracción, pues mientras tanto, con las primeras claras del amanecer, la fuerza de desembarco se dirigía a las Molas con los lanchones distribuidos en dos oleadas sucesivas, una primera compuesta exclusivamente por soldados con la misión de establecer la cabeza de playa y la segunda, en la que viajaba la artillería, con idea de que esta pudiera desembarcarse bajo la protección del fuego de los arcabuceros y mosqueteros. Para no echar a perder el factor sorpresa los mosquetes iban provistos de un canuto con el objetivo de ocultar el resplandor de la mecha. Con don Álvaro de Bazán y don Lope de Figueroa a bordo, el galeón *San Martín*, buque insignia del marqués, fue el primero en lanzarse hacia la playa y, conforme a lo convenido, se encargó de romper el fuego a modo de señal para dar comienzo al desembarco. Entre los primeros hombres en pisar la arena de la playa se encontraba Rodrigo de Cervantes, hermano de Miguel, con quien había compartido batallas previas y también el duro presidio en Argel.

El factor sorpresa resultó determinante, y no solo porque los lanchones consiguieron acercarse a la playa sin ser vistos ni oídos hasta el estampido de los primeros cañonazos de la capitana, sino porque la elección del punto de desembarco se había hecho con tanto disimulo que los franceses únicamente contaban con doscientos cincuenta soldados para impedir el desembarco, fuerza, que a pesar de resultar dramáticamente reducida se batió con determinación, si bien, a poco de iniciado el combate, cuando vieron caer a su capitán una cincuentena de ellos decidió escapar tierra adentro, lo que aprovecharon los españoles para reorganizarse y emprender la marcha en dirección a la ciudad de San Sebastián, importante bastión cuya toma ofrecía sustanciales ventajas.

Viendo que el desembarco se había producido, el comendador Aynar de Chaste decidió salir al paso de la columna atacante con la fuerza de reserva compuesta por unos mil soldados, produciéndose un feroz combate que consiguió detener durante unas horas la progresión de los Tercios, intentando el comendador el mismo recurso que tan buen resultado les dio contra don Pedro Valdés consistente en la suelta de una estampida de cuatrocientos bueyes, pero lo abrupto del terreno neutralizó el intento y los soldados españoles, a pesar de sus muchas bajas, consiguieron finalmente rodear y reducir al enemigo, reanudando el avance sobre la ciudad de San Sebastián que encontraron despoblada, pues a la vista del avance implacable de los españoles sus defensores habían decidido abandonarla y huir al monte.

Mientras tanto la escuadra se dirigió a Angra para terminar de reducir los barcos enemigos que allí se encontraban, ordenando don Álvaro a Figueroa que enviase a la capital unas compañías de arcabuceros con idea de establecer una pinza sobre la capital por mar y por tierra, presión que llevó a los enemigos a rendirse después de un breve conato de lucha.

Con la rendición de Angra la isla Tercera quedó en poder de Felipe II. Se daba la circunstancia de que el comendador Chaste había combatido junto a algunos oficiales españoles en Malta, por lo que se le perdonó la vida, lo que, por otra parte, facilitó la rendición de los grupos de franceses dispersos por toda la isla que terminaron entregándose pacíficamente.

Con la caída de la Tercera, la mayor parte del resto de islas del archipiélago se entregó a la escuadra enviada por el marqués de Santa Cruz al mando de don Pedro de Toledo. Así ocurrió con las islas de San Jorge y Pico, que se rindieron el veinte de julio, y con las de La Graciosa y Cuervo, que lo hicieron una semana después. Sin embargo, la isla de Fayal, donde habían buscado refugio cerca de seiscientos soldados enemigos, no solo no se rindió a don Pedro de Toledo, sino que sus defensores asesinaron al oficial enviado a parlamentar, lo que obligó a los españoles a tomarla por la fuerza, terminando por rendirse el dos de agosto.

Cuando llegó a España la noticia de que Bazán había tomado las islas Azores al completo en tan solo once días, con el importante botín que representaba, se decretaron fiestas en las principales capitales y el rey ordenó zarpar de Lisboa una escuadra de veinticuatro urcas cargadas de víveres y vino para que los soldados españoles y los prisioneros liberados pudieran celebrar también unas fiestas que, al fin y al cabo, se habían decretado gracias a ellos.

En cuanto a los prisioneros enemigos, al no haber recibido órdenes concretas del rey en esta ocasión, don Álvaro de Bazán se mostró clemente con los soldados que se rindieron, tanto portugueses como franceses, perdonándoles la vida a excepción de los que tenían delitos de sangre o los jefes de la isla de Fayal, que respondieron con su vida por la muerte del parlamentario asesinado. Algunos de los prisioneros, sobre todo los más distinguidos, se enviaron a España para que fuera el rey quien dispusiera sobre sus vidas, aunque otros muchos fueron condenados a galeras allí mismo.

Como colofón a su brillante ocupación de las Azores, don Álvaro dejó en la Tercera una guarnición de tres mil hombres al mando de un nuevo gobernador, embarcándose finalmente rumbo a España para entrar en Cádiz el trece de septiembre, siendo recibido como un héroe. Su conquista de las islas despertó graves rencores en las cortes francesa e inglesa y algunas envidias en la española. El Prior de Crato buscó apoyos para poder seguir intrigando, pero sin seguidores en las islas y tampoco en el continente resultaba del todo imposible llamar a la rebelión a los portugueses que no querían a Felipe II como rey.

Por su parte, y a pesar de algunas envidias y recelos, el marqués de Santa Cruz fue reconocido como el militar más brillante de su época, siendo glosado por los poetas y escritores más reconocidos del momento, que lo ensalzaron como un virtuoso de la táctica, la estrategia, la diplomacia, el don de mando, la disciplina y la generosidad para con sus soldados. Por su parte, el rey, en audiencia privada en El Escorial, lo distinguió con el nombramiento de Capitán General de la Mar Océana, que aparejaba la consideración de Grande de España.

Aprovechando la cercanía mostrada por el rey, don Álvaro le sugirió que dado el alto nivel de preparación de la escuadra y los muchos buques que se habían tomado al enemigo, aquel podría ser el momento propicio y estratégicamente más oportuno para intentar el asalto a una Inglaterra desguarnecida y débil antes de que se hiciera más fuerte. Echándole el brazo por el hombro el rey le aconsejó que disfrutara de su momento, por lo que su consejo no se tuvo en cuenta, algo que el paso del tiempo demostraría que había sido una grave equivocación.

16

Londres
Palacio de Richmond
Julio de 1587

A la muerte de María Tudor en 1558 la corona de Inglaterra e Irlanda pasó a ceñir las sienes de su hermana Isabel y, lógicamente, Felipe II cesó como rey consorte de los ingleses. Desde el mismo momento de su coronación, Isabel I proyectó sobre Felipe II y España el odio hacia su hermana María que nunca se ocupó en disimular, mientras que, por otra parte, mantuvo recluida a María Estuardo, que para no pocos ingleses tenía más derechos dinásticos que ella. Como quiera que una de las primeras medidas que tomó fue la de establecer una Iglesia protestante independiente de Roma y dando por hecho que el papa y el rey de España representaban una alianza tan fuerte que podía poner en peligro su corona, la reina se preocupó de no oponerse frontalmente al rey de España, aunque tampoco ocultaba su animadversión hacia él y el país que gobernaba, enviando constantemente a sus mejores corsarios para atacar las líneas comerciales españolas con el objetivo de debilitar el imperio.

***

El bastón negro del ujier golpeó tres veces el suelo de madera antes de que su voz anunciara la visita de Sir Francis Drake, que a pesar de su corta estatura caminó erguido como un gigante hacia el trono donde le esperaba la reina. Después del saludo protocolario, Isabel descendió del trono, caminó junto a él y se sentó con el principal de sus corsarios en una mesa de roble donde les sirvieron el té.

Desde que siete años atrás le armara caballero a bordo de su propio barco, el galeón *Golden Hind*, la reina había ido acercándose a Drake, quien acostumbraba a brindarle sonoras victorias sobre los españoles. Isabel I solía referirse cariñosamente al pequeño corsario con el apelativo de Míster Providence, alias que hacía referencia al escudo ofrecido por la reina en el momento de su nombramiento, en el que, sobre el lema que rezaba: «*Sic parvis magna*» (la grandeza nace de pequeños comienzos), aparecían dos estrellas polares separadas por el mar y una nave guiada por el viento de la Divina Providencia.

—Míster Providence —apuntó la reina acentuando cada sílaba como era característico en ella—. Inglaterra vuelve a estar en deuda con vos.

—Cumplo con mi deber —contestó el corsario quitando importancia a la última de sus hazañas.

En realidad, sir Francis Drake acababa de prestar un servicio impagable a su reina, pues, sabedor de que los españoles armaban una escuadra para lanzarla contra Inglaterra en el contexto de la guerra declarada formalmente entre ambos países en 1585, dirigió dos años después una expedición contra las fuerzas navales españolas ancladas en la bahía de Cádiz, destruyendo una treintena de buques, entre ellos el galeón insignia de don Álvaro de Bazán, construido y financiado a expensas del propio marqués, desembarcando a continuación en el Algarve, donde saqueó algunos fortines, para navegar finalmente hasta Lisboa, donde también amenazó la flota de don Álvaro de Bazán que el marqués concentraba en la capital portuguesa como núcleo de la escuadra destinada a atacar Inglaterra.

—¿Qué impresión os causaron don Álvaro de Bazán y la fuerza que prepara para tratar de invadirnos?

—Me embarqué en una de las naos con las que nos acercamos a Lisboa a tantear la magnitud de su fuerza. Quería verla personalmente, pero sospecho que escondía sus galeones río arriba. Quizás en Vila Franca. A su vez, don Álvaro envió también sus naos a inspeccionarnos a nosotros y tengo la sensación de que, igual que hice yo, él mismo embarcaba en una de ellas. Intercambiamos unos disparos que no produjeron bajas, me dio la sensación de que quería entrar en combate, si bien, majestad, ese no era mi deseo.

»En cualquier caso, tuve ocasión de tratar con él mediante parlamentarios. Le propuse intercambiar prisioneros, pero rechazó mi oferta con el argumento de que no tenía en su poder a ningún súbdito inglés y tampoco admitió estar preparando una fuerza para atacar Inglaterra, una mentira a todas luces innecesaria, a pesar de la cual le admiro como uno de los mejores estrategas que haya dado el mar. Lástima para su país que esté tan mal mandado —apostilló sabiendo que sus palabras agradarían a la reina.

—¿Y en cuanto a su escuadra? —preguntó la soberana ignorando el dardo de Drake a Felipe II.

—Desconozco cuando tendría pensado lanzar el ataque, majestad, pero después de lo de Cádiz es seguro que tendrá que retrasarlo por lo menos un año.

Isabel I dibujó en el rostro una sonrisa lobuna. A pesar de las palabras que Drake atribuía a Bazán conocía por sus espías los planes de invasión de Felipe II y desde hacía cuatro años una comisión real coordinaba el trabajo de todos los astilleros de la isla con el objetivo común de modernizar la Armada, y a esas alturas los buques antiguos habían sido reacondicionados para mejorar su velocidad y capacidad artillera, mientras que los nuevos se diseñaban con la proa más baja, amplios castillos a popa, líneas más finas y cubiertas de cañones más largas, todo ello con idea de combatir con las mayores garantías los buques del odiado rey de España.

Repentinamente, la reina pareció regresar de sus ensoñaciones y sorprendió a Drake con una pregunta completamente terrenal.

—¿Y qué me decís de esa nave capturada en las Azores? ¿Conocíais las enormes riquezas que cargaba?

—Majestad, tengo informantes en la India y en el Caribe que me avisan de los movimientos de las flotas de ultramar tanto portuguesas como españolas y sabía de la llegada de un importante cargamento portugués a las Azores. De vuelta a Inglaterra destaqué media docena de barcos con la esperanza de encontrar alguno de los navíos procedentes de los mercados de Asia. En realidad, la captura de la carraca portuguesa *San Felipe*, a pocas leguas de la isla de San Miguel, fue un golpe de fortuna, pues la diversión de mis buques a las Azores tenía otro objetivo: el de obligar a los españoles a mantener un esfuerzo militar en aquel archipiélago lejano que deberán sustraer de las fuerzas que preparan en el continente para lanzarlas en nuestra contra.

—Un golpe de fortuna decís, y decís bien —volvió a silabear la reina—. El cargamento en oro, plata, especias y seda que transportaba el *San Felipe* se ha valorado en más de cien mil libras. Os estoy haciendo rico Sir Providence.

—No es ningún secreto, majestad —replicó Drake sin alterarse—, que mi beneficio es un diezmo de lo capturado, por lo que honestamente considero que soy yo quien os está haciendo rica a vos.

La reina no pareció acusar el golpe. Su corsario favorito era tan certero con la espada como mordaz con la lengua, y esa, precisamente, era una de las razones principales de la admiración que sentía por él.

***

Lejos de allí, en Lisboa, en uno de los suntuosos salones del palacio de Ribeira, don Álvaro departía con su hermano Alonso, don Miguel de Oquendo y don Lope de Figueroa.

—No es de ahora, don Alonso —se dejó oír la voz aflautada de don Miguel—. El cadáver de la reina María estaba todavía caliente cuando ese bastardo se presentó para hacer de las suyas en San Juan de Ulúa. Y ya de aquellas se hacía acompañar de ese otro demonio que es John Hawkins.

—Francamente, don Miguel —respondió el hermano menor del marqués—, no me parece el mejor ejemplo. Si no recuerdo mal, de aquella expedición salieron ambos piratas bastante escaldados gracias a la resolución de don Francisco de Luján, que los atacó hundiéndoles cuatro barcos y causándoles medio millar de bajas.

—Decís bien, don Alonso —rezongó Oquendo—, pero dos de sus barcos consiguieron escapar, precisamente el *Jesus of Lubeck* de Hawkins y el *Judith* de Drake. Fue en ese momento cuando juraron odio eterno a España. La serpiente hay que matarla en su madriguera, antes de que crezca.

—En aquellos años España e Inglaterra no estaban en guerra. Bastante hizo Luján con arrebatarles cuatro naves, y tampoco se le puede acusar de dejar escapar a los principales responsables del ataque, esos dos piratas han demostrado siempre fama de inteligentes y escurridizos.

—No acuso al bueno de Luján y mis palabras ni siquiera van dirigidas a los corsarios. La responsable es la reina, sin duda. Digo que desde que subió al trono de Inglaterra tras la muerte de su hermana y esposa de nuestro rey, Isabel I ha venido utilizando a sus corsarios en nuestro perjuicio sin llegar nunca a reconocer estar detrás de sus ataques, pero beneficiándose de ellos. El puerto de San Juan de Ulúa, en Veracruz, es solo un ejemplo. Pero hay más, mirad si no el intento que hizo el propio Drake de tomar el puerto de Nombre de Dios en el istmo de Panamá, cierto que fracasó, pero su interés no estaba tanto en la ciudad sino en conocer los movimientos de nuestra flota de Indias y ese mismo año consiguió capturar un convoy español cargado de oro y plata.

—No hace falta remontarse tanto en el tiempo, don Miguel. Hace solo año y medio, en septiembre de 1585, Drake zarpó de Plymouth al mando de una flota de veintiún buques y dos mil hombres, para presentarse en estas mismas costas dispuesto a conquistar Lisboa, y eso después de haber saqueado Bayona y bloqueado Vigo, mientras sus patrullas saqueaban en tierra a su antojo. Y qué decir de cuando rumbo a las Indias desvalijó varios de nuestros buques en La Palma, El Hierro y en las islas de Cabo Verde, antes de presentarse el primer día del año pasado frente a La Española, donde desembarcó un millar de hombres que tomaron y saquearon la ciudad de Santo Domingo, exigiendo un rescate de veinticinco mil ducados que vergonzosamente pagamos, operación que repitió en Cartagena de Indias al mes siguiente, manteniendo la ciudad en su poder hasta que se hizo efectivo el correspondiente pago, que en esta ocasión se elevó por encima de los cien mil ducados. En fin, San Antonio en Cuba o San

Agustín en la Florida, son muchos los ejemplos de que Drake se ha enseñoreado de nuestros territorios de ultramar con la absoluta pasividad de nuestras autoridades. Esto de Cádiz no ha sido más que la consecuencia de esa indiferencia con la que hemos venido actuando desde hace ya demasiados años.

»Mi hermano no lo dirá por respeto a nuestro rey —concluyó mirando a los ojos al marqués de Santa Cruz—, pero en 1583, justo después de la toma de las Azores, teníamos que haber procedido contra la reina Isabel. En ese momento teníamos una flota poderosa y bien adiestrada y ahora que no tenemos ni barcos ni tripulaciones, son ellos los que han construido una escuadra potente y entrenada que no será fácil derrotar.

El poso de angustia que destilaban las palabras de don Alonso de Bazán se mantuvo flotando en el ambiente del salón como una densa y pesada nube. Tanto el propio don Alonso como don Miguel de Oquendo esperaban un mensaje del mayor de los Bazán que los liberara de tan amarga congoja.

Hasta el momento don Álvaro se había limitado a permanecer con el mentón descansando en los puños de sus manos asidas entre sí y la mirada fija en el suelo del salón, hasta que inopinadamente deshizo el nudo de sus manos, levantó la cabeza, se aclaró la voz y expuso sus razonamientos a los hombres que lo acompañaban.

—No creo que sir Francis Drake o su primo John Hawkins tengan más rencor a España que el que cualquiera de nosotros pueda tener hacia Inglaterra, a tenor de las felonías que su reina viene cometiendo últimamente contra los intereses del imperio.

»Personalmente, no he odiado nunca a mis enemigos, del mismo modo que tampoco creo que vosotros odiarais a los turcos cuando tuvimos que enfrentarnos a ellos, a pesar de las muchas crueldades que les vimos cometer; ni a los franceses más recientemente, empero las tropelías tan reñidas con las costumbres caballerescas de la guerra que perpetraron en las Azores. Turcos y franceses obedecían órdenes del sultán y de la reina Catalina respectivamente, del mismo modo que nosotros seguimos los dictados de nuestro rey y Drake obedece los de su reina, quien sí es posible que odie a nuestro Felipe II amparada en razones de estado que quedan lejos de nuestra consideración. Ya veis qué ironía tan ingrata, nuestro rey llegó a pedirla en matrimonio a través de sus embajadores y ella estuvo a punto de aceptar, y hoy representan a Caín y Abel en la disputa de los intereses respectivos de cada país.

»El odio es un privilegio de reyes que, aunque traten de trasmitirlo a sus generales y almirantes, no es ni de lejos la razón que nos mueve a combatir. El odio envilece los corazones y precipita las decisiones en la guerra, a la que no debemos de olvidar que arrastramos a miles de soldados. Por eso debemos cuidarnos de desterrarlo de nuestras cabezas para dejar sitio a las reflexiones más sensatas y propias de nuestros menesteres.

»En realidad, sir Francis Drake es el almirante que todos los reyes quisieran para sí. Las acciones que habéis estado recordando son propias de héroes y así lo consideraríamos nosotros de tratarse de un marino español. Habéis recordado con desdén cada una de sus acciones navales contra los intereses de nuestro rey, pero no os he oído mencionar que en cada una de ellas resultó herido de mayor o menor consideración y siempre aceleró la recuperación para seguir sirviendo a su país. En fin, no pretendo hacer un panegírico de ninguno de nuestros enemigos, pero tampoco quiero ocultar el sentimiento de admiración que me embargó cuando nos visitó pocas fechas atrás. Reconozco que embarqué en una de las naos con las que salimos a cerrar el paso a los ingleses con la única intención de contemplarlo de cerca, ya que estaba seguro de que estaría a bordo de uno de los buques que envió a inspeccionar el estado de nuestra escuadra. Sabiendo que habríamos de enfrentarnos en un futuro cercano quería ver de cerca al hombre que podría terminar con nuestro imperio con sus aciertos o darle nuevamente alas con sus equivocaciones.

Después de pronunciar sus últimas palabras, el marqués de Santa Cruz se levantó de la mesa con ciertas dificultades, hasta el punto de que don Lope se incorporó también con ánimo de ayudarle, pero don Álvaro lo detuvo con un gesto. Una vez en pie volvió a dirigirse a sus hombres. Encorvado, con el rostro macilento y los hombros caídos como si sobrellevaran un peso imposible de soportar, parecía avejentado prematuramente:

—Ahora os dejaré solos. Me siento cansado y no tengo ánimo para acompañaros en la cena.

Una vez desapareció tras la puerta que comunicaba con sus aposentos, don Alonso justificó su marcha con unas palabras llenas de ternura:

—Hace días que apenas come y se consume haciendo cuentas de los gastos de la escuadra que le reclama el rey. La pérdida de su galeón le ha disgustado mucho, aunque no hable de ello. Se recuperará a tiempo para la batalla —completó tratando de tranquilizar a los almirantes y generales que le acompañaban.

En la soledad de su habitación, don Álvaro repasó las palabras que acababa de dirigir a sus subordinados más allegados. Decía la verdad en cuanto a la admiración que sentía por su enemigo sir Francis Drake, pero prefería omitir la envidia que le producía el trato que le daba su reina en comparación con el que él venía recibiendo de su rey en los últimos tiempos. A esas alturas Felipe II era consciente de que su secular prudencia le había hecho perder un tiempo precioso y de que haber actuado años atrás como le había recomendado don Álvaro, Inglaterra sería en esos momentos parte del imperio e Isabel I, la mujer que le había rechazado como esposa, le habría tenido que aceptar como señor. Y como si no pudiera vivir con la desazón de que su Almirante de la Mar Océana le hubiera advertido que con cada día que pasara España sería más débil e Inglaterra más fuerte, le hacía culpable no solo de su zozobra sino también de la situación del país, por lo que no desperdiciaba ocasión de zaherirle y humillarle. Poco a poco, vencido por el agotamiento y la enfermedad que le minaba la salud, que no era otra cosa que la pena, el marqués fue quedándose dormido.

***

Con el paso de los meses la situación de don Álvaro no solo no mejoró, sino que fue a peor. Tras una agónica carta al rey en enero de 1586 en la que denunciaba los múltiples ataques de los corsarios ingleses a las posesiones del imperio, Felipe II contestó al fin a finales de ese mismo mes urgiendo al marqués a reunir una escuadra para atacar Inglaterra con la máxima premura.

Don Álvaro quedó muy desconcertado con aquella carta. Durante años el rey había hecho oídos sordos a sus denuncias y de repente quería reunir una flota a toda prisa, desestimando la falta de buques y de personal adiestrado que tantas veces había denunciado el marqués. Pero lo que más dolió a don Álvaro fue la frialdad y las desconsideraciones de las que se servía el rey a la hora de dirigirse a quien tan fielmente le había servido, a pesar de lo cual empeñó su esfuerzo y su salud en preparar lo que el rey pedía, y solo dos meses después, y de eso ya hacía un año, el proyecto estaba terminado en su parte teórica y enviado al rey para su consideración.

El plan partía de la base de que había que concentrar el esfuerzo principal en las unidades a flote y no tanto en los Tercios, pues, mientras a esas alturas los ingleses eran capaces de reunir una flota potente a sabiendas de que antes o después serían atacados por los españoles, sus fuerzas en tierra dejaban mucho que desear, como si su premisa fuera que una vez vencido el anillo exterior que representaban los barcos de Drake, la reina no tendría más remedio que entregarse, pues era en la escuadra donde había concentrado la mayor parte de su esfuerzo y dinero.

Con semejante hipótesis como base, don Álvaro diseño una fuerza de ciento cincuenta buques entre galeones y naos, considerando los propios y los que habrían de llegar como apoyo de las flotas de Ragusa, Nápoles, Sicilia y Venecia y también las de Andalucía, Guipúzcoa, Vizcaya e incluso los de la Flota de Indias. Con la etiqueta de propios el marqués distinguía los que le correspondía gobernar como Almirante de la Mar Océana y los que se habían construido a sus expensas. Además de los galeones y naos como fuerza de choque, don Álvaro contaba con setenta urcas y pataches procedentes de la flota de Flandes y hasta trescientas veinte embarcaciones menores de apoyo al desembarco procedentes de Cataluña, Levante, Andalucía, Portugal y el Cantábrico, todo ello complementado con una escuadra de galeras y galeazas como fuerza de desembarco procedentes de España, Nápoles y Sicilia, que navegarían a remolque de la escuadra principal. En total, la fuerza naval al completo estaría servida por treinta y dos mil hombres de mar.

Por su parte, la fuerza de desembarco contaría con veintinueve mil soldados de los Tercios españoles, dieciséis mil italianos y once mil alemanes, lo que sumaba un total de cincuenta y seis mil soldados que se complementarían con dos mil jinetes andaluces, cinco mil artilleros e ingenieros, ciento veinte cañones gruesos de campaña y tres mil voluntarios, para un contingente humano definitivo cercano a los cien mil hombres, que en la práctica se reduciría en un diez por ciento debido a las enfermedades, las deserciones y otras eventualidades de última hora. El cálculo del coste total del material y el personal, considerando sueldos y víveres hasta seis meses, se acercaba a los cuatro millones de ducados, una cifra astronómica parecida al coste anual de la guerra de Flandes y el doble de los daños causados por los ataques y rapiñas de los corsarios ingleses, argumentando el marqués, por otra parte, que hasta que Inglaterra no fuera aplastada y mientras siguiera apoyando a los rebeldes holandeses en Flandes no sería posible restituir la situación en los territorios del norte, con la onerosa repercusión económica que suponía. A pesar de la urgencia de la demanda del rey, la preparación meteórica de los planes de ataque por parte de don Álvaro tuvo como única respuesta un silencio que se prolongaría lastimosamente a lo largo de los meses.

El último ataque de Drake había trastocado los planes del marqués de Santa Cruz, pues los buques hundidos o incendiados por el corsario inglés no serían fáciles de reemplazar, aunque en su papel de Capitán General de la Mar Océana había volcado el esfuerzo de todos los astilleros en esa dirección. En la soledad de sus pensamientos le atormentaba la pérdida de su galeón insignia, que le había llevado a la victoria en cuantas ocasiones lo había elegido como buque de mando, pero callaba que lo que más le había desalentado de aquella incursión enemiga fue que Felipe II hubiera puesto la plaza bajo la protección de Alonso Pérez de Guzmán, VII duque de Medina Sidonia, un almirante inepto y claramente inadecuado para el puesto, lo que había demostrado llegando a Cádiz a organizar la defensa contra el ataque de Drake cuando este ya se había consumado. Anteponiéndose a esta coyuntura, don Álvaro de Bazán había propuesto para la defensa de la plaza, objetivo declarado de los ingleses en aquellos momentos tan trascendentales, al almirante Juan Martínez de Recalde, que ya había demostrado su valor y pericia como Capitán General de las Galeras del Estrecho, pero en un nuevo desprecio a su persona, la designación para el puesto de Medina Sidonia no se puso en entredicho ni siquiera después de su desastrosa defensa de la escuadra en Cádiz

El sobrenombre de «el Prudente», con el que algunos se referían a Felipe II desde pocos años después de suceder a su padre en el trono de España, procedía de sus propios cortesanos y hacía referencia con cierto ánimo malicioso a su poca capacidad para tomar decisiones que necesitaban de cierta premura, aunque en realidad se debía a que no era partidario de usar la vía militar en los conflictos si antes no se había agotado la diplomática. Como el hombre sistemático que era, cuando don Álvaro de Bazán terminó de rendir Portugal y la puso a sus pies, proponiéndole a continuación la invasión de Inglaterra, el rey de España dio comienzo a su metódica estrategia de llamar a todas las puertas posibles antes de tomar la decisión de ir a la guerra, y solo cuando la opinión de sus consejeros y embajadores, la del papa de Roma y la de sus aliados coincidieron primero con el clamor de los comerciantes y el de todos los españoles a continuación, ordenó a Bazán, después de que este le propusiera la vía militar cinco años antes, reunir una flota para proceder a la invasión de Inglaterra.

En realidad, durante los meses que el marqués había interpretado como de duda por parte del rey, Felipe II se había dedicado a consultar el plan de don Álvaro con sus consejeros, que le sugirieron enviarlo a Flandes para conocer la impresión de otro de sus generales más reputados: su sobrino Alejandro Farnesio, el cual se tomó su tiempo para presentar a su tío un plan alternativo, basado en el factor sorpresa, consistente en enviar treinta mil hombres del ejército de Flandes a la conquista de Inglaterra, utilizando como fuerza de transporte y desembarco todo tipo de barcazas locales que serían escoltadas por los buques de guerra que fuera posible reunir en los puertos del norte de Europa en poder del rey de España. En comparación con el minucioso plan de don Álvaro, el de Farnesio parecía producto de la improvisación, pues estaba mucho menos elaborado y, además, se sustentaba sobre una sorpresa que a esa hora seguramente ya había dejado de existir. Pero el marqués no tuvo más remedio que apretar los dientes y esperar la resolución del rey, que tras haber estudiado su plan, del que solo dijo que encontraba demasiado costoso, se sumió en un nuevo mar de dudas al recibir el de su sobrino, estado del que le rescató su secretario y principal consejero, Juan de Zúñiga, sugiriéndole un término medio entre ambos planes: una escuadra de grandes dimensiones aunque no tanto ni tan cara como la planeada por el marqués de Santa Cruz, que se dirigiría al canal de la Mancha a proteger el paso del ejército de Alejandro Farnesio con la incontestable ventaja de que si las cosas no discurrieran conforme a lo planeado, los barcos y los tercios de Bazán no utilizados podrían usarse como fuerza de reserva. Tras un nuevo período de dudas, en septiembre de 1587 Felipe II aprobó por fin el que se dio en llamar «Plan Zúñiga».

A pesar de su desacuerdo con el plan al que veía demasiados puntos débiles, don Álvaro de Bazán, haciendo gala de su proverbial sentido de la lealtad, a pesar de que se le daba el mando de la operación a Farnesio, limitándose él a la protección de sus soldados, comenzó a preparar la flota que le pedía el rey.

Sin embargo, curiosa e inesperadamente, fue el propio Alejandro Farnesio quien objetó el plan de Zúñiga, pues consideraba que dejaba de tener sentido una vez que era conocido en toda Europa y había perdido el factor sorpresa que constituía la principal de sus premisas. En realidad, con esa excusa el duque de Parma disimulaba la más importante de sus preocupaciones, pues el conjunto de lanchones y barcazas de desembarco que había ofrecido al rey estaba por construir, ya que lo que había encontrado en los puertos españoles en Flandes era material inservible, además de haber detectado otro inconveniente no menos grave, pues la escuadra de Bazán no estaba pensada para navegar en aguas de tan poco calado como las flamencas, mientras que los barcos ingleses y holandeses estaban construidos teniendo en cuenta esa contingencia, lo que finalmente podría dejar a los buques de Farnesio a merced de la flota enemiga.

A finales del mes de noviembre, por medio de una carta en la que no disimulaba su bajo estado de ánimo, don Álvaro consideró como su deber participar al rey de su desconfianza, incluyendo en su informe otro problema que de presentarse no iba a ser menos grave, pues con las principales ciudades de Flandes desguarnecidas de los soldados que marcharían a invadir Inglaterra nada impediría a ingleses y holandeses atacarlas, pudiéndose dar el lastimoso caso de que, con independencia del resultado de la pretendida invasión, se perdieran los territorios de Flandes que tantas vidas había costado conquistar y mantener. Pero Felipe II, siendo una persona que podía llenarse de dudas durante meses e incluso años antes de tomar una decisión, cuando la tomaba era prácticamente imposible que la revocara por muy fundadas que fueran las objeciones que se le hicieran y, de ese modo, dio definitivamente luz verde a un plan que no satisfacía a ni a Farnesio ni a Bazán.

Una vez dada la orden, el rey apremió a don Álvaro para que tuviera lista la escuadra de apoyo en el menor tiempo posible, y dándose la circunstancia de que los buques más cercanos a Lisboa no coincidían en todos los casos con los mejor preparados, informó al rey de que con un poco más de tiempo podría servirle los mejores. Como respuesta Felipe II envió a uno de sus hombres de confianza, don Pedro Enríquez de Acevedo, conde de Fuentes, a fiscalizar los trabajos de Bazán, humillación que afectó profundamente a don Álvaro, pues, además de la muestra de desconfianza que representaba por parte de un rey al que tan fielmente había servido, el hecho de que se tratara de una persona sin conocimientos militares ni marineros y que, como conde, estuviera situado por debajo de un marqués en la escala de la nobleza, representaba una bofetada añadida de parte de quien nunca la hubiera esperado.

Con sesenta y un años recién cumplidos, agotado, anímicamente hundido y reuniendo una escuadra procedente de todos los confines de Europa en una ciudad cuyas condiciones de salubridad e higiene no eran las mejores, don Álvaro contrajo el tifus, enfermedad de muy difícil curación en la época.

En la primera parte de una carta fechada el cuatro de febrero de 1588, don Álvaro daba cuenta al rey de una supuesta mejoría que habría de permitirle terminar los preparativos de la escuadra requerida, si bien en la segunda parte de la carta el marqués hacía especial hincapié en el hecho de que en el caso de producirse su muerte nombrara Capitán General de la Felicísima Escuadra a su hermano Alonso, su incansable acompañante durante toda una vida a lomos de la mar y a quien consideraba el almirante mejor preparado para relevarle, pues la noticia de la enfermedad del marqués había corrido como la pólvora y se decía que el rey, en el caso de su muerte, tenía previsto nombrar como sucesor al duque de Medina Sidonia.

Finalmente, cumpliéndose los peores pronósticos, don Álvaro falleció en Lisboa el 9 de febrero de 1588, cinco días después de haber escrito su última carta al rey.

EPÍLOGO

A pesar de la recomendación casi póstuma de don Álvaro de Bazán, cinco días después de su muerte Felipe II nombró al duque de Medina Sidonia Capitán General de la Mar Océana y le dio el mando de la escuadra que se estaba reuniendo en Lisboa con vistas a la invasión de Inglaterra, cargo que inicialmente fue rechazado por el propio duque, conocedor de su ausencia de facultades. Almirantes de la talla de Oquendo o Recalde y generales del prestigio de don Lope de Figueroa hicieron patente su disconformidad, pero el rey mantuvo el nombramiento con el resultado conocido por todos que casi cinco siglos después arrastramos aún los españoles como una lacra.

En 1565 el duque de Medina Sidonia se había casado con Ana de Silva y Mendoza, de solo cuatro años e hija de la princesa de Éboli. Con la venia de Felipe II, en 1572, cuando la pequeña duquesa acababa de cumplir los once años, el papa concedió una dispensa para la consumación del matrimonio. El escabroso favor al duque por parte de Felipe II ha sido explicado por la historia en función del escándalo que acusaba al rey de haber tenido tiempo atrás una relación amorosa con la princesa, a la que terminó arrestando y encerrando de por vida en 1579, con la anuencia de su yerno, el duque de Medina Sidonia, aunque Felipe II nunca dejó de ocuparse de su descendencia.

El VII duque de Medina Sidonia convirtió su corte ducal en Sevilla en uno de los focos culturales más importantes del país. Vivía rodeado de trovadores, actores, bufones y músicos, pero no era en absoluto una persona preparada para mandar un ejército y mucho menos una escuadra naval, pues, al ser nombrado para dirigir la Grande y Felicísima Armada contra Inglaterra declaró no tener experiencia ni capacidad para el cargo, además de que se mareaba profundamente en la mar. El mando nefasto que ejerció de aquella Armada justificó su súplica, pues regresó de la campaña gravemente enfermo por la dureza de la guerra y la vida en la mar, a pesar de lo cual, y de su vergonzosa derrota, retuvo sus títulos de Almirante de la Mar Océana y Capitán General de Andalucía, incluso con el desprecio que le mostraban los españoles sin ningún tipo de disimulo.

El cadáver de don Álvaro de Bazán fue conducido solemnemente hasta su palacio de El Viso del Marqués, siendo despedidos por cientos de miles de españoles que salieron al paso de la comitiva fúnebre. Sus restos fueron depositados en la capilla del palacio hasta que, en 1645, fueron trasladados al panteón familiar situado en el convento de San Francisco en la misma localidad.

A su muerte don Álvaro de Bazán, I marqués de Santa Cruz, grande de España, II señor de las villas de El Viso y Valdepeñas, comendador mayor de León, de Villamayor, de la Alhambra y La Solana, caballero de la Orden de Santiago, miembro del Consejo de su majestad Felipe II, Capitán General de la Mar Océana y de la gente de guerra del Reino de Portugal había rendido ocho islas, dos ciudades, veinticinco villas y treinta y seis castillos y fortalezas. Había capturado o hundido doscientos cinco buques y derrotado a diez capitanes generales, sesenta señores y más de trescientos mil soldados. Nunca fue derrotado.

Los sucesivos marqueses de Santa Cruz protegieron las artes y las letras y sirvieron de mecenas a multitud de artistas. Varios escritores de fama como Lope de Vega, Luis de Góngora o Miguel de Cervantes lo elogiaron y le dedicaron o nombraron en algunas de sus obras.

Don Álvaro supo educar a sus hijos como su padre lo había hecho con él. Su primogénito, Álvaro de Bazán y Benavides, fue un digno continuador de la estirpe, heredando de su padre los valores militares de un buen soldado, principalmente la modestia, la obediencia y la disciplina en un servicio que le llevó repetidamente a la victoria en combates con los franceses, otomanos y piratas berberiscos.

Desde 1841 cuatro buques de la Armada Española han ostentado en sus aletas el nombre de tan insigne Almirante. El primero fue un buque mixto de tres mástiles que sirvió entre 1841 y 1873; el segundo, muy parecido, lo hizo entre 1873 y 1885; el tercero fue un cañonero que estuvo en servicio entre los años 1904 y 1926; el cuarto, todavía en servicio a la fecha de finalización de esta obra, es hoy una de las mejores unidades de combate de la Armada, la fragata Álvaro de Bazán, botada el veintisiete de octubre de 2000 y que fue amadrinada por Casilda Silva Fernández de la Henestrona, marquesa de Santa Cruz, descendiente de don Álvaro. La fragata tuvo el honor de recibir la bandera de combate de Su Alteza Real la Princesa de Asturias el 19 de septiembre de 2006 en la localidad granadina de Motril.

***

Iniciábamos esta obra con la conocida poesía dedicada a don Álvaro por Félix de Lope de Vega en 1588, y justo me parece terminarla con otra no menos vibrante y emotiva que escribió a modo de epitafio Luís de

Góngora y Argote en el mismo año de la muerte del insigne marino granadino:

No en bronces, que caducan, mortal mano,
oh católico Sol de los Bazanes
que ya entre gloriosos capitanes
eres deidad armada, Marte humano.

Esculpirá tus hechos, sino en vano,
cuando descubrir quiera tus afanes
y los bien reportados tafetanes
del turco, del inglés, del lusitano.

En un mar de tus velas coronado,
de tus remos el otro encanecido,
tablas serán de cosas tan extrañas,

de la inmortalidad el no cansado
pincel las logre, y sean tus hazañas
alma del tiempo, espada del olvido.

NOTA DEL AUTOR

«Por la cruz de mi apellido» es una biografía novelada de la figura de don Álvaro de Bazán y Guzmán. En su condición de obra biográfica el autor ha consultado una notable cantidad de textos biográficos para acercar el resultado lo más posible a la figura real de tan insigne marino, si bien, como la novela que es al mismo tiempo, también se ha recreado en la ficción a la hora de la descripción de la vida en la mar en general y de algunos combates en particular, así mismo, muchos de los nombres que aparecen a lo largo del relato y que no están relacionados con la trama histórica principal son producto de su fantasía, lo mismo que la mención que hace de sí mismo en el primer capítulo, como viene siendo costumbre habitual en la mayor parte de sus obras, práctica con la que pretende homenajear a uno de los directores de cine favoritos de su juventud, Alfred Hitchcock, que solía hacer un cameo de sí mismo en la mayoría de sus films.

Entre los textos consultados ocupan un lugar de honor dos libros: «Álvaro de Bazán, Capitán General del Mar Océano», de Agustín R. Rodríguez González, y «Álvaro de Bazán, el mejor marino de Felipe II», de Martín Hernández Palacios. Otras obras consultadas han sido «Don Álvaro de Bazán, el gran marino de España» de José Cervera Pery, «Don Álvaro de Bazán», de Ángel Altolaguirre y Duvale, «Santa Cruz, primer marino de España», de Carlos Ibáñez de Íbero y «Don Álvaro de Bazán», de Fernando P. de Cambia. También han resultado de extrema utilidad el número monográfico que le dedicó la Revista General de Marina en enero de 1988 y las fuentes tradicionales de Internet, fundamentalmente Wikipedia, a la hora de la búsqueda de datos puntuales.

OTROS TÍTULOS DEL AUTOR

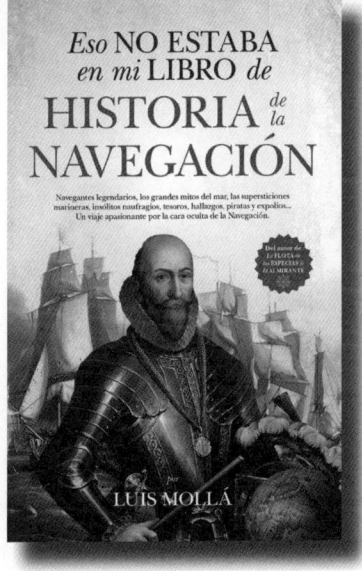

El señor de los mares, ser terminó de imprimir en su primera edición, por encargo de la editorial Almuzara el 8 de mayo de 2020. Tal día del 1701, en España, las Cortes reconocen como rey a Felipe V de Borbón.